Esposa até segunda

CATHERINE BYBEE

Esposa até segunda

Noivas da Semana
LIVRO 2

Tradução
Andréia Barboza

1ª edição
Rio de Janeiro-RJ / Campinas-SP, 2017

VERUS
EDITORA

Editora
Raïssa Castro

Coordenadora editorial
Ana Paula Gomes

Copidesque
Maria Lúcia A. Maier

Revisão
Cleide Salme

Capa, projeto gráfico e diagramação
André S. Tavares da Silva

Foto da capa
Andrii_K / Shutterstock (noiva)

Título original
Married by Monday

ISBN: 978-85-7686-604-6

Copyright © Catherine Bybee, 2012
Todos os direitos reservados.
Edição publicada mediante acordo com Amazon Publishing, www.apub.com,
em colaboração com Sandra Bruna Agencia Literaria.

Tradução © Verus Editora, 2017
Direitos reservados em língua portuguesa, no Brasil, por Verus Editora. Nenhuma parte desta
obra pode ser reproduzida ou transmitida por qualquer forma e/ou quaisquer meios (eletrônico ou
mecânico, incluindo fotocópia e gravação) ou arquivada em qualquer sistema ou banco de dados
sem permissão escrita da editora.

Verus Editora Ltda.
Rua Benedicto Aristides Ribeiro, 41, Jd. Santa Genebra II, Campinas/SP, 13084-753
Fone/Fax: (19) 3249-0001 | www.veruseditora.com.br

CIP-BRASIL. CATALOGAÇÃO NA FONTE
SINDICATO NACIONAL DOS EDITORES DE LIVROS, RJ

B997e

Bybee, Catherine, 1968-
    Esposa até segunda / Catherine Bybee ; tradução Andréia
Barboza. - 1. ed. - Campinas, SP : Verus, 2017.
    23 cm.   (Noivas da Semana ; 2)

    Tradução de: Married by Monday
    ISBN: 978-85-7686-604-6

    1. Romance americano. I. Barboza, Andréia. II. Título.
III. Série.

17-41927

CDD: 813
CDU: 821.111(73)-3

Revisado conforme o novo acordo ortográfico

*Para minha mãe, que me transmitiu
seu amor por livros românticos.
Eu te amo!*

FAZER UM CASAMENTO POR ANO estava se tornando um pé no saco. Especialmente para a madrinha.

— Não achei que ele estava falando sério sobre um casamento por ano. — Eliza Havens mexeu na barra do vestido de chiffon amarelo, que tinha muitos metros de tecido. A porcaria era feita para uma beldade de fala arrastada do sul, com direito a sombrinha e fitas, não para ela, que seria a madrinha de sua melhor amiga — mais uma vez.

— É romântico — Gwen comentou.

— É idiota.

Samantha e Blake estavam casados havia quase dois anos e já tinham o pequeno Eddie. No início, quando Blake anunciou que renovaria os votos com Sam todo ano, no aniversário de casamento dos dois, em um estado diferente a cada vez, Eliza achou fofo. Agora, depois de uma semana corrida, cheia de planejamentos para a cerimônia, ela e Gwen, a irmã de Blake, estavam suando em San Antonio, organizando a grande festa com tema texano. Só que Gwen era inglesa e completamente equivocada a respeito do Texas. Onde deveria haver chapéus de caubói e trajes do Oeste, tudo tinha relação com o Sul. O extremo Sul. Mais como uma cena de *E o vento levou...* que de *Dallas*.

— Não se preocupe, Eliza. Nem todas as festas vão ser assim tão grandiosas. — Levou algum tempo para se acostumar com o sotaque britânico de Gwen, mas Eliza estava adaptada agora.

— Não estou preocupada. Estou *puta da vida*, isso sim! Você tem ideia de como esses vestidos vão ficar quentes lá fora, nesse calor?

Gwen mostrou os dentes perfeitos ao sorrir. Ela se virou, estendeu a mão para uma grande sacola da loja de noivas que encontraram no dia anterior e pegou dois leques de renda branca e dourada.

— Eu pensei nisso.

Bem, pelo menos não é uma sombrinha.

Gwen lhe entregou um leque e se virou para a sacola de novo. De lá saíram duas sombrinhas de babados da mesma cor do vestido.

— *Argh!* Falei cedo demais.

— O quê?

Eliza se segurou para não revirar os olhos quando pegou a sombrinha.

Por que tem que ser amarela? Ninguém usa amarelo!

— Você não gostou. — Os braços de Gwen caíram e sua expressão animada se desfez.

Odiei.

— Elas são muito... country. — *No estilo de uma roça no Sul.* Mas Eliza não podia dizer isso. Mimada, rica e completamente ingênua, Gwen tinha boas intenções. Executou mal, mas fez de bom coração.

— Não é isso que estamos procurando? Algo country?

Eliza abriu a sombrinha e forçou um sorriso.

— Isso grita country.

— Ótimo. Então acho que temos tudo que precisamos. — Ignorando a inquietação de Eliza, Gwen continuou tirando pequenos acessórios da sacola: brincos, colares e, sim, fitas para os cabelos que combinavam perfeitamente. Quando Gwen terminou, Eliza pensou que ficaria parecida com uma flor do campo amarela. — Ah, olha só que horas são. Precisamos correr — Gwen falou.

— Pensei que tivéssemos terminado.

— Precisamos dar outra passada no rancho para garantir ao Neil que a segurança não vai ser um problema. — Neil, o guarda-costas pessoal de Sam e Blake, era forte como um touro e tinha a capacidade de ficar completamente imóvel quando queria. Era tão raro vê-lo sorrir que Eliza só soube que ele tinha dentes seis meses depois de conhecê-lo.

— Ele não pode ver isso sozinho? — Ela gostaria de ter tempo para tomar um drinque no bar do hotel, seguido de um banho quente na suíte da cobertura. Enquanto estava no Texas, Eliza tentava encontrar novos clientes para a Alliance. Homens e mulheres. Samantha havia fundado a agência de casamentos de elite e tornou Eliza sócia quando se casou com Blake. Nos últimos dois anos, ela havia recrutado mais de uma dúzia de mulheres e formado três casais. Ao contrário de outras agências, a Alliance formava casais tendo por base seus objetivos de vida, não seus ideais românticos ou alguma noção de felizes para sempre. Alguns homens queriam uma esposa para ostentar ou precisavam de uma parceira temporária para conseguir um trabalho ou uma promoção. No caso de Samantha, ela e Blake se casaram por causa de uma cláusula no testamento do pai dele. No fim das contas, os dois se apaixonaram perdidamente e tiveram Eddie antes do primeiro aniversário de casamento.

Eliza estava sempre procurando novos clientes. Que lugar melhor que o Texas, onde os homens geralmente eram ricos e as mulheres perfeitamente refinadas e, às vezes, disponíveis?

— Você sabe como o Neil pode ser difícil. Preciso convencê-lo de que os paparazzi não vão passar pelos portões.

O prazer daquele tão esperado coquetel estava ficando cada vez mais distante. Eliza enfiou a mão na bolsa e pegou uma presilha para prender, no alto da cabeça, os cabelos que caíam sobre os ombros. A umidade os fizera murchar quando saíram mais cedo, e não adiantava fingir que eles cooperariam depois de mais uma onda de calor.

— Tudo bem, vamos lá. Mas eu dirijo.

Gwen estava acostumada a ter um motorista que a levava para onde quisesse. Ela dizia que não gostava de dirigir nos Estados Unidos, porque os carros ficavam do lado errado da rua. Já Eliza não gostava de depender de outra pessoa para ir aonde quisesse, então optou por alugar um carro.

Trinta minutos depois, estavam percorrendo uma estrada do Texas em um carro compacto alugado. O ar-condicionado, que funcionava a toda a velocidade, quase não fazia efeito no calor sufocante. Eliza fechou a mão em punho e bateu no topo do painel.

— Acho que o ar não está funcionando direito.

Gwen estava sentada em silêncio, usando o leque que havia comprado para a cerimônia.

— Não estamos longe. Vamos sobreviver.

Sim, mas o calor deixava Eliza irritada, para não falar de sua camisa, que estava colada ao assento. Considerando que Gwen era inglesa, Eliza ficou surpresa por ela não se queixar.

Na verdade, Gwen não parava de sorrir desde que saíram do hotel.

Hummm, ela teria que analisar esse fato.

Havia um portão na entrada da propriedade. Quando se aproximaram e Eliza falou seus nomes, o atendente acenou.

— A sra. Hawthorn está esperando por vocês — disse o caubói enquanto meneava o chapéu.

— Eu adoro o sotaque texano. Você não? — Gwen perguntou.

— Ele cativa depois de um tempo.

— Acho encantador. Todo mundo parece tão educado.

Eliza dirigiu pelo longo caminho arborizado até a frente da casa de fazenda.

— Os americanos acham que todo mundo que tem sotaque britânico é inteligente. Mas sabemos que isso não é verdade. Uma noite em um bar no Texas e você descobriria que nem todos os caubóis são educados. — Por algum motivo, Eliza sentiu que era seu dever ficar de olho em Gwen, como uma irmã mais velha e mais experiente.

— Eu não sou tão ingênua quanto você pensa — Gwen a repreendeu.

— Hummm. — *Sei.*

— Não sou mesmo.

Eliza olhou de relance e se deparou com o rosto de Gwen. Suas feições de porcelana, sua maquiagem perfeita e seu sotaque refletiam uma imagem de criança inocente.

— Posso ter estudado em um internato e vivido a maior parte da vida trancada em Albany, mas já fiz algumas viagens sozinha.

— Me deixe adivinhar: com um guarda-costas do tamanho do Neil te acompanhando?

— O Hans não é tão grande quanto o Neil.

Eliza revirou os olhos.

— Hans? O nome dele é Hans?

— Ele é sueco. E especialista em artes marciais.

Eliza riria se Gwen não estivesse tão séria.

— E onde ele está agora?

— Em casa. Não achei que ele precisaria me acompanhar até aqui. Eu sabia que estaria com você e poderia ligar para a Samantha ou o Blake a qualquer momento. Além disso, você não parece o tipo de pessoa que precisa de alguém para segurar a sua mão e te proteger.

Isso porque eu sei me cuidar.

— Você não é como eu.

— Não, mas sou capaz de ficar longe de problemas sem um guarda-costas. Excesso de confiança pode trazer problemas.

— Você sabe que eu vou embora no dia seguinte à festa, né?

— Sei.

Eliza estacionou o carro e o manteve ligado para que o ar fresco continuasse soprando enquanto conversavam.

— Quando você volta para Londres?

— Ainda não decidi. Minha mãe quer que eu volte com ela, mas pensei em ficar mais um tempo.

— Acho que seria melhor se você fosse embora com a sua mãe.

— Eu não sou mais criança.

— Eu não disse que era.

— Acho que disse, sim.

Gwen estava na defensiva. Eliza colocou a mão sobre a dela.

— Quantos anos você tem? Vinte e cinco?

A boca de Gwen se abriu.

— Trinta e um.

Muito velha para ter uma babá.

— Quer saber? Hoje nós vamos vestir um jeans e um chapéu e procurar aquele bar texano. Talvez eu possa te dar umas dicas para você ficar longe de problemas. — Não era exatamente o melhor lugar para recrutar novos clientes, mas deixar Gwen para se defender sozinha era meio como deixar um gatinho com uma dúzia de pitbulls.

— E se eu *quiser* encontrar algum problema?

— Então é melhor ter alguém para evitar que você se machuque. Por isso, vai precisar de alguém como o Hans.

— Tudo bem, sem problemas. Eu vou me divertir e ir embora sã e salva.

— Ótimo.

Gwen sorriu e abriu a porta do carro.

O calor sufocante sugava a energia de cada poro de Eliza. Talvez um bar legal e uma cerveja ajudassem a tirá-la de seu atual estado de desânimo.

Ela passou a bolsa por cima do ombro e contornou a frente do carro.

— Ah, Carter, você foi muito gentil em vir. — A voz de Gwen atravessou o ar com a saudação.

Eliza derrapou até parar. *Carter?*

Gwen alcançou os degraus da casa e cumprimentou Carter no estilo clássico europeu, beijando as duas bochechas. Vestindo calça casual e camisa social de algodão, Carter Billings abriu seu sorriso fácil. Como de costume, ele disse a coisa certa no momento certo.

— Você está linda. Nem parece que está sentindo esse calor de mil graus aqui fora.

O coração de Eliza bateu forte no peito. Ali estava o verdadeiro motivo para seu mal-estar. Carter Billings era tudo o que ela sempre quis em um homem, mas completamente fora de seu alcance. Algo dentro dela se acendia toda vez que o via. Infelizmente, essa resposta geralmente terminava em uma observação irônica ou em uma batalha defensiva. Ele era mais confiante que um gato em um beco escuro no Brooklyn, sorria e era encantador com todo mundo e exalava sensualidade, como calda pingando de uma pilha de panquecas.

Carter passou a mão pelos cabelos loiros e encontrou seu olhar quando Gwen passou por ele e entrou na casa. Eliza viu o peito dele se mover com uma respiração profunda antes de descer as escadas para cumprimentá-la.

— Olá, Eliza.

— Oi, Carter. O que está fazendo aqui? — *Droga, isso soou ranzinza.* O calor estava fritando seu cérebro.

— Acho que você não está feliz em me ver.

— Eu não disse isso. Só não estava esperando que você comparecesse. — *Comparecesse?* Ela já estava pegando o jeito de falar do local.

Ele cruzou os braços, enfiando os dedos sob as axilas.

— A Gwen pediu para o Neil vir, e o Blake me pediu para ficar de olho nela.

Eliza olhou por cima do ombro de Carter, para a porta vazia.

— Por que o Blake não pergunta ao Neil sobre ela?

— O Neil não faz fofoca, só se atém aos fatos. O Blake ficaria frustrado com uma resposta do tipo "Ela está bem" — Carter baixou o tom de voz para imitar a de Neil, e Eliza não pôde deixar de sorrir.

— Mas ela *está* bem. — Como uma mulher conseguia fazer com que todos esses homens sentissem necessidade de mimá-la?

— Eu decido isso.

Eliza afastou dos olhos uma mecha de cabelo que havia caído do coque. Carter observou o movimento.

— Que o juiz decida, então.

— Eu não sou mais juiz.

— Não, é *político*.

— Você fala como se fosse uma coisa ruim.

— Políticos são quase tão odiados quanto advogados. — Coisa que Carter era, ou tinha sido, pelo menos. Aos trinta e sete anos, ele havia subido mais degraus e alcançado mais objetivos do que um homem com o dobro da sua idade. Agora estava de olho no governo do estado da Califórnia e, de acordo com as pesquisas, suas chances eram boas.

— Essa doeu.

— Eu só falo o que percebo.

Ele parou de lado, o sorriso nunca saindo dos lábios carnudos.

— Bom, por que você não fala lá dentro? É difícil ficar de olho na minha protegida aqui nesse calor.

— Ela não é sua protegida — Eliza informou enquanto subia os degraus. Mesmo naquele clima, conseguiu captar o aroma almiscarado que emanava do corpo dele. Ela estremeceu, ignorando o prazer que o cheiro trouxe.

— Também não é sua, mas ela não veio dirigindo até aqui sozinha.

— Você não tem leis para aprovar ou algo assim?

Carter riu quando ela passou por ele na escada.

— Eu não sou o governador. Ainda.

— Achei que bancar a babá de uma mulher adulta estava fora da sua lista de deveres judiciais. — O interior fresco da casa era um alívio bem-vindo.

— Talvez dos deveres políticos, mas não daqueles para com os meus amigos. Você faria o mesmo pela Sam, nem tente negar.

Ele a pegara. Não que ela fosse deixá-lo saber o que estava pensando.

— Ah, que seja.

⚬∾∾⚬

Carter seguiu a gota de suor que teve a sorte de escorrer pelo pescoço de Eliza, desaparecendo pelo decote V da blusa. Ele remexeu os pés enquanto pensava para onde aquela gotinha poderia ter ido. Com um metro e setenta de altura, a pele bronzeada de sol e os olhos castanhos sensuais, Eliza tinha o poder de atraí-lo.

Como se sentisse sua atenção, ela inclinou a cabeça. O movimento fez com que os olhos de Carter subissem dos seios para o rosto. Ele nem teve a decência de ficar envergonhado por ser pego observando-a. Deveria ter ficado, sabia disso, mas não ficou. Carter olhou para sua anfitriã, que estava ao lado de Gwen e Neil, e fingiu que estava ouvindo.

Meia hora depois, eles estavam em um vasto gramado rodeado por cercas de madeira, a algumas centenas de metros de distância. O calor e o cheiro de cavalos pairavam no ar.

— Temos mais de duzentos hectares — a sra. Hawthorn explicou.

— Como vocês vão afastar os intrusos? — Neil perguntou.

— Teremos funcionários extras para evitar a entrada de qualquer pessoa indesejada. Eles vão ter que andar muito para chegar até aqui. E, se chegarem de carro, vamos vê-los muito antes que consigam entrar.

A mulher caminhou até a grande área de entretenimento ao ar livre, decorada com fogueiras e mesas. Fardos de feno delineavam o entorno, complementando o encantador cenário do Texas.

Eliza se afastou da sra. Hawthorn e foi em direção a um dos empregados do rancho. O caubói usava calça jeans, botas e um chapéu Stetson. O homem sorriu e inclinou o chapéu quando ela se aproximou. Carter deu alguns passos até eles, mas não conseguiu ouvir o que conversavam. O jovem caubói olhou para Gwen e fez alguns gestos com a mão. Eliza pareceu lhe agradecer e retornou para perto deles.

Gwen voltou a atenção para Eliza.

— Por que você não mostra ao Carter a disposição das coisas lá dentro enquanto eu converso com o responsável pela segurança?

— Não precisa pedir duas vezes. Está mais quente que o inferno aqui fora. — Eliza se virou e foi em direção à casa. — Você vem?

Carter apertou o passo para encontrá-la na porta, segurando-a aberta enquanto ela entrava.

— A sra. Hawthorn ofereceu alguns quartos para usarmos na noite da festa, para os convidados que beberem demais ou para os que aparecerem de última hora e não tiverem onde se hospedar. — Eliza passou por uma escada nos fundos e apontou. — Tem uma varanda com vista para o lugar, onde o Blake pode colocar um segurança extra para vigiar e conferir se tem algum penetra na festa.

Carter a seguiu, observando o balanço dos seus quadris quando ela se virou e caminhou pelo longo corredor.

— Vocês podem se organizar aqui enquanto esperam pela Sam.

Ela continuou andando e falando. Carter mal ouviu uma palavra. Como na maioria das vezes em que estivera na presença de Eliza, ela reduzia seu cérebro a nada, fazendo com que fosse difícil pensar. Ele sempre sentia uma fagulha quando ela entrava nos lugares. Se tivesse que adivinhar, diria que ela estava tão atraída por ele como ele por ela. No entanto, nenhum deles tomava uma atitude a respeito.

Bem... quase nunca.

No Natal do ano anterior, que comemoraram com Blake, Samantha e uns cinquenta amigos, eles quase se beijaram sob o visco. Ambos haviam bebido e estavam sendo irônicos um com o outro a noite toda. Eliza usava um vestido vermelho que ia até o meio das coxas. Ela havia prendido o cabelo escuro e somente algumas mechas balançavam ao longo de seu pescoço delgado. Toda vez que passava por ele, seu perfume o envolvia, como se o sufocasse. Hipnotizado, Carter percebeu quando ela se afastou da festa e a seguiu.

Eliza se virou de maneira inesperada, colidindo com ele. Os dois ficaram ali por um momento, se avaliando. Então ela rompeu o contato visual e olhou para o alto. Murmurou algo, e ele olhou também. *Deus abençoe aquele visco.* Carter colocou a mão na lateral do rosto dela, e os dedos tocaram sua nuca. Sentiu necessidade de beijá-la lentamente.

Mas seu plano foi por água abaixo.

Assim que ele se inclinou para provar o sabor dos lábios de Eliza, um dos convidados o chamou do outro lado da sala. Ela deu um pulo para trás e saiu do alcance dos seus braços.

Nenhum dos dois jamais falou sobre isso. Na verdade, eles continuaram como se nada tivesse acontecido. Ele supôs que isso se devia ao fato de ambos serem muito amigos de Sam e Blake e não desejarem estragar essa amizade.

Carter passou a sair e a ser visto com outras mulheres, e Eliza continuou seu trabalho na empresa de que era sócia com Samantha.

— Então, o que acha? — Eliza estava falando com ele, mas Carter não fazia ideia do assunto.

— O quê?

— A casa.

— O que tem?

— Você não ouviu uma palavra que eu disse.

— Não. Não, você falou sobre o lugar em que vamos ficar, sobre a varanda...

Ela pousou as mãos na cintura e o olhou com altivez.

— Eu falei isso quinze minutos atrás. Não sei por que me dou o trabalho — continuou, se virando.

— Eu me distraí — ele admitiu. — Tenho muita coisa na cabeça.

— Eu também tenho coisas melhores para fazer com o meu dia. Quer saber? Por que você não diz para o Neil que aprova tudo e seguimos em frente?

Carter sorriu com malícia.

— Tentando se livrar de mim?

Os olhos de Eliza se voltaram para os dele mais rápido que relâmpagos em um céu tempestuoso.

— Querer que você vá embora significaria que eu me importo com a sua presença.

Ela estava se esforçando para manter um olhar desinteressado no rosto, mas começou a mordiscar a unha e quebrou o contato visual. *Você se importa. Pode não querer, mas se importa.*

— Essa doeu.

Ela olhou para as unhas e as apertou na palma.

— Ah, esquece. Vamos sair daqui antes que a gente derreta.

— Boa ideia. — Porque ficar ali, fantasiando sobre Eliza, não estava trazendo nenhum benefício. Além disso, a última vez em que Carter checou, ele tinha uma acompanhante para a festa, e não era a mulher à sua frente.

Eliza saiu andando, e ele a seguiu a uma distância segura. Ele realmente deveria estar pensando nos milionários do Texas que assistiriam à cerimônia de renovação de votos, e não na madrinha.

— Já pensei em tudo, Neil. Pode dizer para o meu irmão que a segurança está perfeita, e as únicas fotos para a mídia vão ser tiradas pelo repórter que foi convidado para assistir à cerimônia. — Gwen acenou para Carter. — Seja legal e o acalme, tá?

Carter olhou para Neil e deu de ombros.

— Obrigada mais uma vez pela atenção, sra. Hawthorn. Nos vemos daqui a alguns dias.

A dona da casa deixou que Gwen beijasse suas bochechas e acenou quando as duas mulheres entraram no carro.

— Divirtam-se, garotas.

Carter estava ao lado de Neil e da sra. Hawthorn enquanto Eliza e Gwen se afastavam. Eliza nem olhou no espelho retrovisor conforme o carro se distanciava.

— Elas estavam com pressa de ir embora — Neil comentou.

— Também notei.

A sra. Hawthorn colocou a mão na cintura.

— Planejar um casamento não é fácil. Elas estão trabalhando duro. Ainda bem que vão ter uma noite divertida antes da festa.

— Noite divertida? — Neil perguntou.

Carter seguiu a poeira na estrada.

— Pelo que o Billy falou, a Eliza perguntou sobre um bar onde as duas pudessem descontrair e relaxar por algumas horas. Dançar um pouco e extravasar.

Carter revirou os olhos.

— Um bar?

— Não consigo imaginar a srta. Gwen num bar no Texas — Neil comentou.

Eliza, talvez. Mas Gwen?

— Parece que você não vai poder voltar para casa hoje à noite — Carter disse a Neil.

Perder a oportunidade de espionar Eliza e Gwen estava fora de questão.

A BUTIQUE DO HOTEL FORNECEU o jeans perfeito, colado ao corpo, botas e chapéu de cowgirl. Gwen não entraria em um bar do Texas vestida como a filha de um duque. Ao contrário de quando foram comprar os vestidos amarelos de madrinha, Eliza gostou do passeio que deram no departamento country da loja.

Uma música alta e vibrante, com letra sobre um amor perdido, preenchia o bar. Vários casais lotavam a pista, dançando tão colados como se fossem um só.

Eliza tomou a dianteira e caminhou através da multidão em direção a dois bancos vazios no bar. As duas receberam alguns olhares e sorrisos antes de se sentarem.

— Não posso acreditar que está tão cheio — Gwen falou acima do barulho.

— Isso torna o bar mais interessante — Eliza respondeu.

O barman colocou dois guardanapos na frente delas.

— Senhoritas — falou, abaixando o chapéu.

Ela ergueu dois dedos.

— Duas cervejas.

Gwen zombou.

— Mas...

— Você não pode beber vinho em uma cervejaria, Gwen. — Eliza sabia aonde sua amiga estava querendo chegar com seu "mas" altivo. Surpreendentemente, ela não discutiu.

Gwen apoiou as mãos no colo, em cima da bolsa. Estava ereta, com os grandes olhos bem abertos. Seus dedos batucavam no ritmo da música, e um sorriso surgiu em seus lábios. O que será que ela viu? Para ela, aquela noite era para se aventurar e superar alguns de seus receios sociais. Claro, havia pessoas dançando e se divertindo. Pelo jeito da multidão, não havia ninguém completamente bêbado ainda. Pessoas que bebem cerveja tendem a ficar mais agitadas à medida que o fim da noite se aproxima.

— Aqui está, senhoritas. — O barman apoiou as garrafas no balcão, enquanto Eliza enfiava a mão na bolsa para pagar. — Já foi pago — ele falou, acenando para a ponta do balcão, onde havia dois homens de camisa xadrez e chapéu Stetson. Eliza fez contato visual com o que estava mais perto. Seu cabelo escuro e o bigode bem aparado delineavam feições rústicas e atraentes. Ela ergueu a garrafa e acenou com a cabeça.

— Eles pagaram as bebidas? — Gwen perguntou.

— Parece que sim.

— Devemos ir até lá agradecer?

Eliza virou de costas para os homens e levou a garrafa aos lábios. Depois de um gole, disse:

— Não precisa. Eles vão vir aqui em menos de cinco minutos.

Gwen levantou a garrafa e sorriu para os caubóis.

— Como você sabe?

— Porque você ainda está olhando para lá, o que eles vão interpretar como um convite.

Gwen baixou o olhar e girou no banco.

— Meu Deus, você realmente não sai muito — Eliza comentou.

As bochechas da loira ficaram vermelhas.

— Eu sou patética.

— Você foi muito protegida. A culpa não é totalmente sua.

Gwen tomou um gole de cerveja. Para seu crédito, não fez careta por causa do gosto.

— Protegida e patética.

Até que ponto vai a inocência dela?

— Por favor, me diz que você já namorou.

Gwen ficou chocada.

— Já tive alguns casos. Não sou virgem, se é isso que você quer saber.

— Ora, ora, essa é uma informação das boas, minha querida. Eu poderia jurar que você é tão inocente quanto um bezerrinho. — Eliza e Gwen

19

olharam para o caubói enorme que havia se aproximado delas em menos de dois minutos.

Gwen corou no mesmo instante, e seus olhos se arregalaram.

— Obrigada pelas bebidas — Eliza falou, tentando tirar o foco da conversa da confissão de Gwen.

— Meu nome é Rick. Esse aqui é o Jimmy. — Jimmy era uns dois centímetros mais baixo que Rick e uns dez quilos mais magro. Os dois eram um colírio para os olhos.

— Eliza — ela disse —, e essa é a minha amiga Gwen, que não é virgem. — Ao que Gwen deu uma cotovelada na lateral do corpo de Eliza, que riu.

Rick e Jimmy foram gentis e não continuaram com a piada.

— Se importam se nos juntarmos a vocês?

Eliza fez sinal com a cabeça para o assento vazio à sua direita. Rick se sentou, e Jimmy disse:

— Vou ficar de olho para ver se vaga uma mesa.

Gwen se aproximou um pouco mais de Eliza quando Jimmy chegou perto dela. Aquilo iria ficar embaraçoso em um piscar de olhos.

— Que tal eu segurar isso — Eliza tirou a cerveja das mãos de Gwen — e vocês irem dançar?

Gwen se inclinou e tentou sussurrar:

— Eu nem o conheço.

Eliza sorriu e a empurrou para fora da banqueta.

— Vá em frente. Estamos aqui para nos divertir.

Jimmy já estava segurando o cotovelo dela.

— Mas eu não sei dançar esse tipo de música.

Ele a ajudou a levantar.

— De onde você é?

— Dos arredores de Londres. — Gwen colocou a bolsa no banco. Jimmy piscou.

— Bem, inglesinha, eu aprendi o two-step quando tinha cinco anos. Acho que posso te ensinar.

— Tem certeza?

— Vamos lá.

Os olhos de Eliza a seguiram enquanto ela pisava na pista de dança. Gwen ficou rígida quando Jimmy envolveu os braços ao redor de sua cintura e a puxou para perto. Depois de alguns movimentos errados, ele conseguiu fazer Gwen executar passos complicados de dança no ritmo da música.

— Você sempre observa a sua amiga tão de perto? — Rick perguntou.

— Está no manual das garotas. Vamos ao banheiro juntas, escondemos a etiqueta da roupa das amigas e cuidamos umas das outras.

— Ela não parece estar de olho em você.

Eliza encarou o caubói à sua direita e sorriu.

— Ela só está tentando evitar pisar no pé do seu amigo. É difícil fazer isso e me observar ao mesmo tempo.

Rick era bonitinho. Seu sotaque se somava ao comportamento tranquilo, mas ele não despertava a libido de Eliza. Química era uma porcaria. Duas pessoas podiam parecer estar se dando bem para quem olhava de fora, mas às vezes elas simplesmente não se conectavam. Ou então era algo explosivo, como acontecia com Carter e ela.

Rick não deve ter se sentido do mesmo jeito. Ele se reacomodou na banqueta e continuou a conversa.

⌒⟳⌒

Carter deu uma cotovelada em Neil, nos fundos do bar, longe de Eliza e Gwen, e fez o melhor para se esconder nas sombras.

Pelos passos hesitantes de Gwen, as mulheres estavam no bar havia pelo menos uma hora, talvez duas. O cabelo dela estava bagunçado e, em alguns momentos, sua voz se elevava sobre as outras. Ela já havia dançado com uns três homens diferentes no curto espaço de tempo em que ele e Neil estavam ali. Se servisse de consolo, Eliza tinha jogado algumas bebidas de Gwen em copos esquecidos na mesa.

As juntas dos dedos de Neil estavam brancas de tanto apertar a cerveja enquanto observava Gwen girar ao redor da pista de dança.

— Ela está bêbada — ele murmurou entredentes.

— Eu diria que você está certo. — Carter deu um gole na cerveja, os olhos focados em Eliza. Ela conversava com dois homens sentados à sua mesa, onde passara a maior parte da noite. Um deles se levantou e lhe ofereceu a mão. Ela hesitou, mas depois deixou que ele a conduzisse até a pista de dança.

Seu traseiro firme balançava em sintonia com a música, como se ela tivesse nascido para dançar country. O parceiro manteve as mãos em seus quadris por cerca de trinta segundos, e então elas começaram a escorregar.

É difícil segurar o copo quando meus dedos querem esmagá-lo. Outro casal bloqueou a visão de Carter. Ele se remexeu na cadeira, mas mesmo assim não conseguiu encontrar Eliza na multidão. Quando a achou, ela tinha parado de dançar e estava sentada à mesa novamente, dessa vez conversando com outro cara. Quando o caubabaca número dois estendeu a mão para tocar seu ombro, Carter não aguentou mais.

— Fique de olho na Gwen.

— Não se preocupe, já estou — Neil respondeu.

A música mudou para algo mais lento quando Carter se aproximou da mesa. De maneira não muito gentil, ele tirou os dedos do caubabaca das costas de Eliza e segurou o cotovelo dela.

Sua expressão chocada encontrou a dele, e o caubói se levantou.

— Posso ajudar?

Uma tatuagem de cruz adornava a mão do homem que conversava com Eliza. Era quase imperceptível, mas Carter conhecia o significado.

— Você me deve uma dança — ele disse enquanto ignorava o cara.

Talvez ela estivesse muito chocada para negar, pois ficou de pé e o deixou puxá-la para seus braços. O calor dela o golpeou no estômago enquanto seu corpo roçava o dela.

— O que é que você está fazendo aqui?

Carter lançou um olhar para os homens que os observavam do outro lado do salão.

— Salvando uma mulher de um bando de selvagens que planejavam uma noite de diversão.

Ele a fez girar; ela o girou de volta e olhou para os homens.

— Eles são inofensivos.

— É mesmo?

— Eles só parecem baderneiros.

— Então eles estão comprando bebidas para vocês duas a noite toda a troco de nada?

Ela pisou no pé dele, que se recuperou rapidamente e continuou dançando.

— Há quanto tempo você está aqui nos vigiando?

Ai, cara, ele deveria ter ficado de boca fechada.

— Tempo suficiente.

— Há quanto tempo, Carter?

— O Neil estava preocupado com a Gwen. — Pensando na irmã do seu melhor amigo, Carter olhou ao redor do salão para tentar encontrá-la. Vislumbrou seus cabelos loiros e a pequena silhueta conforme alguém a levava porta afora. — Ah, droga.

Carter interrompeu a dança de repente e puxou Eliza consigo. Neil já estava à frente dele.

Os corpos suados na pista de dança tornavam difícil atravessar o bar. Carter sabia que pelo menos um dos homens que estavam na mesa de Eliza os havia seguido.

— O que estamos fazendo?

— Vamos — ele falou. Quando finalmente chegaram à porta da frente, entraram no estacionamento bem a tempo de ver Neil agarrar o cara com quem Gwen tinha dançado. O guarda-costas o prendeu ao capô de uma caminhonete e ergueu o punho.

— Pare! — Gwen gritou.

Neil hesitou, mas só por um segundo, antes que seu punho voasse. O outro homem não era páreo para ele. O grandalhão deu dois golpes e se afastou.

— A *moça* disse não.

— De onde você surgiu? — um dos homens do bar gritou enquanto seguia para o meio da confusão.

Mais pessoas saíram para assistir à cena. Carter tinha certeza de que pelo menos um celular estava mirado para ele. Uma briga de bar em um estacionamento no Texas provavelmente não era a melhor maneira de conseguir votos.

— Acabou, amigo. O grandão aqui só está protegendo uma mulher inocente — Carter disse, tentando fazer o melhor para acalmar a situação.

— Pois pra mim ela parecia estar a fim — o sujeito gritou antes que seu punho voasse e atingisse o rosto de Carter.

Ele girou e se abaixou, atacando seu agressor na área da cintura e o empurrando até o carro mais próximo.

Tudo explodiu ao redor. Carter deu outro golpe no abdome do oponente antes de começarem a trocar socos. A adrenalina percorreu suas veias como fogo, acelerando seus movimentos. Os músculos começaram a trabalhar, e num intervalo de vinte segundos Carter havia prendido o homem junto ao carro, ao lado do amigo dele.

— Não sempre quer dizer não!

O cara parou de lutar. Alguns dos homens que estavam no bar atravessaram a multidão como linebackers.

— Droga, Jimmy, o que vocês dois estão fazendo? — alguém perguntou.

Carter se afastou do homem e o olhou, esperando que o cara se encolhesse.

O que não aconteceu.

— Neil — Carter chamou —, por que você não leva a lady Gwen de volta para o hotel? Vou pegar uma carona com a Eliza.

Quando se concentrou nela, Carter a viu com o braço entrelaçado no de Gwen, e as duas olhavam para a multidão, inquietas. Eliza deu um tapinha nas costas de Gwen.

— Te vejo no hotel.

Gwen assentiu.

Ele fez um gesto para Eliza o acompanhar até o carro.

— Minha bolsa ficou lá no bar — ela disse.

Neil escoltou as duas mulheres para longe dos bêbados, e Carter entrou para buscar os pertences delas.

Ele pegou a bolsa de grife de Gwen. Quando sua mão pousou na bolsa de Eliza, sentiu algo assustadoramente familiar. Incapaz de se controlar, Carter a abriu e encontrou exatamente o que imaginava.

Por que Eliza estava carregando uma arma?

3

ELIZA PEGOU SUA BOLSA DA mão de Carter, tirou as chaves do carro e entregou a ele.

Ela havia estragado tudo. Colocara Gwen em perigo em vez de ajudá-la a se livrar dos avanços indesejados de homens estranhos. A loira estremecera quando Eliza e Neil a levaram até o carro elegante que ele dirigia. Dissera que estava bem, mas Eliza não acreditou: ela continuara olhando para Neil com uma raiva equivocada.

Quando elas chegassem ao hotel, Eliza teria suas respostas. Até então, precisaria lidar com Carter.

Para começar, por que eles estavam no bar? Ela devia ter ficado feliz com a intervenção de Carter, mas tudo em que podia pensar era que, se não tivesse se distraído com a presença dele, poderia ter lidado muito bem com a situação.

Carter dirigiu em silêncio até a interestadual. Eliza só conseguia se concentrar em seu perfil: queixo forte, boca sexy, lábios ligeiramente inchados.

Ela estremeceu, pensando na dor.

— Por quê?

Ela respirou fundo, soltando lentamente o ar. Não havia necessidade de perguntar a que ele estava se referindo. *Por que* elas estavam naquele bar? *Por que* ela levou lady Gwen, uma iniciante superprotegida, a um lugar como aquele?

— Queríamos nos divertir um pouco.

— O hotel não tem bar?

— Tem. Perfeitamente seguro e chato — ela disse. — A Gwen queria mais.

— A Gwen não sabe o que quer. Ela poderia ter se machucado.

Eliza olhou para as mãos no colo, cobrindo a bolsa.

— Ela estava começando a acreditar que todos os caubóis são cavalheiros porque dizem "moça" e puxam a cadeira para ela. Se ela não fosse para o bar comigo, teria ido sozinha.

— E como você a ajudou?

— Se você não tivesse aparecido e me distraído, eu a teria impedido de sair com aquele cara. — O tom de sua voz subiu, e a raiva borbulhou.

Carter bufou e deu seta para sair da rodovia.

— Por que vocês estavam lá, afinal? — ela perguntou.

— Para impedir que vocês duas saíssem na primeira página dos jornais amanhã. Parece que o Neil e eu chegamos na hora certa. — As mãos de Carter apertaram o volante enquanto entravam no estacionamento do hotel. Ele contornou o manobrista e optou por estacionar ele mesmo.

— Não foi tão ruim assim.

— O cara que estava com as mãos em cima de você é um traficante. Sabia?

Ela sabia sobre as tatuagens. Estava ciente do que significavam.

— De cidade pequena, na melhor das hipóteses. — Não que ela tivesse dado alguma atenção ao cara quando ele apareceu na sua mesa. Na verdade, quando ele se sentou, Eliza estava pedindo um café para ela e Gwen irem embora. Ela suspeitava de que os caras do bar tinham percebido que nenhum deles ia se dar bem naquela noite, e a tensão tinha começado a aumentar. Ela estava prestes a dar uma desculpa para se mandarem de lá quando Carter apareceu e a arrastou para a pista de dança.

— De cidade pequena? Isso é tudo que você tem a dizer? — A visão de Carter chateado não era nem um pouco agradável. Seu maxilar estava muito tenso, e os olhos semicerrados pareciam prestes a fuzilar alguém.

Em vez de retrucar, Eliza saiu do carro e bateu a porta. Tinha se afastado uns dois metros quando Carter a girou pela segunda vez naquela noite.

— Admita que você estava errada e encerramos o assunto.

De jeito nenhum!

Eles ficaram ali, um de frente para o outro, se encarando, irritados.

Ela respirou fundo, recusando-se a ceder. Se ele achava que poderia vencê-la pelo cansaço, estava enganado. Ninguém era tão bom quanto ela em usar a tática do silêncio.

— Meu Deus, como você é teimosa!

— Não se esqueça disso — ela falou.

Ele afrouxou o aperto em seu braço, e algo nos olhos dele mudou. Sua voz ficou mais suave.

— Você poderia ter se machucado.

— Você quer dizer que a Gwen poderia ter se machucado.

O olhar dele viajou até os lábios de Eliza, e nesse momento a verdade falou mais alto.

— Ela também — ele quase sussurrou.

Pelo olhar de Carter, não era com Gwen que ele estava preocupado.

Seus dedos percorreram o braço dela, despertando fagulhas com o toque. A mudança da raiva para o medo fez com que todo o ar deixasse os pulmões de Eliza, e ela ficou tonta. Os lábios dele se moveram, como se estivesse dizendo algo para si mesmo enquanto diminuía a distância entre os dois. Ela sabia que ele iria beijá-la. Um erro colossal, com certeza, mas Eliza não conseguia detê-lo, nem queria. Então ficou completamente imóvel e esperou por seu toque.

O celular de Carter zumbiu dentro do bolso e quebrou a tensão, feito um cubo de gelo caindo na água quente.

— Droga — ele reclamou.

Eliza se afastou e balançou a cabeça quando ele pegou o aparelho.

— O quê?! — ele gritou ao telefone. — Sim... Não... Filho da puta.

Carter ficou pálido. Passou a mão pelos cabelos loiros, o que o fez parecer ainda mais sexy.

Eliza realmente não deveria pensar nele como um homem sexy.

— Sim. Você sabe o que fazer. — E desligou o telefone.

— O que aconteceu?

— Parece que a festinha desta noite está em todas as redes sociais. Era o meu gerente de campanha.

— Ah, não. — Isso não podia ser bom. Políticos eram afastados da vida pública por muito menos que isso.

— É mais do que "ah, não". Vamos, preciso te levar lá para dentro e depois tentar consertar o estrago.

Cada passo até o hotel foi marcado pela culpa. O que aconteceu com o muro que ela tinha trabalhado tão duro para erguer? Eliza tentou mascarar seus sentimentos e torceu para que Carter não notasse nada sob sua fachada vacilante.

Ele a guiou até a suíte da cobertura sem dizer nada. Olhou para Gwen, apontou para ela e disse:

— Da próxima vez que quiser sair, chame o Neil. — Então se virou e bateu a porta depois de passar.

É tudo culpa minha.

❧

Assim que a porta da cobertura se fechou, Gwen se pôs em pé.

— Eu nunca me diverti tanto na vida.

Eliza olhou para ela, atônita.

— O quê?

— Primeiro aqueles caubóis. Tão fofos. E a cerveja. Não achei que ia gostar de cerveja. Minha mãe me disse que tinha gosto de água suja e que damas não bebem cerveja. E a dança... Minha nossa, eu nunca tinha dançado daquele jeito. — Gwen andava pela sala, sua voz aumentando pelo menos um tom enquanto falava rapidamente, atropelando as palavras.

Eliza balançou a cabeça.

— Você está louca? O Neil salvou a sua pele não tão virgem daquele idiota no estacionamento.

— Eu percebi que o Neil estava ali uma hora antes de ele decidir virar o centro das atenções. Nunca estive em perigo de fato.

Eliza sentiu a boca secar.

— O quê?

— Você não viu o Carter e o Neil entrarem? Até entendo que o Carter possa passar despercebido, mas o Neil? O homem parece um caminhão de tão grande. Puro músculo. — Gwen ergueu uma sobrancelha, e seus olhos, brilhantes por ter bebido muita cerveja, cintilaram ainda mais.

— Você está a fim do Neil?

— Eu não falei isso.

Mas também não negou. Interessante.

Eliza esfregou as mãos no rosto, borrando qualquer resíduo de maquiagem que ainda tivesse.

— Esta noite foi um grande erro.

— Discordo.

— O Carter vai concorrer a governador e se envolveu em uma briga de bar. Parece que as fotos já estão circulando. — Eliza só torcia para que não estivesse em nenhuma delas.

— Oh-oh. — Parecia que lady Gwen finalmente havia começado a entender o problema.

Eliza desabou no sofá.

— E é tudo culpa minha.

Gwen se sentou ao lado dela e colocou a mão em seu joelho.

— Não. Sou tão culpada quanto você.

A responsabilidade pesava nos ombros de Eliza. Agora, a pergunta era: como ela consertaria aquilo?

***

Com a cabeça enterrada nas mãos, Carter estava sentado em frente ao laptop conversando com Jay, seu gerente de campanha, via Skype.

— ... e como Gwen Harrison estava envolvida, você ainda saiu nos jornais e tabloides de Londres. Estamos ferrados.

Preciso consertar isso.

— Ninguém quer um solteirão briguento no governo. Eles não se importam com adultério e uso de drogas, mas brigar no estacionamento de um bar... não vai funcionar.

— Precisamos fazer alguma coisa. — Ele planejava anunciar oficialmente sua candidatura em menos de duas semanas. Uma noite protegendo a honra de uma mulher e todos os seus planos de vida foram para o espaço. — Quando eu devo convocar uma coletiva de imprensa?

— E dizer o que exatamente aos repórteres? Que você estava em um bar bebendo...

— Eu não estava bebendo.

— Por quanto tempo você ficou lá?

— Uma hora.

— E não estava bebendo? — O tom irônico de Jay o deixou sem palavras.

— Eu tomei um drinque. — Ele tinha bebido uma cerveja para não ficar tão na cara que estava espionando Eliza.

Jay soltou um suspiro.

— Como eu disse, você estava em um bar bebendo e pegando mulheres...

— Não estava.

— As fotos que eu vi mostravam você ao lado de uma mulher de cabelos escuros que deve ter Sexo como nome do meio.

— Era a Eliza. A melhor amiga da Samantha. Depois da briga, eu a levei para o hotel. O Neil levou a Gwen — ele se defendeu.

— Não acho que os jornais vão querer saber de quem ela é amiga. Escuta, Carter, vão dizer que você estava lá bebendo, o que não é mentira; que você pegou uma mulher, o que também não é mentira; e que arrancou sangue de um homem, outra coisa que não é mentira.

Carter estava a um passo de dizer "Mas foi ele que começou". *Que infantil.*

— Quando é a festa do Blake? — Jay quis saber.

— Daqui a dois dias.

— Fique na sua e preste atenção com quem você conversa. Quem sabe a notícia cai no esquecimento e descobrimos um jeito de lidar com a situação.

Carter esfregou a crescente tensão na nuca.

— Fingir que não aconteceu nada não vai fazer a notícia cair no esquecimento.

— Talvez não, mas que escolha temos? A menos que você suba ao altar amanhã ou na próxima semana, não sei como vamos te transformar em um homem de família respeitável, pronto para assumir o cargo. A cena da briga de bar não vai ser esquecida tão rápido. O melhor que podemos fazer é encobri-la ou transformá-la em algum tipo de gesto heroico. Mesmo assim, vai ser uma batalha difícil.

A imagem de Kathleen, sua acompanhante na festa de Blake e Sam, surgiu em sua mente.

Casamento? Não vai acontecer.

— Tem que ter algo que a gente possa fazer — Carter disse.

— Vou consultar alguns amigos em Washington. Eles lidam com esse tipo de coisa o tempo todo.

— Me liga.

— Pode deixar. Ah, Carter?

— Sim?

— Fique longe de bares caipiras.

Carter desligou e jogou o telefone na cama. Ele estava ferrado.

O VESTIDO ERA AINDA MAIS quente do que ela pensara. A cor amarela não favoreceu a pele pálida de Eliza, a qual ela vinha demonstrando desde a infame briga no bar.

— Vocês estão... um doce — Sam disse, com os olhos indo de Eliza para Gwen.

— Como a cobertura de um bolo. — Só que o recheio do bolo era amargo e indigesto. A ideia de encarar Carter enquanto caminhavam até o altar a deixou enjoada. Onde estavam sua ironia e sua sagacidade quando precisava delas?

— Pelo menos a temperatura baixou — Gwen falou, sempre otimista.

— O quê, uns dois graus? — Eliza abriu a porcaria do leque e se abanou.

Alguém bateu à porta.

— Pode entrar.

A sra. Hawthorn enfiou a cabeça para dentro do quarto.

— Ah, meninas, vocês estão lindas.

Eliza se segurou para não bufar. O vestido de Sam era igualmente ridículo, mas pelo menos era branco. Era óbvio que a sra. Hawthorn precisava consultar um oftalmologista. Só Gwen ficara bem com o vestido e o tom de amarelo.

— Os rapazes estão prontos? — Eliza perguntou.

— Estão, sim. Posso pedir para começarem a música?

— Por favor — ela implorou. Quanto mais cedo começassem, mais cedo terminariam. Então talvez ela pudesse sair de fininho. Ainda não tinha arranjado um jeito de compensar a "festa dos horrores" com Carter. O noticiário destacou a "briga de bar" e o pintou como um candidato instável. Carter não se dirigiu aos repórteres, apesar de acamparem na frente do hotel em busca de uma declaração.

Sam levantou o vestido pesado para evitar pisar na barra enquanto caminhava.

No meio da escada, Eliza avistou Carter e Neil, ambos elegantes de smoking com gravata amarela. Carter riu de algo que Neil disse antes que os olhos do guarda-costas as encontrassem.

Carter virou a cabeça, e o sorriso se desfez quando seu olhar pousou em Eliza. Ela engoliu em seco, tentando ignorar a tensão que se formou em seu estômago.

Ele tomou seu lugar no pé da escada e esperou. Então a encarou, compenetrado, antes de lhe oferecer o braço.

Isso vai ser divertido.

— Oi — ela disse sem gaguejar.

Ele devolveu o cumprimento, mas desviou o olhar para Neil.

— Vamos lá.

O sorriso radiante de Gwen se voltou para o guarda-costas, e ela se aconchegou em seu braço. Ele puxou o colarinho e acenou com a cabeça em direção a Carter.

A música começou a tocar, e Eliza deixou Carter acompanhá-la até o altar. Assim que entraram no corredor central da igreja, o sorriso encantador de Carter surgiu, e ele a puxou um pouco mais para perto. Então finalmente a olhou, mas não deve ter gostado do que viu.

— Você está linda — falou.

— Você deve ser cego — ela sussurrou e sorriu ao mesmo tempo.

Dois fotógrafos estavam registrando a cerimônia: um contratado por Samantha, outro escolhido pela imprensa. A câmera parecia se concentrar muito nos dois. Ainda bem que Neil tinha autorização para deletar qualquer foto inconveniente.

— Você está parecendo a Daisy Duke, da série *Os gatões*. Muito texana. — Ele abriu um sorrisinho.

— A Daisy Duke estaria usando um shortinho minúsculo, mostrando a polpa da bunda. — Eliza acenou com a cabeça para um dos clientes dela e de Sam, sentado na lateral.

Carter deu uma risadinha. Mais flashes a cegaram. Ele caminhou com ela até a frente e segurou brevemente sua mão antes de soltá-la e tomar seu lugar ao lado de Blake.

A cerimônia foi rápida. Uma renovação de votos com algumas promessas carinhosas do casal.

E, no fim, mesmo com o vestido colado à pele, a emoção obstruiu a garganta de Eliza. Samantha e Blake estavam muito apaixonados, e vê-los juntos renovava sua fé na humanidade.

⁓ ᗡᗄ ⁓

Eliza pegou uma taça de champanhe de um garçom que estava passando, e as palmas de Carter ficaram úmidas conforme a bebida descia pela garganta dela.

Ele umedeceu os lábios quando uma onda de desejo se instalou em seu estômago e não desapareceu.

Kathleen cutucou seu braço.

— É a garota das fotos no jornal?

Envergonhado por ter sido pego olhando para Eliza — e, para ser sincero, desejando uma mulher diferente daquela com quem tinha chegado —, ele se virou para sua acompanhante.

— A de cabelo escuro? — perguntou, fingindo inocência.

Kathleen ofereceu um sorriso sem graça.

— Eu não sou boba.

Não, definitivamente não era.

— Sim, é ela.

Sua acompanhante levou um tempo olhando-a por sobre a taça.

— Ela é muito bonita, apesar do vestido horrível.

Carter quase riu e virou a cabeça em direção a Eliza novamente. Pensou no comentário dela sobre o shortinho curto e a polpa da bunda e sentiu a tensão da semana aliviar um pouco.

— Acho que sim.

— Acha? Por favor, Carter, você não tirou os olhos dela a noite toda.

Droga.

— Estou sobrecarregado desde o incidente no bar. Ao ver a Eliza e a Gwen de novo, as lembranças voltaram. — O que não era mentira. Só que não era Gwen que o deixava apreensivo.

Kathleen colocou a mão em seu antebraço e deu um meio sorriso.

— Acho que pode ser mais do que isso.

Ele começou a balançar a cabeça, mas ela o deteve.

— Me diz uma coisa: você acha que atualmente tem as mesmas chances de ganhar em novembro do que tinha na semana passada?

— A partir de amanhã vamos tentar consertar o estrago.

— Mas você não está mais tão seguro? — Os olhos azuis de Kathleen encontraram os dele.

— Não tenho tanta certeza. — Talvez ele tivesse que esperar mais quatro anos pela oportunidade de limpar sua imagem.

Ela suspirou e inclinou a cabeça.

— Sabe do que você precisa?

— Não, me diga.

— Você precisa de um novo escândalo para ofuscar o antigo. Algo nobre. Que cause o mesmo impacto de um soldado voltando da guerra.

Pode ser.

Carter sentiu a nuca formigar. Ele se virou e notou que Eliza afastou os olhos de repente. Quando olhou novamente para Kathleen, ela balançou a cabeça e baixou o olhar.

— Isso não está funcionando para mim, Carter.

Ele a encarou por um longo momento, e nenhum dos dois disse uma palavra. Lembranças do pouco tempo que passaram juntos surgiram e desapareceram em menos de um minuto. Ele queria sentir algo com aquela declaração, e sentiu. Ela estava terminando o namoro, e ele se sentia aliviado.

— Sinto muito — foi tudo o que ele conseguiu dizer.

Kathleen levantou a cabeça, se inclinou e beijou sua bochecha.

— Adeus, Carter. — Então se virou e foi embora.

Não era da sua conta.

Ela não se importava.

Eliza notou que a linda e refinada acompanhante de Carter havia desaparecido do lado dele. A mulher era grudenta. Não era algo que Eliza achava que ele gostasse em uma mulher. Aparentemente, estava errada.

Samantha balançou a mão na frente do rosto dela.

— Terra chamando Eliza.

As duas estavam conversando sobre alguma coisa, mas ela não conseguia lembrar o quê.

— Desculpe. O que você disse?

— Tem certeza que não tem problema se a Gwen ficar um tempo com você?

Isso fez Eliza acordar.

— Ficar comigo? — Ela concordou com algo enquanto olhava para Carter e a acompanhante dele?

— Você não ouviu uma palavra do que eu disse, não é?

— Não. Quer dizer, eu ouvi você contar que a Gwen vai ficar hospedada em Malibu enquanto você e o Blake fazem outra lua de mel. E que essa é a única coisa que faz valer o esforço de se casarem todos os anos. Mas o que é essa história de a Gwen ficar comigo?

— Vamos ficar fora por cinco dias apenas. A Gwen vai ficar com o Eddie e a nossa equipe, mas, quando chegarmos em casa, ela quer ficar com você. Ela disse que você tinha aceitado.

Eu aceitei?

— Você não quer — Samantha concluiu.

— Não, eu só... Nós não conversamos sobre isso.

Sam deu de ombros.

— Ela achou que não teria problema. — Então esfregou a palma das mãos, em um sinal claro de que tinha algo a dizer, mas não o fez.

— Desembucha.

Havia pouquíssimas coisas que uma não contava para a outra. Não tinham motivos para não ser sinceras.

— Vamos, Sam. Você quer falar alguma coisa.

— A Gwen quer trabalhar para a Alliance.

— Trabalhar? A Gwen já trabalhou alguma vez na vida?

Sam estreitou os olhos.

— Tecnicamente não. Mas...

— É uma péssima ideia. — Em uma semana com Gwen, Carter estava perdendo as eleições, e o rosto de Eliza tinha aparecido em jornais do mundo todo.

— Escuta. Acho que a Gwen não está preparada para o trabalho administrativo. Mas poderíamos usar os contatos dela para encontrar mais mulheres para o nosso cadastro. De repente, ela pode até conseguir formar casais. — Sam tinha um argumento válido. — Mas se você for contra...

— Não. Não sou. — Eliza respirou fundo. Em última análise, Samantha era a chefe. Embora ela sempre tivesse respeitado a opinião de Eliza e elas nunca tivessem aceitado um cliente que não agradasse a uma das duas, esse assunto era diferente. E, para completar, Gwen era a cunhada de Sam. Não era algo que pudesse ser ignorado. — Estou aqui, usando algo que a fada amarela vomitou. Tudo porque é difícil dizer não para a Gwen.

— É por isso que ela seria ótima para recrutar clientes. — Os olhos suplicantes de Sam disseram tudo.

— Tudo bem, vamos fazer um teste. Provavelmente ela vai odiar morar no subúrbio e vai querer voltar para casa em uma semana.

— Provavelmente — Sam concordou com um sorriso. — Obrigada.

Ela abraçou a amiga e se afastou. Eliza tentou desgrudar o tecido do vestido do peito. Ela odiava o calor. Abriu o leque e encontrou um pouco de alívio com o ar forçado contra a pele úmida.

— Já está pronta para aquele shortinho?

A voz de Carter acariciou sua nuca. A visão dele quase a beijando inundou seus sentidos. Ela engoliu em seco, mas não se virou.

— Você tem um aí?

— Posso arranjar. — Por que suas palavras soavam como uma oferta sedutora?

— Tentando me tirar desse vestido?

— Tive pensamentos piores.

Ela se virou e viu seu sorriso abusado.

— Você não está acompanhado?

— Sim.

— Então por que está aqui, flertando comigo? — Eliza podia ser várias coisas, mas ladra de homem alheio, não. Mesmo que ela conhecesse Carter muito melhor que a beldade em seus braços, ele não viera com ela, o que o deixava fora do páreo.

— É isso que estou fazendo?

— É o que parece. E preciso dizer que é uma péssima ideia.

— O quê?

— Você e eu... flertando. A gente não combina, lembra? No Natal passado, gritamos um com o outro na mesa, em cima do pudim da ceia.

— Nós discutimos por causa de um jogo entre o Green Bay e o Carolina. O juiz estava do meu lado.

— O juiz estava cego. — A voz dela se elevou, e os pensamentos de Carter flertando com ela se afastaram como um mosquito irritante correndo do spray de veneno.

Ele sorriu com malícia.

— O que é tão engraçado? — Eliza perguntou.

— Você só precisaria de uma faixa preta para ficar parecida com um zangão irritado com esse vestido.

Ela o teria xingado se ele não estivesse tão certo. Em vez disso, abafou o riso, olhou para o vestido e deixou os braços caírem nas laterais do corpo.

— Meu Deus, é horrível. Só para constar, foi a Gwen que escolheu.

Carter se virou.

— Nela não ficou tão ruim. Não está bom, mas...

— Algo me diz que a Gwen ficaria bem até coberta de chantili. — Ela era linda. Traços clássicos, altura perfeita e olhos sorridentes. Simplesmente linda. E, naquele momento, cercada por três caras.

— Chantili, hein?

Eliza voltou o foco para Carter e sentiu um calor ferver ao longo da pele. *Chantili e um fio de cobertura de chocolate no seu peito firme.* Ela mordiscou o lábio inferior, e um flash a tirou de sua breve fantasia.

Ela e Carter se viraram e viram o fotógrafo. Sem se incomodar com a raiva deles, o homem examinou a tela digital e assentiu.

— Cara, está quente hoje — foi tudo o que ele disse antes de ir embora.

— A gente deve permitir isso?

Carter deu de ombros.

— Melhor que uma briga de bar.

Por um momento, Eliza tinha se esquecido completamente da briga.

— Como vai a campanha?

Ele hesitou para responder, mas disse:

— Nada bem.

A culpa é minha.

— Eu me sinto responsável — ela admitiu.

— Sente?

— Bem, sim... Se eu não tivesse levado a Gwen até aquele bar, vocês não teriam nos seguido. Uma coisa levou a outra e a tudo isso. Se tiver algo que eu possa fazer para ajudar...

Eliza pensou em repetir a oferta quando Carter se virou, com os olhos fixos nela. Em algum lugar em sua cabeça, ele estava pensando em algo e se debatendo com a imagem criada.

— Carter? Você está bem?

— Áhã. Só estou pensando se tem algo que você possa fazer. — Suas palavras saíram lentas e firmes.

— Certo. Eu estava lá. Sei que você não começou a briga. Eu poderia falar isso para a imprensa.

— Áhã. — Ele continuou olhando fixamente para ela e murmurou: — Não sei.

— Não sabe o quê?

— Não sei o quê? — ele repetiu a pergunta.

— Você não está falando coisa com coisa.

Ele despertou dos próprios pensamentos.

— A que horas você vai embora amanhã?

— À tarde. Vou pegar o voo com a Sam e o Blake.

— Vai estar em Los Angeles depois disso?

— É onde eu moro, Hollywood. Nem todo mundo tem condições de alugar um avião particular. — Eliza usou o apelido que Samantha dera a Carter quando se conheceram. Sua bela aparência de ator de cinema fazia dele o sonho de qualquer produtor. Em vez da fama, ele escolhera a lei. *Que desperdício!*

— Certo — ele disse, com o sorriso voltando aos lábios. — Tenho uma coletiva de imprensa daqui a dois dias no Beverly Hilton. Você pode ir até lá?

Ela engoliu em seco e sentiu a palma das mãos ainda mais úmida.

— Para explicar o que aconteceu?

— Se for necessário.

Como ela poderia argumentar? A culpa era dela se ele precisava de uma coletiva de imprensa. Ela tinha que fazer alguma coisa para consertar a situação.

— Claro, eu posso ir.

Carter abriu um largo sorriso, aquele que Hollywood adoraria ter.

— Você devia voltar para a sua acompanhante. Aposto que ela está te procurando.

Carter olhou ao redor do salão, e Eliza percebeu que a moça estava rindo de algo que outro homem dizia.

— Parece que alguém está dando em cima dela — ela observou, cutucando o braço dele.

— Ela me dispensou. Ele pode dar em cima dela quanto quiser.

Eliza olhou para ele.

— Ela terminou com você?

Ele assentiu, mas sua expressão não mudou. Obviamente, Kathleen não era tão importante para ele. Ou talvez houvesse algo mais por trás dessa história.

— Espera, ela não terminou por causa das eleições, não é?

Ele deu de ombros.

Eliza sentiu um peso estranho no peito. Um misto de alívio por Carter não estar mais acompanhado — o que era completamente indesejado — e uma dose de indignação por Kathleen ser tão traidora a ponto de terminar com um cara por um motivo tão fútil. Se ela o conhecesse, saberia que, apesar do comportamento arrogante, ele protegia as mulheres, independentemente de como a imprensa noticiasse isso. Homens como Carter não existiam fora dos livros.

— De qualquer maneira, ela não é boa o suficiente para você — Eliza murmurou.

— Como é?

— Se uma mulher está com você só para ser a primeira-dama da Califórnia, então ela não é boa o suficiente para você. — Kathleen estava se debruçando sobre um caubói texano com um terno de quinhentos dólares. *Ele deve ter um campo de petróleo.*

— É mesmo? — Carter perguntou.

— Sim. É mesmo.

A música de fundo parou, e o mestre de cerimônias pegou o microfone.

— Bem, pessoal, parece que precisamos cortar o bolo para deixar nossos anfitriões partirem para a terceira lua de mel.

Eliza levantou os olhos e viu que Carter a observava. Ele sorriu e ofereceu o braço para seguirem até a mesa do bolo.

Quando ela deslizou a mão ao longo do braço dele, o peito de Eliza vibrou com a eletricidade, arrepiando-lhe a pele. Seu corpo, já quente, se aqueceu ainda mais com aquele simples toque e se tensionou em todos os lugares certos.

— **PRECISO DA SUA AJUDA.** — Eliza estava na sala de estar de Samantha e Blake, implorando a Gwen.

— Você precisa da *minha* ajuda? — Gwen se endireitou e ergueu a sobrancelha bem feita. Ela parecia tão surpresa ao ouvir o pedido quanto Eliza estava em fazê-lo.

— Chocante, eu sei. Mas você tem experiência com esse tipo de coisa, e eu não tenho a menor ideia do que fazer. — Eliza não gostava de pedir conselhos, mas não tinha escolha.

— Experiência com quê?

Eliza levou a mão até a boca e mordiscou a unha.

— O Carter me pediu para ir com ele em uma coletiva de imprensa amanhã. Não sei o que vestir nem o que dizer. Não quero parecer uma caipira. Deus sabe que aquelas fotos no estacionamento do bar não foram nada lisonjeiras.

— Achei esplêndidas — Gwen falou.

— Para um anúncio de jeans e cerveja, talvez. Isso é muito importante para o Carter. Eu preciso parecer... não sei... digna. Sou boa com vestidos de festa e me viro bem com o casual. Mas para uma coletiva de imprensa? Não tenho ideia do que vestir.

Gwen colocou a mão sobre o peito.

— Estou contente por você ter vindo conversar comigo.

Ah, ótimo.

— Então você pode me ajudar?

— Se tem uma coisa que a minha mãe me ensinou, foi como lidar com a imprensa. — Gwen se levantou e estendeu a mão. — Vem. Vamos começar pelas roupas.

Meia hora depois, elas estavam em uma loja de grife que Gwen, obviamente, já tinha vasculhado durante uma de suas visitas. A proprietária as cumprimentou assim que elas entraram. Alguém colocou uma taça de vinho na mão de Eliza enquanto Gwen explicava a Nadine, a dona, o que procuravam.

Beber o vinho impediu Eliza de roer as unhas.

Ela permaneceu meio alheia enquanto as duas mulheres andavam pela loja. Gwen tirou alguns conjuntos de saia e blusa da prateleira.

— Acho que cores escuras vão realçar a pele dela e fotografar bem.

— Concordo. Mas preto não. Ela não vai a um velório — Nadine anunciou.

Eliza riu, incapaz de espantar a sensação de que ficar na frente de um monte de câmeras poderia realmente parecer com um velório. Ela passara a maior parte da vida adulta se escondendo das câmeras e agora estaria sob os holofotes.

— Que tal um chapéu? — Gwen perguntou. — Sei que é um costume inglês, mas um chapéu acrescenta mistério e pode esconder um pouco do seu nervosismo.

Eliza focou a atenção em Gwen.

— Gostei da ideia.

Nadine deixou em um sofá as roupas que tinha nos braços. Em seguida foi para os fundos da loja e voltou com algumas caixas de chapéus, pegando-os com cuidado.

— Queremos mistério, não uma declaração fashion. Nada pequeno demais ou com penas.

— Eu gosto de penas — Gwen falou.

— Bem, talvez uma pequena, na aba — Nadine concordou.

Um a um, Eliza experimentou os chapéus. Fora um boné de beisebol de vez em quando para esconder o cabelo nos dias em que ele estava feio, ela não usava chapéu. Abas grandes pareciam estranhas. Depois de se olhar no espelho, ela não pôde deixar de notar como transformavam suas feições.

— Gostei do segundo — Gwen falou.

A aba cobria seu rosto o suficiente para ela poder baixar um pouco a cabeça e esconder sua identidade.

— Eu também.

— Ótimo. Agora a roupa. Corte clássico, nada muito decotado. Vai estar quente, então as mangas devem ser curtas, e é melhor que seja de seda.

Você vai se sentir confiante, apesar do coração acelerado. Nunca deixe que eles percebam o seu nervosismo — Gwen observou.

Enquanto ela falava, Nadine pegou vários vestidos e os colocou atrás de um biombo.

Houve alguma discussão sobre a cor, mas decidiram por um azul-marinho, combinando com o chapéu. Os sapatos eram práticos, com cinco centímetros de salto e, se Eliza fosse honesta, mais confortáveis que seus tênis de corrida comprados seis meses atrás. Incrível o que uma loja cara podia oferecer.

Pensar no preço do visual trouxe Eliza de volta à realidade. Embora Gwen e Samantha pudessem usufruir da riqueza de um duque, ela não podia.

Enquanto colocavam o vestido na sacola e o chapéu em uma grande caixa redonda, Nadine lhe entregou a conta.

Eliza respirou fundo. Três mil dólares era duro de engolir.

— Aceita cartão de crédito?

— Claro.

— Deixe comigo — Gwen ofereceu.

— Quando pedi sua ajuda, não quis dizer financeiramente. — Eliza tirou o cartão da bolsa e o estendeu para Nadine.

— Vou morar com você na próxima semana. Eu lhe devo algo por isso.

Embora Eliza não pudesse bancar o vestido, não deixaria a amiga pagar.

— Quando você se mudar, a gente vê o que faz.

Gwen deve ter percebido a determinação nos olhos de Eliza e desistiu de discutir.

❧

Em Tarzana, a campainha tocou na casa que Eliza dividia com Sam antes de ela se casar. Carter estava cinco minutos adiantado.

— Estou indo — ela gritou ao descer as escadas, sem saber ao certo se ele a ouviria. Então se virou e conferiu a aparência uma última vez. Estava irreconhecível. A mulher que via no reflexo era uma completa estranha. Uma estranha misteriosa e bem bonita. — Vamos lá, você pode fazer isso — disse baixinho a si mesma, desesperada para se acalmar. A fachada inteira desmoronaria se ela começasse a se remexer e roer as unhas.

As dicas de Gwen foram intermináveis: "Fique parada. Ombros para trás, queixo para cima. Não muito para cima. Agora incline a cabeça para o lado

e curve um pouco os lábios. Mas não como se estivesse sorrindo. Perfeito".
Uma ladainha e tanto.

Gwen fez o impossível. Transformou Eliza em uma dama sofisticada de um dia para o outro. *Talvez não fosse tão impossível.*

A campainha tocou novamente, e Eliza respirou fundo.

— Aqui vamos nós.

Endireitou a saia uma última vez antes de abrir a porta para cumprimentar Carter.

Mas não era ele.

— Srta. Havens? — O homem baixo usava um terno de três peças e tinha um sorriso no rosto. Na frente da casa, havia um carro elegante e um motorista parado na porta, do lado do passageiro.

— Sou eu.

O homem tirou os óculos e analisou rapidamente o corpo de Eliza. Nada imoral, apenas uma breve avaliação. Seus lábios se abriram em um grande sorriso, como se guardasse algum segredo.

— Sou Jay Lieberman, gerente de campanha do Carter. Desculpe pelo inconveniente, mas ele precisa encontrá-la no hotel.

A decepção lhe fisgou o estômago.

— Ah.

— Está tudo bem. No caminho conversaremos sobre o que esperar e o que você deve dizer aos repórteres.

Eliza assentiu, respirou fundo e saiu. Trancou a porta e deixou Jay ir na frente.

Por duas vezes, se pegou levando os dedos aos lábios e se forçou a apertar as mãos para mantê-las no colo. Nos últimos tempos, roer as unhas estava se tornando um problema. Normalmente ela conseguia controlar o nervosismo. Deu um tapinha na bolsa ao lado e se lembrou da pequena pistola que guardava ali.

Era uma medida de segurança. Provavelmente nem precisasse mais dela, mas cuidado nunca era demais.

Jay explicou que Carter falaria na maior parte do tempo. Ela deveria assentir, sorrir e dizer à imprensa que, se não fosse pela intervenção dele, ela e Gwen estariam em perigo.

— Eles vão fazer perguntas pessoais. Não responda — Jay instruiu. — Deixe o Carter fazer o meio de campo. Ele é o político, afinal de contas.

Certo! E todo político aprende a arte de ser evasivo na primeira semana de campanha.

O motorista manobrou na frente do hotel, onde as vans de todas as emissoras locais estavam estacionadas. Mas não parou ali. Em vez disso, pegou uma entrada lateral, estacionou e abriu a porta para os dois.

Eliza estava grata por ficar alguns minutos fora dos holofotes. Jay e o motorista se colocaram ao lado dela enquanto a acompanhavam até o hotel. Algumas pessoas olharam para cima enquanto eles passavam pelo que, claramente, era uma entrada de funcionários, mas ninguém os deteve.

A aba do chapéu vai esconder seu nervosismo. Faça bom uso dela, a voz de Gwen ecoou na mente de Eliza, e ela inclinou a cabeça.

O piso cimentado foi substituído pelo tapete exuberante cor de vinho quando passaram por uma porta. O ar fresco e seco dentro do hotel fazia circular o cheiro dos produtos de limpeza que a equipe utilizava. Ela continuou olhando para baixo, quase sem perceber para onde estavam indo.

Jay abriu outra porta, e Eliza passou.

— Jay, o que está acontecendo? Onde está... ? — A voz de Carter parou quando Eliza ergueu os olhos para encontrar os seus.

O queixo dele caiu, e as palavras sumiram. Choque, admiração e desejo brilharam em seus olhos.

— Eliza — ele a cumprimentou com a voz ofegante.

Uma onda de poder feminino inflou seu orgulho enquanto ele ficava ali, sem palavras.

— Oi, Carter — ela disse.

— Uau.

Suas bochechas esquentaram, e todos na sala ficaram em silêncio.

— Estou bem? O chapéu não está exagerado, está? — Não que ela fosse tirá-lo. Parecia bobagem, mas ela se sentia segura com ele.

— Perfeito. Está tudo perfeito.

Alguém limpou a garganta atrás de Carter. Ele se virou, e o bando de homens que estavam na sala retornou a seus afazeres.

— Dez minutos — disse um rapaz de uns vinte anos, acenando com um telefone no ar.

Carter deu dois passos na direção dela e a pegou pela mão. Em seguida a levou para uma segunda porta na suíte, onde havia uma cama king size perfeitamente arrumada, com um porta-terno pendurado na cabeceira.

— Desculpe por mandar o Jay te buscar. Surgiu um imprevisto.

— Você é um homem ocupado.

Os dois entraram no quarto e Carter pousou a mão no braço dela por um longo momento.

— Você está... incrível.

Ela deu uma risada tensa.

— Está tentando me deixar nervosa?

— Não. Eu só... quer dizer, você sempre foi linda, mas isso... — ele balançou a mão no ar — isso é perfeito. É como se você tivesse um coordenador de marketing político te dizendo o que vestir.

Ele me acha linda? Mesmo?

— A Gwen — ela disse, ainda abalada com o elogio.

— A Gwen o quê?

Saindo daquele estado de atordoamento, ela explicou melhor:

— Eu sabia que a Gwen poderia me ajudar a escolher o que usar. Se precisar de uma coordenadora de marketing política, ela é a garota. — *Talvez ele tenha achado o vestido e o chapéu lindos.*

Carter apertou de leve seu braço.

— Está nervosa?

— Não — mentiu. — Sim... um pouco. O Jay me orientou no carro. "Acene com a cabeça, sorria e fale pouco."

— Certo. Deixe que eu falo.

Ela riu.

— O Jay chamou isso de fazer o meio de campo.

Uma batida na porta os interrompeu.

— Hora de ir, sr. Billings.

Carter segurou a mão dela.

— Está pronta?

— Tanto quanto possível.

Ele apertou sua mão e fez uma pausa.

— Eliza, você confia em mim... tirando o futebol?

Ela se lembrou da discussão no Natal e riu.

— Acho que você é um homem honesto. — Como um extra, acrescentou: — Até vou votar em você.

— Mas você *confia* em mim?

Será que, se ela o chamasse em uma emergência, ele largaria tudo para estar com ela?

— Sim, eu confio em você.

Ele inclinou a cabeça.

— Ótimo... Isso é muito bom.

Ele só está pensando alto, ela refletiu. Alguém bateu à porta uma segunda vez.

— Sr. Billings?

— Estamos indo — ele respondeu, e se dirigiram até a porta.

❧

Carter sentiu o momento em que a palma dela ficou úmida. As portas duplas se abriram, e seu gerente de campanha, um guarda-costas que Neil insistia em mandar e três membros da equipe escoltaram os dois até uma plataforma elevada.

A última coisa que Carter queria fazer era soltar a mão de Eliza, mas, quando chegou ao púlpito, não teve escolha.

Ele sorriu de forma tranquilizadora, apertou sua mão e a soltou. Ela segurou a bolsa com força, mas, fora isso, não parecia incomodada pelos constantes flashes lançados pelos fotógrafos na sala.

— Sr. Billings?

— Carter?

— Sr. Billings?

Os repórteres chamavam seu nome repetidamente. Ele ergueu as mãos e esperou que todos se acalmassem.

— Obrigado por terem vindo — começou. — Todo mundo tem sido muito paciente, e espero aplacar a curiosidade de vocês hoje. Graças ao YouTube, muitos dos presentes testemunharam uma cena interessante no último fim de semana. Como muitos sabem, eu e a srta. Havens — ele olhou para Eliza, que sorriu e acenou com a cabeça — fomos padrinhos do lorde e da lady Harrison, duque e duquesa de Albany, que renovaram seus votos no Texas.

— Eles não fazem isso todo ano? — alguém gritou na multidão de repórteres, e alguns jornalistas riram.

Carter sorriu.

— Sim, fazem. O amor faz as pessoas agirem de modo pouco racional.

— Espere mais cinco anos e isso acaba...

Carter ergueu as mãos novamente. Seguindo com seu discurso, revelou aos repórteres que estava no bar fazia pouco tempo quando ele e o guarda-costas de lorde Harrison notaram duas figuras estranhas rondando Eliza e lady Gwen. Ele usou os títulos de Blake e Gwen de propósito, para adicionar um senso de classe à situação. Mais cedo, Blake sugerira que ele mencionasse os títulos repetidamente, se isso ajudasse a melhorar as coisas.

Mas Blake não sabia que a coletiva de imprensa representava apenas uma etapa do plano de Carter.

Os repórteres descobririam que o bar não era muito bem frequentado e, depois de algumas entrevistas, saberiam que Gwen e Eliza não estavam completamente desconfortáveis até que a briga começasse a rolar.

— É lamentável que a minha intervenção tenha sido necessária. Mas quero que entendam que eu jamais ficaria parado, vendo um crime se desenrolar na minha frente, sem intervir. — Vários repórteres baixaram a cabeça e anotaram suas palavras pensadas e ensaiadas.

Carter olhou por cima do ombro e estendeu a mão para Eliza. Por fora, ela era a imagem da compostura. Mas ele sentiu o ritmo frenético de seus batimentos cardíacos quando tocou seu pulso. Também notou seu peito subir e descer um pouco rápido demais.

Ela segurou a mão dele como se fosse uma tábua de salvação.

— Srta. Havens? — um repórter de uma rede conhecida gritou. — Pode nos dizer o que aconteceu?

Carter encontrou seu olhar, e ela permitiu que um meio sorriso lhe chegasse aos lábios.

— Claro — falou, em pé ao lado dele, enquanto se inclinava em direção aos microfones. — Lady Gwen e eu não conhecíamos a região. Estávamos em San Antonio fazia alguns dias, nos preparando para a cerimônia. Achamos que seria divertido ouvir música country. Afinal de contas, estávamos no Texas — observou.

Os ombros de Carter relaxaram um pouco quando alguns repórteres riram. Até Eliza parecia mais à vontade enquanto falava.

— Como o Carter disse, um homem levou minha amiga para fora, e, se não fosse por ele e pelo guarda-costas pessoal de lorde Harrison, não sei o que poderia ter acontecido.

— Quem deu o primeiro soco?

Eliza engoliu em seco.

— Um dos homens que estavam bar bateu no Carter primeiro. — Ela olhou para ele. — Tenho orgulho de saber que podemos votar em um homem tão honrado.

Mais flashes dispararam, e um calor preencheu o estômago de Carter.

— Qual é o relacionamento de vocês?

— Vocês estão namorando?

Carter cobriu a mão de Eliza com a sua.

— Acho que já respondemos às suas perguntas.

— A população quer saber se vai votar em um cara festeiro com uma conta bancária recheada e amigos influentes ou em um candidato sério, sr. Billings.

Ele apertou o maxilar.

— O Carter e eu nos conhecemos há alguns anos — Eliza falou por ele. — Exceto por uma cerveja enquanto assistia a um jogo de futebol, nunca o vi bebendo. Desafio qualquer um a provar que estou errada.

— Você parece estar na defensiva, srta. Havens.

— Estou ofendida. Carter Billings pode não entender muito de futebol, mas é um homem honesto.

As perguntas rápidas e as respostas certeiras de Eliza atordoaram Carter, que permanecia em silêncio.

— Você é fã de futebol, srta. Havens?

— E quem não é?

Carter riu, assim como metade dos jornalistas. Ele deu um passo à frente e deslizou a mão sobre a dela. Ela se encolheu, mas não se afastou.

— Obrigado a todos por terem vindo.

— Sr. Billings?

— Srta. Havens?

Os repórteres avançaram com celulares e gravadores na mão, implorando por mais uma resposta às suas perguntas.

Carter deslizou a mão até as costas de Eliza e a guiou para fora da plataforma. Só quando estavam de volta à suíte ele parou de tocá-la.

Jay bateu nas costas dele quando a porta se fechou.

— Muito bem.

Eliza soltou um suspiro e se virou para os dois.

— E agora? — perguntou.

— Vamos ver como eles tecem a história — Jay explicou enquanto ligava a TV.

— Como eles tecem a história?

Carter indicou uma cadeira para ela, que se sentou na beirada, como se estivesse pronta para ir embora.

— A imprensa tem muito jeito para pegar o que você disse e juntar com o que você não disse, criando uma história completamente nova.

— Não sei como eles poderiam fazer isso com o que nós dissemos.

— Você ficaria surpresa — Jay retrucou, tirando o paletó e jogando-o no encosto do sofá.

— Quanto tempo vai levar?

Jay olhou para o relógio.

— Temos vinte minutos antes do noticiário da tarde começar.

— Já almoçou? — Carter quis saber. O modo como ela retorcia as mãos no colo demonstrava seu nervosismo.

— Acho que não conseguiria comer.

— O que significa que você não comeu.

Eliza assentiu.

— Que tal algo leve? Vamos pedir para trazerem aqui. — Ele pegou o telefone, sem esperar que ela concordasse. O recepcionista passou a ligação para o serviço de quarto. Após optar pela sopa do dia e um bule de café, outros dois membros da equipe entraram no quarto. Depois de um breve debate, Carter pediu sanduíches para todos.

— Vi o Bradley do Channel Four fazendo uma chamada em frente ao lobby — comentou Justin, um dos funcionários.

— E?

— É difícil dizer. — Ele mirou Eliza, sorriu e deu de ombros.

Outro funcionário chegou e jogou o casaco de lado.

— E aí?

— Nada ainda.

Eliza analisou cada um deles e se sentiu empalidecer.

Os homens falavam entre si, cada um especulando sobre o que a imprensa diria. Carter se sentou no braço da poltrona dela e se inclinou para a frente.

— Você está bem?

— Estou.

Sim, tá bom!

— Podemos assistir no quarto.

Ela olhou para a porta e balançou a cabeça.

— Estou bem aqui.

Sim, tá bom!

Vinte minutos pareceram uma hora. Quando os créditos de abertura do noticiário rolaram pela tela da televisão, o serviço de quarto chegou. Jay apressou a equipe do hotel para entrar e sair rapidamente. Ninguém se incomodou com a comida.

— *Shhh!*

O primeiro vislumbre que Carter teve de Eliza na tela o encheu de uma estranha sensação de orgulho. Era infundado, ele sabia, mas vê-la caminhando a seu lado nas filmagens parecia certo de alguma forma.

— *Depois do deslize da semana passada, o candidato a governador Carter Billings está tentando esclarecer os fatos. Ele certamente recrutou uma parceira misteriosa e carismática para ajudá-lo. É difícil saber se o sr. Billings brigou com um pretendente indesejado de sua atual namorada e se a explicação dele tem algum mérito. A decisão cabe a vocês.* — Enquanto o noticiário divulgava uma gravação da declaração de Carter, ele notou que a palidez no rosto de Eliza tinha desaparecido. O dedo indicador dela deslizou entre os lábios, e seus olhos se fixaram na tela.

— *Você parece estar na defensiva, srta. Havens.*

— *Estou ofendida.*

— *Mesmo com a vantagem óbvia da srta. Havens, ela divertiu os repórteres com sua brincadeira a respeito de Billings não entender muito de futebol. Ainda assim, este repórter não está convencido de que Billings será capaz de fazer a opinião pública esquecer o já famoso vídeo do YouTube.*

Jay mudou de canal. Apesar de mais simpático que o último, ainda não era o que Carter esperava ouvir.

Sem dizer uma palavra, Eliza se levantou, saiu da sala lotada e foi para o quarto.

O ESTÔMAGO DE ELIZA REVIROU, e ela nem se preocupou em não roer as unhas.

Olhou para o vestido caro antes de tirar o chapéu e jogá-lo na cômoda.

— Que desperdício.

Então desabou na cama e pegou a bolsa. Tirou a carteira e encontrou uma foto bastante gasta. No papel amarelado havia uma família que já tinha sido feliz num passado distante: sua mãe, tão parecida com Eliza que poderia se passar por irmã; seu pai, um homem honesto e amoroso; e ela, com apenas nove anos.

A foto havia sido tirada seis meses antes de eles morrerem. Antes de serem assassinados.

Às vezes, essas memórias ficavam enterradas tão fundo que Eliza até esquecia. Depois de ver sua foto em todos os noticiários, percebeu como ela e sua mãe tinham traços em comum.

E isso poderia ser um problema.

Uma batida na porta e Eliza se apressou para guardar a foto e fechar a bolsa.

— Eliza? — Era Carter.

— Pode entrar.

Ele fechou a porta atrás de si e perguntou:

— Você está bem?

— Estou. É a sua reputação que eles estão manchando. Não posso acreditar em como eles distorceram tudo.

Ele encostou o quadril na cômoda e enfiou as mãos nos bolsos da calça. Mesmo com toda aquela tensão, ele era incrivelmente sexy.

— Não achamos que uma coletiva de imprensa resolveria tudo.

— Espero que você não precise mais de mim. Meu orçamento para roupas já se esgotou este ano. — E deu uma risada nervosa.

— Posso te reembolsar.

Seu maxilar se apertou.

— Por favor. Não foi isso que eu quis dizer. — Mesmo porque ela não conseguia se lembrar da última vez que alguém tinha pagado por suas roupas. Bem, exceto por um vestido de madrinha amarelo e idiota. — O que vai acontecer agora? Mais coletivas de imprensa? — Ela precisava saber para poder recusar gentilmente essa parte do plano de Carter.

— Tenho certeza que sim.

Ele se aproximou da cama e se sentou ao lado dela. Eliza mudou a bolsa de lugar e disse:

— Você tem outros planos, não é?

Ele assentiu, de repente ficando nervoso, de um jeito que ela nunca tinha visto.

— Nós pesquisamos outros candidatos em situações semelhantes. Tenho que fazer algo drástico para voltar a atenção da imprensa para a corrida eleitoral e não precisar esperar mais quatro anos.

— Como pretende fazer isso?

— É simples. Eles querem um homem de família no governo.

Eliza se remexeu na cama.

— Você vai arrumar uma família do nada?

Ele riu, e seus olhos azuis se fixaram nos dela.

— Não. Vou me casar.

O sorriso de Eliza se desfez. *Kathleen? Eles não terminaram?*

— Extremo, não?

— Acho que não. Casar limpa a imagem do cara festeiro e briguento. Acrescenta estabilidade a um cargo que, historicamente, tem sido ocupado por homens casados. É a solução para os meus problemas.

Talvez fosse, mas ela não digeria muito bem a ideia. Engoliu em seco.

— Entendi.

— Você concorda?

— Você é o político, Carter. Conhece melhor do que eu o comportamento dos eleitores. Se a Kathleen concorda...

— A Kathleen? — Seu olhar confuso chegava a ser cômico.

— Quem mais poderia ser? — Era provável que ele tivesse uma pequena lista de mulheres dispostas a ser a sra. Billings.

— Você!

Eliza se levantou de um salto e sua bolsa caiu no chão.

— Eu? Você está maluco?

— Antes que você diga não...

— Não!

— Me escuta.

— Não! — Ela precisava sair do quarto. Do hotel. Pegou o chapéu e o enfiou na cabeça.

Carter se levantou e a impediu de alcançar a bolsa. Colocou a mão em seu braço, e ela se afastou como se tivesse sido picada.

— Escuta, Eliza, você é parte do motivo de eu estar nesta confusão.

— Ei — ela disse, cutucando-o no peito com um dedo. — Eu não te convidei para ir àquele bar e certamente não sugeri que você entrasse em uma briga. Então não me culpe por isso.

— E toda aquela conversa sobre eu ser um homem honrado?

— Isso muda no momento em que você tenta me chantagear para nos casarmos.

— Quem falou em chantagem? Eu só estava pedindo...

Ela tentou dar um passo para longe, mas ele a bloqueou novamente.

— Bem, não faça isso. Sou a mulher errada para você por muitas razões. Agora me dê a droga da bolsa para eu poder ir embora. Tenho uma vida para viver.

— Esta discussão não acabou — ele disse.

— Então você vai ficar falando sozinho, porque eu já terminei.

Carter cerrou os dentes com força e a encarou.

Ela cruzou os braços e o encarou de volta.

Ele cedeu primeiro, deu um passo para trás e foi pegar a bolsa.

Lembrando-se da arma, ela se moveu para detê-lo.

— Eu pego...

Carter chegou primeiro. A bolsa não era grande, e, assim que ele a tocou, seu rosto endureceu.

Eliza tentou pegá-la enquanto ele a erguia e a tirava de seu alcance. Carter abriu o fecho.

— Para! — Eliza gritou.

Então ele despejou o conteúdo na cama.

Eliza congelou, olhando para a arma que carregara consigo durante toda a sua vida adulta. Nem Samantha sabia disso. E ninguém sabia o motivo.

— Quer me contar o porquê disso?

O peito dela arfava a cada respiração acelerada.

— Quer saber o porquê disso? Pois eu vou te dizer. Não é da porcaria da sua conta. — Eliza enfiou tudo às pressas dentro da bolsa, deixando a arma por último, certificando-se de que a trava de segurança não havia se soltado. Então saiu furiosa do quarto.

Alcançou a porta e, no instante em que a abriu, se deparou com dois homens de terno segurando distintivos.

— Srta. Havens?

— Filho da puta!

Os detetives se entreolharam e guardaram os distintivos.

— Precisamos falar com você. — E olharam para Carter e sua equipe. — Em particular.

❧

Poucas vezes na vida — pelo menos não desde os dezoito anos — Carter se sentira fora do eixo. Aparentemente, isso estava mudando.

Seu guarda-costas estava ao lado dos detetives, e os outros funcionários tinham desligado a televisão e prestavam atenção na cena que se desenrolava ali.

Carter aproveitou a chance e colocou a mão no ombro de Eliza. Ela não se encolheu.

Pior, ela tremeu.

— O que podemos fazer por vocês, detetives?

— Billings, certo?

— Certo.

— Precisamos falar com a srta. Havens. Em particular.

— Eliza? — Ao ouvir seu nome, ela saiu daquele estado de atordoamento, tirou a mão de Carter do ombro e olhou para ele de cara feia.

— Eu resolvo isso — disse.

— Se nos acompanhar, podemos...

— Um minuto, senhores. — Carter se colocou na frente de Eliza, impedindo-os de levá-la. Ele podia não saber o que ela estava escondendo, mas não estava disposto a deixá-la sair do hotel sem nenhuma explicação. — Eu sou advogado e era juiz antes de me candidatar. Se vocês tiverem um motivo para levar a srta. Havens...

— Tenho certeza de que é um advogado brilhante, sr. Billings, mas, como deve saber, existem coisas que não podem ser discutidas no corredor de um hotel, em público, com uma comitiva assistindo.

Jay entendeu a dica e declarou:

— Essa é a nossa deixa, pessoal. Hora de dar a eles um pouco de privacidade.

— Não. — Eliza segurou o braço de Carter e o puxou para trás. — Eu vou.

— Não vai mesmo.

— Escuta aqui, Hollywood, eu sei que você gosta de servir e proteger, mas você não entende o que está acontecendo. Eu vou embora. Está tudo bem.

— Se você estiver em apuros...

— Não estou.

— Ela não está.

Eliza e os detetives falaram ao mesmo tempo.

— Eu te ligo mais tarde — ela prometeu, se afastou da proteção de Carter e caminhou pelo corredor ao lado dos detetives.

Que raios está acontecendo?

Carter olhou para seu guarda-costas, Joe, e acenou com a cabeça para os três. Entendendo o sinal, Joe os seguiu. Era impossível ele próprio segui-los sem chamar atenção, então ficou observando até Eliza virar no corredor e desaparecer.

A mulher que ele havia acabado de pedir em casamento estava sendo escoltada por dois detetives e não ficara surpresa com isso. Parecia até que os esperava.

A arma não a incomodava, e ela não explicou aquilo.

Virando e quase trombando com Jay, Carter voltou para o quarto e pegou o celular.

— Podem ir — disse à sua equipe. — Nem preciso dizer para ficarem de boca fechada sobre o que acabou de acontecer aqui.

55

— Somos parceiros — Jay lembrou.

Carter cerrou o maxilar com força, a ponto de doer.

— Eu sei. Só... não deixe que saiam por aí comentando.

Jay assentiu para as pessoas que deixavam o quarto.

— Vou cuidar disso, não se preocupe. É para isso que estou aqui.

Esfregando a mão no rosto em sinal de frustração, Carter deu um meio sorriso enquanto seu celular chamava. *Atende a porcaria do telefone, Blake. Atende a porcaria do telefone.*

⁓~∞~⁓

Pelo menos os detetives esperaram até chegar ao carro antes de começar.

— Que parte de "agir com discrição" você não entendeu, Eliza?

— Não estou a fim de ouvir sermão — ela respondeu. Tivera um dia de merda, começando com a coletiva de imprensa da qual ela não queria ter participado, passando pelas notícias distorcidas e seguindo pelo pedido de casamento de um homem maravilhoso e bem-sucedido por quem, para ser sincera, ela era caidinha, e o qual recusara na mesma hora. E, para terminar, ter que acompanhar dois dos melhores detetives de Los Angeles sabe-se lá para onde!

Sim, ela tivera um dia de merda mesmo.

— Aparecer diante das câmeras de todas as emissoras de Los Angeles e de pelo menos dois canais nacionais não é exatamente *agir com discrição*. — Dean, o detetive gorducho sentado no banco do carona, olhou para ela. Na última vez em que ela o vira, ele mascava goma de nicotina como se fosse chiclete. Pelos dentes ligeiramente amarelados que apareciam entre seus lábios, Eliza supôs que os cigarros tinham vencido.

Jim, seu parceiro magricela, dirigia enquanto olhava pelo espelho retrovisor.

Sim, Jim era apelido de James... E o fato de que seus nomes juntos formavam James Dean não havia passado despercebido para ela.

— Eu não tenho mais oito anos — ela falou.

— Mas é idêntica a *ela*.

Ela. Caramba, sua mãe tinha nome. Não que ela fosse lembrá-los.

— *Ela* está morta. Há bastante tempo. — Ninguém sabia disso mais do que Eliza.

Dean se remexeu no banco e apontou um dedo amarelado em sua direção.

— Ela deu tudo o que tinha para te proteger. O mínimo que você pode fazer é se manter afastada de escândalos, para que ela possa descansar em paz sabendo que você está segura.

— Escondida, você quer dizer?

— Escondida, vivendo longe dos holofotes, como você quiser chamar. Não deve ser difícil. Quase ninguém aparece em todos os malditos canais de TV.

— Bom... a vida é assim. — Principalmente a vida de alguém que tem uma duquesa como melhor amiga e um político influente propondo casamento.

Mordiscando as unhas, Eliza levou dois segundos para desejar que as coisas fossem diferentes. Não seria bom poder viver uma vida normal com um homem sexy como Carter a protegendo?

Mas isso era impossível.

Ela olhou para James, que estava calado durante toda a viagem.

— Você não tem nada para acrescentar? — perguntou.

— Estamos sendo seguidos.

Incapaz de conter o instinto, Eliza se virou e viu o guarda-costas de Carter no sedã escuro atrás deles.

— Tudo bem. Ele é inofensivo.

— É da equipe do seu namorado? — Dean perguntou.

— O Carter não é meu namorado.

— Não foi o que pareceu para mim e para metade do país. Até para aqueles que estão presos e veem TV.

Eliza respirou fundo e soltou o ar, resmungando meio sem jeito:

— Você está exagerando, Dean.

— Não estou, e você sabe disso. Você está roendo as unhas. Já sabe que vai dar merda.

Idiota.

— Como vão os cigarros? Ainda não parou de fumar? — O comentário era maldoso, mas ele estava sendo injusto, e Eliza retribuiu na mesma moeda. — Eu passei a vida sendo uma boa garota do programa de proteção a testemunhas. Agora acabou. Entendeu? Acabou!

— Acho que você não sabe com quem está lidando, se pensa que acabou. Isso aqui não é brincadeira, Lisa...

— Meu nome é Eliza. Deixei de ser Lisa desde que tinha nove anos. — Essa era só uma das inúmeras mudanças que ela teve de fazer na vida. — Me levem para casa.

— Isso não é inteligente — James disse finalmente.

— Me levem para casa.

Os detetives se entreolharam, e ela não pôde deixar de se perguntar se eles a prenderiam para protegê-la. Jim voltou bruscamente para a rodovia, seguindo em direção à casa dela, em Tarzana.

Eliza se ajeitou no banco, com a bolsa no colo.

— Espero que saiba usar essa arma — Dean falou.

Como ele sabia? Mas é claro que ele sabia. Jim e Dean pareciam saber tudo sobre a vida dela.

— Quando for participar de um tiroteio, ou seja lá como você chama isso, me avisa, tá? — Eliza ironizou.

— Talvez eu faça isso — Dean devolveu.

Jim riu.

— Você iria perder — brincou com o parceiro, e Eliza deixou um meio sorriso escapar dos lábios.

— Então... isso foi uma tática para me assustar, ou vocês sabem de alguma coisa?

Dean olhou para Jim e depois para o espelho retrovisor.

Nenhum deles disse nada.

Tática para assustá-la. Funcionava quando ela era uma menina tentando entrar para a equipe de líderes de torcida. Agora, nem tanto.

Eles saíram da rodovia e desceram a rua dela.

— Volte para o estúdio, Eliza. Volte a treinar tae kwon do. Fique alerta — Dean falou quando chegaram à casa dela. — E, pelo amor de Deus, avise a gente se encontrar a manteiga no lugar errado da geladeira. Entendeu?

Sim, ela havia entendido.

James e Dean eram bons sujeitos, apesar dos modos grosseiros. Eles não faziam ideia de como era a vida dela de verdade, mas tinham boas intenções.

— Entendi.

7

O TELEFONE ESTAVA TOCANDO QUANDO ela entrou em casa. O identificador de chamadas mostrava que era um número privado, mas Eliza sabia que era Samantha. Blake e Carter eram próximos. Muito provavelmente Carter ligara para os dois assim que ela desaparecera no corredor.

Para evitar um confronto cara a cara com a amiga, ela atendeu.

— Oi.

— Que droga está acontecendo, Eliza? Você está bem? — Por trás do "Que droga está acontecendo", havia um "Estou assustada por você".

— Estou bem. — Ela puxou as cortinas e olhou lá fora. Como era de esperar, Joe estava estacionado na frente da sua casa, e parecia que Jim já tinha dado a volta no quarteirão e agora checava as casas próximas.

— O Carter acabou de falar com o Blake.

— Sim... — Jim estava olhando a placa do carro de Joe. Eliza esperava que o segurança não tivesse nenhum segredo que quisesse manter escondido.

— Eliza? Fale comigo. O que está acontecendo?

Ela largou as cortinas e se afastou da janela. Melhor deixar os policiais e o guarda-costas se entenderem.

— Estou bem, Sam. Mesmo. Tenho certeza que o Carter pintou um cenário horrível, mas eu estou bem.

— A polícia não escolta as pessoas para um bate-papo quando está tudo bem. O Carter está surtando. Ele e o Blake estão tentando descobrir o que está acontecendo. Você pode nos poupar o trabalho se conversar comigo.

Eliza se recostou na parede do corredor e tirou os sapatos de salto. Como faria para escapar agora? Ela havia conseguido manter seu passado enterrado durante anos. Talvez pudesse ganhar tempo e pensar em um plano.

— Algumas coisas não devem ser faladas por telefone. Tenho certeza que você entende.

Samantha nem sempre teve uma vida perfeita. E, quando ela e Blake estavam namorando, a ex maluca dele grampeou aquele mesmo telefone que Eliza agora segurava para obter informações sobre o relacionamento dos dois.

— Está bem. Quer me encontrar para um café? Ou prefere vir aqui em casa?

Por mais que Eliza gostasse de ignorar os avisos de Jim e Dean, ela não podia. Seria seguro contar tudo para Samantha? Havia sido uma decisão inteligente concordar em receber Gwen?

E quanto tempo demoraria para Carter bater à sua porta em busca de respostas?

— Eu preciso de um dia ou dois. E, antes que você diga, eu sei que posso confiar em você. Só preciso de um tempo.

Samantha soltou um suspiro.

— Tudo bem. Promete que vai me ligar ou vir aqui se precisar de *qualquer* coisa.

— Você sabe que sim.

Depois de desligar, Eliza correu para o andar de cima e vestiu uma roupa por cima da outra. Fechou a casa depressa e entrou no carro.

Dois veículos a seguiram. Joe ficou perto, sem se importar que ela o visse, mas Jim a seguiu de alguma distância.

Em dez minutos, ela saía do carro, no estacionamento de um shopping lotado. O local permitia despistar facilmente uma pessoa. Mas, para despistar três, ela necessitaria de um esforço maior.

Dean caminhava no meio da multidão e era facilmente visto por sua larga cintura. Joe falava ao telefone, provavelmente com Carter.

Com os óculos escuros no rosto, Eliza se dirigiu até o cinema e observou os horários dos filmes. A sessão daquele sobre vampiros adolescentes estava prestes a começar.

— Perfeito — sussurrou para si mesma.

Na bilheteria, sorriu para o atendente de vinte e poucos anos e comprou um ingresso para a comédia romântica.

— Um para *A noiva de dez milhões de dólares*, por favor.

Minutos depois, Eliza entrava no meio da multidão. Desviou até o banheiro feminino, não antes de ver Joe comprando um ingresso.

Dentro da cabine, ela tirou a calça de malha e a camiseta preta e as enfiou na bolsa grande. O short curtíssimo se encaixava bem no estilo adolescente, e a blusa de alcinhas poderia até ser ilegal. Diante do espelho, prendeu o cabelo em um boné preto da moda, com uma cruz brilhante estampada. Quando estava passando gloss nos lábios, várias adolescentes lotaram o banheiro, às gargalhadas.

— Ah, meu Deus, esse foi ainda melhor — uma das meninas falou enquanto as outras suspiravam pelo mais novo galã das telas.

Uma das garotas notou Eliza e deixou um sorriso enorme iluminar seu rosto. Depois de alguns segundos de muita algazarra, Eliza olhou para a garota que evidentemente era a mais popular do grupo e disse:

— Amei essa camiseta. Onde você comprou?

A loira levantou o queixo e sorriu.

— Na Forever Teen — respondeu. — Gostei do seu boné.

Usando a seu favor o desejo da menina de impressionar uma garota mais velha, Eliza a elogiou e, estranhamente, conseguiu ganhar sua confiança. As garotas saíram do banheiro em bando enquanto outras entravam. Eliza colocou os óculos escuros e se infiltrou no grupo, conversando como se tivesse visto o filme. Felizmente, o trailer havia dominado as telas durante semanas.

Com o pequeno grupo de adolescentes, Eliza saiu do cinema, passando por um ingênuo Joe. Dean estava do lado de fora, mas também não a viu passar.

— Você estuda na Escola de Valley? — uma das garotas perguntou.

Eu pareço tão nova assim?

— Na UCLA, na verdade — ela mentiu.

— Legal.

Um ônibus parou próximo ao meio-fio e Eliza se despediu.

— Foi bom conversar com vocês — falou, acenando para as meninas.

Então pagou o ônibus e encontrou um assento perto da porta traseira. Bancando a adolescente sem noção, colocou fones de ouvido e fingiu ouvir música. Dois jovens de cerca de vinte anos a observaram do outro lado do corredor, tentando chamar sua atenção com um sorriso.

Cinco pontos adiante, Eliza desceu do ônibus quando a porta estava se fechando. Após andar dois quarteirões, entrou no banheiro de uma lanchonete e vestiu novamente roupas adequadas para sua idade. Pegou um táxi e minutos mais tarde estava tomando um drinque em um deque em Santa Monica.

Sem Joe.

Sem Dean.

Sem Jim.

Depois da terceira vez que o celular tocou, ela finalmente o desligou.

Um sorriso se formou em seus lábios. *Você ainda é capaz, Lisa.* Ela havia conseguido escapar dos homens que a seguiam e desaparecer no mundo sem deixar rastros.

Ela havia conseguido se esconder.

Mais uma vez.

∽◦∾

Carter travava um debate interno sobre se deveria ou não usar a chave de Samantha para entrar na casa de Eliza e esperar que ela voltasse. Mas, se ele fizesse isso, o que aconteceria? Ela chutaria seu traseiro, e ele não estaria mais perto de conseguir respostas do que quando ela saíra do seu quarto de hotel.

Blake não sabia de nada. Samantha, menos ainda. Como é que duas mulheres tão próximas podiam manter grandes segredos uma da outra por tanto tempo?

Carter achava que os homens ganhavam o prêmio do silêncio. Aparentemente, ele precisava reavaliar suas suposições.

Blake cobrou alguns favores e descobriu que, antes de Eliza completar dezenove anos, ela simplesmente não existia. Não havia registros escolares, nenhum emprego na adolescência nem carteira de motorista aos dezesseis anos. Carter teria procurado mais, mas não conseguia deixar de sentir que estava invadindo a privacidade de Eliza.

Depois de ligar três vezes para o celular dela, deixou uma mensagem simples: "Me liga".

Ela devia saber que estavam todos preocupados. Não era todo dia que detetives batiam à porta das pessoas e pediam para elas os acompanharem, sem mais explicações.

Ou isso era comum?

Carter passou as mãos no cabelo, frustrado.

Toda vez que assistia à cobertura da coletiva de imprensa, ele se impressionava com quão incrível Eliza estava diante das câmeras. A julgar pela maneira como se vestiu e como provocou os repórteres, ela não poderia ter sido mais perfeita. Se ele pudesse convencê-la a ser sua esposa, mesmo que por um tempo, seu futuro político estaria muito mais seguro. Pelo menos foi o que disse a si mesmo. Mas ele sabia que o casamento poderia lhes dar um motivo para ceder à atração que havia entre os dois. O martelar dentro do peito não era por causa da sua carreira política.

A recusa de Eliza à sua proposta acabou com seus planos. Ele devia ter esperado. Sua total repulsa à ideia o fez ficar balançado, e não de um jeito bom. Agora Carter sabia que tinha estragado tudo. Mas isso não o impediria de fazer de Eliza sua esposa. Ele só precisava mudar a estratégia.

Seus pensamentos estavam focados em como ele faria isso quando seu celular tocou.

— Alô?

— Ela está em casa. — Era Joe, que vigiava a casa de Eliza, esperando que ela chegasse.

— E os dois policiais? Ainda estão por aí? — Pela conversa anterior, os detetives que escoltaram Eliza ficaram tão pasmos quanto Joe quando ela sumiu no cinema. O segurança disse que ela havia desaparecido como uma profissional e que, provavelmente, já tinha feito isso antes.

— Eles foram embora assim que ela apareceu.

Carter não tinha certeza se isso era bom ou ruim.

— Tudo bem. Estou a caminho. Assim que eu chegar, você pode ir embora. Durma um pouco. Acho que todos nós precisamos. — Então desligou, pegou as chaves e saiu. Mesmo que Eliza não lhe dissesse o que estava acontecendo, ele não iria embora até saber que ela estava segura.

O trânsito para atravessar a cidade estava tranquilo, e ele chegou na casa dela em menos de vinte minutos. Fez um sinal para Joe, que retribuiu e foi embora quando Carter estacionou.

Uma sombra na janela da sala, seguida pela movimentação da cortina, o fez perceber que estava protelando. Ficar sentado dentro do carro como um maníaco não era seu estilo.

Ele saiu e caminhou até a porta. Bateu, mas ela não atendeu.

— Eu sei que você está em casa, Eliza — disse. Depois de bater pela segunda vez, insistiu: — Não vou embora.

Ouviu o clique da fechadura destravando antes que ela abrisse.

Seu cabelo estava escovado, e o rosto, sem maquiagem. Ainda assim, Eliza estava linda. Embora houvesse um peso em seu olhar que ele nunca tinha visto. Preocupação ou dúvida, talvez.

Ela se afastou da porta, convidando-o silenciosamente a entrar. Pelo menos ela lhe ofereceu esse pequeno consolo. Ele encostou a porta e parou no hall. Ela deu um passo rápido à frente e a trancou. Carter achou aquilo estranho, mas não falou nada.

Ao passar por ele, ela disse:

— Se eu quisesse falar com você, teria ligado.

Carter a seguiu até a cozinha.

— Quando teria sido isso? Amanhã? Depois de amanhã?

A água fervia em uma chaleira, que começava a zumbir. Carter encostou na parede e a observou enquanto ela preparava uma xícara de chá.

— Talvez.

Tradução: *Nunca*. Caramba, ela era mesmo teimosa.

— Vai me dizer o que está acontecendo?

Ela abriu um saquinho de chá e o colocou dentro da caneca. Cada movimento era lento e deliberado.

— Eu não sei — ela finalmente disse.

Pela confusão no olhar de Eliza, ele acreditava que ela estava tão arrasada por ter que revelar seus segredos quanto ele estava por não conhecê-los.

— Você vai me contar alguma coisa? Tipo, você conhecia aqueles detetives? — Ele fez as duas perguntas intencionalmente.

Infelizmente, ela não caiu na armadilha.

— Vou te dizer o que eu quiser, quando quiser. Esse tipo de pergunta não vai funcionar para arrancar respostas.

Carter teria que repensar todas as questões que havia ensaiado a caminho da casa dela.

— Espero que você saiba que pode confiar em mim. — Não era uma pergunta, e ela não poderia criticá-lo por isso.

— Não se trata de confiança.

Ele deveria ter sentido algum conforto com essa declaração.

Eliza levou a caneca aos lábios, soprou a bebida quente e o olhou por cima da borda.

— Já que estamos falando sobre confiança — ela começou —, que diabos foi aquela conversa sobre casamento?

Ele cruzou os braços.

— Acho que você pode dizer que estou seguindo os passos do Blake. O casamento resolve alguns problemas fundamentais na minha carreira.

Ela se focou completamente nele, sem tentar desviar o olhar.

— Problemas seus. Não meus.

— Problemas que você ajudou a criar. — Ele viu os olhos dela cintilarem antes que ela conseguisse formar uma frase em sua defesa.

Ela apoiou a caneca no balcão calmamente.

— Isso foi baixo, Carter.

— E verdadeiro, ou você seria a primeira a dizer que estou errado. Se eu pudesse escolher, estaria casado até segunda-feira, para ajudar a desfazer toda a confusão criada pela noite que você e a Gwen passaram no Texas. Achei que poderia contar com um pouco de colaboração da sua parte.

— Um pouco de colaboração? Um casamento é *muito mais* do que isso. — Sua voz se elevou, e ela começou a ficar agitada.

— No entanto, você ganha a vida arranjando casamentos ou parcerias por razões muito menos importantes que as minhas. — Como ela se atrevia a querer lhe dar lição de moral? Talvez ela tivesse esquecido que ele conhecia muito bem os negócios dela e de Samantha.

— Você esquece que os nossos clientes têm que aprovar os relacionamentos que arranjamos. Eles têm que gostar da pessoa...

Ele riu, interrompendo-a:

— Você realmente quer fingir que não somos amigos para provar seu argumento?

Suas bochechas ficaram rosadas, o que ele admitiu ser muito melhor do que a palidez que ela exibia quando ele chegou. Carter sentiu a raiva arder dentro dela enquanto o fuzilava com os olhos.

— Você é amigo do marido da minha melhor amiga. Se está procurando uma esposa, pode caçar uma no seu caderninho preto, ou seja lá o que você use. Escolha outro nome.

Carter baixou os braços e deu dois passos em sua direção. Quanto mais irritada ela ficava, mais o sangue dele fervia. Seu corpo respondia à indignação dela, mas não com raiva.

— Não quero escolher outro nome.

— Mas vai ter que fazer isso. Pelo que eu sei, a gente nem se dá tão bem assim. Não temos nada em comum e não podemos ficar no mesmo ambiente por mais de uma hora sem discutir.

Tudo o que ela disse era verdade.

Ele se aproximou dela, sentiu o calor da sua pele e a vivacidade do seu temperamento. Os olhos de Eliza se moveram quando ele ficou bem perto, mas ela não se afastou. Teimosa como era, simplesmente o encarou, furiosa, desafiando-o a provar que ela estava errada. E ele pretendia fazer exatamente isso.

— Você só está ignorando uma coisa que prova que você é a esposa perfeita para mim.

Ela inclinou o queixo em sinal de desafio.

—Ah, é? O quê?

— Isso. — Ele a trouxe para seus braços e grudou a boca na dela. Ele confiava na natureza impetuosa de Eliza para aceitar o beijo, e ela não decepcionou. Os lábios dela nos seus eram uma explosão de sabores.

Eliza gemeu quando seus olhos se fecharam. Carter moldou seu corpo ao dela, certificando-se de que ela sentisse seu desejo crescer. As curvas suaves do corpo de Eliza acenderam seus instintos, tornando seus pensamentos confusos.

Ele passou a língua pelos lábios dela, exigindo entrar. Carter havia esperado tanto tempo por esse momento que não se afastaria nem para respirar, mesmo que ficasse zonzo.

Os dedos de Eliza encontraram seus braços e os seguraram com força. Por um breve momento, ele pensou que ela o afastaria. Mas ele já devia saber. Ela inclinou a cabeça e se abriu o suficiente para que ele a devorasse. A língua deles travou um intenso duelo, ambas lutando pelo controle da paixão crescente. O beijo dela era exatamente como ele sonhara. Sentiu o cheiro de sândalo de seu perfume, algo que ele sempre identificara como exclusivo dela. Nenhuma flor ou perfume de grife faria jus à sua fragrância.

Carter deslizou a mão ao redor de sua cintura e mordiscou o lábio dela.

Eliza massageou suas costas por baixo do paletó antes de descer as mãos até seu traseiro.

Caramba, como ele a queria. Carter afastou a boca apenas para encontrar o pescoço de Eliza, deixando um rastro de beijos e conhecendo os pontos em seu corpo que a faziam gemer.

Ela suspirou e inclinou os quadris em direção aos dele. Estremeceu e buscou mais contato. Carter deslizou entre as coxas dela e a colocou sentada na bancada fria de granito.

Eliza tirou o paletó dos ombros dele. Ele o jogou para o lado rapidamente. Mesmo vestidos, o corpo dela procurava o dele, implorando para ser tocado e saciado.

Ele queria fazer amor com ela, precisava provar que eram mais que amigos. Uma voz baixinha em seu subconsciente o avisou que ela estava vulnerável aquela noite, após um dia atribulado, cheio de repórteres e policiais.

Mas, quando ele colocou a mão em seu seio e o mamilo se eriçou de necessidade, ele soube que não poderia se afastar sem deixá-la com raiva. Ele apertou o mamilo, e ela gemeu de um jeito diferente. Carter procurou seus lábios novamente e sorriu enquanto a beijava.

~∽o∽~

Eliza agarrou os quadris de Carter e se moveu contra ele. Ela deveria empurrá-lo para interromper aquele ato imprudente, que não poderia acabar bem.

Mas não conseguia. Viver a vida da maneira como vivia, sem nunca saber o dia de amanhã, a fez desejar aquilo mais do que respirar. Em algum momento entre se esquivar de Jim e Dean e tomar alguns drinques na praia, Eliza percebeu que, apesar de toda a sua bravata, talvez ela tivesse que esquecer sua vida inteira para continuar viva.

Isso significava dizer adeus a Carter e a todos aqueles que ela, como uma tola, tinha permitido que entrassem em seu coração.

Assim, quando Carter encontrou o cós da sua calça e tentou enfiar os dedos ali, Eliza não o deteve. Em vez disso, abriu mais as pernas.

Ele procurou o calor úmido do seu sexo, e faíscas explodiram através dos seus olhos, que permaneciam fechados. Eliza ofegou durante o beijo enquanto os dedos dele encontravam o ponto em que ela necessitava de atenção e começavam a desvendar seus desejos. Ela o envolveu com uma das pernas à medida que lutava para respirar.

Eliza podia sentir o peso do olhar de Carter enquanto ele a observava com os olhos enevoados. Não havia lugar para constrangimentos ali. Só a necessidade de encontrar a libertação anunciada.

— Isso — ela sussurrou, se movendo no ritmo dele. Ela queria mais do que aqueles dedos acariciando seu sexo, mas se contentaria com isso.

Seus gemidos ficaram mais frenéticos, e seu centro de prazer umedeceu os dedos de Carter, que se moveu mais rápido e a penetrou com um dedo habilidoso. Eliza o agarrou com cada músculo do corpo enquanto ele a levava ao clímax.

— Ah, Carter...

Ele se moveu lentamente algumas vezes, e ela estremeceu em uma resposta exagerada após o orgasmo. Apoiou a cabeça no ombro de Carter enquanto ele tirava a mão de seu sexo e acariciava seu quadril.

— Isso não devia ter acontecido — ela murmurou. Ele provavelmente esperava que Eliza brigasse, mas ela estava sem forças e sem palavras.

— *Shhh* — ele a acalmou. — Estamos esperando por isso há anos.

Ela assentiu e não confiou em si para falar.

Depois de um abraço rápido e um beijo na testa, ele recuou, mantendo as mãos nos braços dela.

Eliza ajeitou a roupa e encontrou seu olhar.

— E você? — perguntou quando viu que ele ainda estava excitado.

— Estou bem — ele lhe assegurou com um meio sorriso, e os olhos dela quase se fecharam quando o cansaço bateu. — Acho que está na hora de ir — ele disse.

Eles já haviam ultrapassado limites demais por uma noite. E, se ele tivesse certeza de que ela estaria ali no dia seguinte, não sentiria necessidade de vigiá-la durante a noite toda.

O SONO ESCAPOU DELE A maior parte da noite. Finalmente, às quatro da manhã, Carter desistiu de tentar dormir e tomou um banho morno. Aquilo foi bem melhor que o banho gelado que tinha tomado na noite anterior. Ele faria tudo de novo. Saborear Eliza apenas uma vez não seria suficiente. Ele sabia que não seria. Talvez fosse por isso que ele não tinha cedido ao desejo de beijá-la nos últimos dois anos. A disputa verbal havia sido a única forma de liberar a tensão sexual entre eles.

Agora não mais. Durante as poucas horas de descanso que conseguiu ter, Carter afastou as emoções que atrapalhavam seus pensamentos e percebeu que o que precisava fazer era descobrir os segredos de Eliza.

Vestiu um terno casual, que costumava usar às sextas-feiras, mas ficou sem a gravata e o paletó até sair de casa.

A cozinha não era um lugar onde costumava passar muito tempo, mas podia fazer o café da manhã. Colocou a cafeteira para funcionar e ligou o computador.

A busca por Eliza Havens antes dos dezoito anos não retornou nenhum resultado.

— Você não caiu do céu — ele disse a si mesmo. Então fez buscas pelo sobrenome dela e, surpreendentemente, não surgiu quase nada além da cobertura da coletiva de imprensa e alguma coisa sobre Blake e Samantha. Havia algumas fotos tiradas em diferentes eventos sociais nos últimos dois anos. Em cada uma delas, o rosto de Eliza estava parcialmente escondido. Até em uma foto dos dois na cerimônia de renovação de votos de Blake e Sam no Texas. Era quase como se Eliza soubesse que a câmera estava apontada para ela e não quisesse que seu rosto fosse visto.

Carter colocou café preto na xícara e, como de costume, ligou a TV para ver o noticiário. Da última vez que ouvira, a cobertura da imprensa sobre o dia anterior ainda não o favorecia. No entanto, em vez de fazer algo para ganhar pontos nas pesquisas, ele estava na internet tentando descobrir mais sobre o passado de Eliza.

O que realmente sabia sobre ela? Ele pegou um bloco de anotações de cima da mesa e escreveu o nome dela no topo da página.

Idade? Não sabia. Ele achava que ela devia ter quase trinta.

Pais? Ela nunca falou a respeito. Na verdade, nunca falava da família. Ele colocou um grande ponto de interrogação depois da palavra "pais".

Local de nascimento? Presumiu que fosse Califórnia. Ela nunca falou sobre ter morado em outro lugar.

Formação? Carter passou a mão pelos cabelos e jogou a caneta na mesa.

Jesus, ele não sabia nada sobre ela. Que merda era essa?

Depois de alguns goles de café, virou a página do bloco e anotou o que sabia.

"Eliza Havens." Escreveu seu nome e o circulou duas vezes.

Ele a conhecia havia dois anos, mas ela era amiga de Samantha bem antes disso.

Carter anotou outras palavras que lhe vieram à mente quando a imagem dela apareceu em seu cérebro: "inteligente", "engenhosa", "determinada", "bonita", "espirituosa", "misteriosa", "anda armada". Circulou essas duas últimas palavras duas vezes.

Por que alguém andaria armado? Agentes da lei ou oficiais federais tudo bem, mas com Eliza não fazia sentido. Até o dia anterior, ele nunca a vira perto de um agente da lei de qualquer espécie. Até aqueles dois detetives baterem à sua porta.

Carter deixou a mão cair sobre a mesa.

— É claro. — Ele não estava procurando as respostas no lugar certo.

Passava um pouco das cinco da manhã. Muito cedo para pedir favores. Ele esquentou o café e começou uma busca no site do Departamento de Polícia de Los Angeles para ver se reconhecia o rosto dos homens que apareceram à sua porta.

Uma hora depois, tinha dois nomes: Dean Brown e James Fletcher. Detetives antigos e com boa posição no departamento. Eles trabalhavam no setor de operações especiais. Alguma coisa podia ser mais vaga do que isso?

Carter pegou o telefone e ligou para um contato em Nova York.

— Sim?

— Oi, Roger. É o Carter.

Carter conhecia Roger há mais tempo até do que conhecia Blake. Os dois viviam em mundos diferentes agora, mas já haviam sido próximos.

— Ora, olá, governador. Como está?

— Eu ainda não sou o governador.

— Dê tempo ao tempo. — Seu amigo riu. — O que aconteceu para você me ligar?

— Um cara não pode ligar para um amigo?

— Ha! Você anda muito ocupado para os amigos. Especialmente para aqueles que nunca saíram de Nova York.

Carter podia ouvir a delegacia cheia ao fundo, os telefones tocando e alguém praguejando rapidamente. Criminoso ou policial, era difícil saber. Infelizmente, Roger dissera a verdade. Havia pouquíssimas pessoas com quem Carter mantinha contato, a não ser que estivessem envolvidas em sua escalada rumo ao próximo passo de sua carreira.

— Como está a Beverly?

— Bem. Pronta para dar à luz a qualquer momento.

Carter colocou a mão na cabeça. Tinha esquecido da gravidez.

— Mas está tudo certo? O bebê e a mamãe estão bem?

— Ela está ótima. Roger Junior deve chegar até o fim do mês.

— Vocês já sabem que é menino?

Roger bufou.

— O médico disse que o cordão umbilical estava atrapalhando a visão, mas eu gosto de pensar que era só o meu garoto pregando uma peça no seu velho. Pensar em ter uma menina me faz surtar.

Carter imaginou Roger e seus mais de cem quilos segurando uma criança de três. Que visão.

— Você vai ser um ótimo pai.

Houve uma pausa.

— Então, por que você me ligou? Precisa de uma ajudinha, doutor?

Carter pegou a caneta, folheou as páginas do calendário que ficava em cima da mesa e rabiscou o nome de Roger em uma data aleatória algumas semanas à frente. Ele realmente precisava entrar em contato com seu amigo e a esposa para ver como estavam.

71

— Tenho algumas perguntas e acho que você pode me ajudar.

Roger não pareceu chateado por ter razão sobre o motivo do telefonema.

— Manda.

— Encontrei uns detetives do Departamento de Polícia de Los Angeles que trabalham no setor de operações especiais. Alguma ideia do que pode ser?

— Pode ser qualquer coisa. Desde a investigação de um homicídio até se certificar de que alguém como você esteja protegido contra uma possível ameaça. Onde você conheceu os caras?

— Eles queriam falar com a minha... com uma amiga minha. Ela não pareceu surpresa ao vê-los.

— Uma amiga, hein?

— Uma amiga especial — Carter falou.

— O que mais você pode me contar?

O político pesou suas opções. Passou a Roger um pequeno perfil de Eliza. Contou que era uma mulher cativante e inteligente, que mantinha um estilo de vida bem reservado. Terminou a descrição dizendo que ela andava armada.

— Do que ela tem medo? — o amigo perguntou.

— Não sei. Ela não é uma mulher indefesa. Na verdade, conseguiu despistar meu guarda-costas e os dois detetives em plena luz do dia.

— Tem certeza de que ela não é policial?

— Absoluta.

— Vai me falar o nome dela, ou vai me fazer adivinhar?

Com toda a mídia pintando Eliza como sua namorada, Carter sabia que Roger descobriria mais cedo ou mais tarde.

— Eliza Havens. Mas preciso que fique só entre nós.

— Então acho melhor parar de atualizar minha página no Facebook — Roger provocou. — Deixa comigo. Vou dar uma procurada. Se ela tiver porte legal, haverá um registro rastreável do motivo. Conseguir um porte de arma para um civil é quase impossível na Califórnia. Aqui também — acrescentou. — Sorte a minha que eu sou policial.

— Obrigado, Roger.

— Ah, você tem o nome dos detetives?

Carter informou e eles se despediram.

Eliza pegou a peruca no fundo do armário e se encolheu. Ela se forçara a sair da cama cedo, com a intenção de fazer a mala e seguir em frente.

Agora, estava sentada diante dela, com as pernas cruzadas e muitas dúvidas.

Ela e Samantha haviam construído uma amizade incrível. O pequeno Eddie era como um sobrinho para Eliza, e ela não podia imaginar deixar de ver seu rostinho rechonchudo. Mesmo Gwen, com seu jeito contido e altivo, a conquistara.

Depois, havia a Alliance. O negócio que Samantha tinha começado e agora elas dirigiam juntas. Eliza pensou nas mulheres que havia conhecido por meio da empresa. Algumas vinham de famílias arruinadas, que usavam os filhos como peões em um tabuleiro de xadrez para conseguir o que queriam. Essas mulheres procuravam maridos para mantê-las financeiramente estáveis e para se verem livres do controle da família. Cada história era única, mas todas, passíveis de acontecer.

Quando pensava nisso, sua história não era tão triste quanto a de algumas pessoas. Pelo menos seus pais a amaram enquanto viveram.

Às vezes, quando tudo estava quieto à noite, ela se lembrava da voz deles. A maneira suave como sua mãe falava com ela e lhe contava histórias para dormir. O pai sempre a chamava de fadinha, com sua voz profunda e explosiva. Seus pais tinham um amor profundo, que a envolvia e a mantinha segura.

Mas, em uma única noite, tudo isso desmoronou.

Eliza secou uma lágrima do rosto e tentou afastar as lembranças do passado. Sentia falta de ter uma família para chamar de sua e tinha encontrado um pouco desse amor nos amigos.

Ela se afastou da mala e se levantou. Depois de uma busca rápida nas gavetas, encontrou a roupa que estava procurando e a vestiu.

Eliza não fugiria. Ainda não. Aceitaria o conselho de Jim e evitaria se expor. Relembrou alguns movimentos que a manteriam confiante, ainda que não necessariamente segura.

Ela observaria.

E ouviria.

E correria até não poder mais se seu passado quisesse alcançá-la, ameaçando as pessoas que havia aprendido a amar.

Dean aspirou a fumaça cheia de nicotina e a deixou sair por entre os lábios franzidos. Ele havia tentado largar o vício ao longo dos anos, mas finalmente aceitara que era um fumante. Isso não mudaria, não importava quanta goma de nicotina mascasse ou quantos áudios motivacionais mentirosos ouvisse.

Ele era policial desde os vinte e poucos anos, tinha se casado duas vezes e depois aberto mão de metade das suas coisas também duas vezes, quando se separou.

Havia pouquíssimas constantes em sua vida. Jim era a coisa mais próxima de um irmão. Até sua filha não o procurava, nem mesmo no Dia dos Pais.

Ele bateu a ponta do cigarro no cinzeiro e aumentou o volume do noticiário.

A imagem de Eliza apareceu na tela, e ele subiu ainda mais o volume.

Ela tinha se transformado em uma mulher linda. Vê-la na TV o deixou um pouco enjoado. Fazia poucos dias que tinham se visto, e as notícias haviam esfriado um pouco. Até hoje...

— *O candidato a governador Carter Billings teve um ligeiro declínio nas pesquisas preliminares depois da briga registrada na semana passada, no Texas. Mesmo com o testemunho de Eliza Havens, o público não está pronto para votar em um candidato tão jovem e solteiro. O rival de Billings na corrida para o governo, Darnell Arnold, passou um tempo pesquisando sobre a srta. Havens e fazendo sua própria coletiva de imprensa.*

Dean deixou o cigarro no cinzeiro e se inclinou para a frente na cadeira. O punho apertou o controle remoto, e seus olhos se estreitaram.

— *Parece que o sr. Billings tem passado um tempo considerável com Eliza Havens. Algumas pessoas dizem até que, se Billings ganhar a eleição, pode acontecer o raro evento de um governador recém-eleito se casar logo após assumir o mandato. Esse assunto foi mencionado na entrevista do sr. Arnold.*

O repórter saiu de cena e Arnold apareceu na frente de vários repórteres. Como de costume, o homem não falava de política, mas de coisas totalmente irrelevantes, e as pessoas simplesmente escutavam. Dean já tinha ouvido besteiras o suficiente na vida para identificar quando eram ditas. Conhecer Eliza Havens melhor do que ninguém também ajudava.

— *O que realmente sabemos sobre a srta. Havens?* — indagou Arnold. — *Ela pode ter vários amigos influentes... amigos estrangeiros, devo acrescentar...*

mas parece que essa mulher apareceu do nada. Não há registros escolares nem de nascimento dela. Já ouvi relatos de políticos que contratam imigrantes ilegais sem saber, mas devemos evitar a todo custo colocar no poder alguém que pode ter uma imigrante ilegal como primeira-dama do estado.

— Filho da puta! — Dean gritou para a TV. — Ela é cidadã americana, seu idiota.

O noticiário exibiu imagens da entrevista coletiva de Eliza, bem como algumas fotos dela em várias situações. Em muitas dessas imagens, ela estava ao lado de Billings, e na maioria escondia um pouco o rosto, mas não em todas.

Uma, em particular, fez Dean se lembrar da mãe de Eliza. E, se ele percebia a semelhança, outras pessoas poderiam perceber também.

O noticiário começou a exibir outra matéria, e Dean se obrigou a levantar da cadeira favorita e pegar o telefone. O detetive esperava que Eliza não estivesse realmente interessada nesse cara. Ele e Jim precisavam convencê-la a desaparecer, e ele sabia, por experiência própria, que conseguir a cooperação de mulheres apaixonadas era como tentar fazer uma barata parar de comer um donut.

9

DEPOIS DE UM TREINO INTENSO, cheio de chutes e socos que havia esquecido que sabia executar, Eliza conseguiu esfriar a cabeça e se concentrar apenas nos fatos objetivos de sua vida.

Seus pais tinham morrido fazia quase vinte anos. Embora ela se parecesse com a mãe de muitas maneiras, as chances de alguém descobrir sua verdadeira identidade eram praticamente nulas. No entanto, Jim e Dean pareciam mais preocupados do que tinham motivos para estar. O caso exigia uma investigação mais profunda.

Eliza tinha sido orientada a jamais contar a verdade sobre sua vida, ou correria o risco de colocar outras pessoas em perigo. Ela estava certa de que os policiais se referiam a pessoas comuns com o mínimo de recursos para segurança.

Para a sorte dela, sua lista de contatos estava repleta de pessoas ricas e influentes que tinham muita segurança à disposição. Muito mais do que qualquer funcionário público com um distintivo tinha para a própria família. Todos sabiam que muitas vezes os policiais colocavam seus familiares em risco ao atacar grandes nomes do mundo do crime. Isso não os impedia de trabalhar, e Eliza com certeza não abriria mão da vida que havia construído.

Além disso, havia Carter. Seu estômago se aqueceu ao pensar no toque dele. Devagar, ele a seduzira completamente. Pensando a respeito, ela não sabia ao certo por que havia permitido que ele a seduzisse. Obviamente estava vulnerável, fora do seu estado normal. Ela supôs que ele percebera e por isso não forçara mais nada.

Ela não se esqueceria tão cedo daqueles beijos enlouquecedores e da reação explosiva de seu corpo ao dele.

A última coisa que Carter precisava era de um passatempo para manchar sua reputação enquanto concorria a governador. Aquela aventura teria que se limitar a uma única noite.

Que pena. Ela não se importaria de explorar outros talentos dele. Talvez dali a cinco anos, depois da eleição e do mandato. Isso se ele não arranjasse uma esposa durante esse tempo. Eliza nunca seria *a outra*.

Ela pegou a estrada movimentada de mão dupla que levava para a casa de Samantha e Blake, em Malibu. Parecia que não havia ninguém a seguindo, e a estrada estava congestionada com o tráfego de verão.

Contar a Gwen sobre o risco de morar com ela era uma obrigação. Podia ser que a lady britânica não arriscasse a mudança, não importando quanto desejasse uma aventura. Embora, estranhamente, Eliza achasse que poderia gostar da companhia dela. Além disso, se Carter resolvesse bater à sua porta, a presença de Gwen lá seria oportuna.

Ele havia deixado uma mensagem curta no celular de Eliza, dizendo que estava pensando nela. Depois, disse que precisava viajar para Washington por alguns dias. Ela não queria ficar desapontada, mas ficou. Num minuto ela queria vê-lo; no outro, não. Nem namorar no colegial era tão complicado.

Eliza chegou à propriedade dos Harrison e tocou a campainha enquanto sorria para a câmera apontada para o carro. O motor destravou as longas alavancas com um zumbido lento e abriu o enorme portão de aço para o seu carro passar. Quando a estrutura fechou, Eliza subiu o caminho que conduzia à mansão.

Mary, a cozinheira de Blake e Samantha, a encontrou na porta.

— A Samantha está pondo o Eddie para dormir. Ela vem em um minuto — a mulher disse.

Eliza entrou na ampla sala e colocou a bolsa e as chaves sobre a mesa.

— Obrigada, Mary.

— Quer esperar na cozinha ou na saleta?

Normalmente, Eliza teria se juntado a Mary na cozinha, mas, considerando a natureza sensível da conversa que precisava ter com Samantha, achou melhor se esconder.

— Na saleta, se você não se importar.

Uma onda de incerteza atravessou o semblante de Mary, mas ela não disse nada.

— Claro. Já levo um café.

— Seria ótimo, obrigada.

As duas caminharam pelo corredor, e Eliza tomou o caminho da saleta. Eles tinham uma sala de estar formal, mas, como na maioria das casas americanas, ela só era usada nos feriados e em ocasiões especiais. Por causa do tamanho, aquela casa tinha tudo para parecer fria e pouco convidativa, mas não era.

No canto da saleta, havia um grande baú de plástico, cheio dos brinquedos de Eddie. Vários livros infantis com marquinhas de dentes cobriam a mesa de centro, e pelo menos uma mancha não identificada estava bem no meio do sofá.

Sim, mesmo com todo o dinheiro do mundo, um menino de dois anos governava a casa.

Eliza se sentou no sofá e se recostou. Na mesma hora, ouviu um ruído agudo. Ela buscou atrás das costas e encontrou um brinquedo de pelúcia que fazia barulho.

Riu. Meu Deus, essas coisas deviam enlouquecer os adultos depois de um dia inteiro. Samantha tinha dito mais de uma vez para evitar brinquedos barulhentos como presente.

Eliza seguia as regras que sua melhor amiga havia estabelecido, mas Carter sempre levava os brinquedos mais ruidosos. No último Natal, Eddie amou o presente que ele lhe dera. Mesmo ainda não tendo grande capacidade de atenção, o garotinho se divertiu por quase uma hora com o brinquedo, que tinha vários instrumentos musicais acoplados. Aquilo ainda ocupava um lugar de destaque no quarto da criança.

Eliza fez uma nota mental para encontrar algo que fizesse barulho e fosse interativo para a próxima ocasião. Pegou um clássico do dr. Seuss e folheou. Passos soaram no corredor antes que Samantha entrasse na sala.

— Achei que ele não ia dormir nunca.

Eliza deixou o livro infantil de lado e sorriu para a amiga.

— Sonecas são muito chatas — brincou.

— Eu não diria isso. Eu adoraria tirar uma soneca. — Sam pegou alguns brinquedos espalhados e os jogou dentro do baú.

— Você não precisa arrumar nada por minha causa.

— Estou arrumando por mim — Sam falou. — Existe uma casa incrível embaixo disso tudo, mas só consigo ver quando ele está dormindo.

Eliza olhou ao redor. A casa era magnífica, cheia de cores quentes em todos os cantos. Alguns bibelôs haviam sido transferidos para as prateleiras superiores ou removidos da saleta, mas a mansão de Malibu continuava adequada para um duque, uma duquesa e um pequeno conde.

Samantha se ocupou com a bagunça do lugar por um minuto ou dois antes de Mary chegar com café e cookies caseiros. Depois que a cozinheira saiu, elas conversaram sobre cookies com gotas de chocolate, crianças e até que ponto elas podiam fazer a bagunça se espalhar, antes de Sam finalmente se sentar.

— Então — Samantha se inclinou para a frente e respirou fundo —, você não está aqui para falar de cookies.

Eliza colocou a xícara na mesa. Suas mãos estavam úmidas.

— Não. Meu plano era vir aqui para me despedir.

— O quê?! — Sam gritou.

— *Era*. Eu não vou mais embora.

Sam colocou a mão sobre o peito e se inclinou para trás.

— Não faça isso.

— Desculpe. É... muito difícil para mim. Quando se guarda segredos por tanto tempo, falar sobre eles traz antigas assombrações à tona.

Sam pousou a mão no joelho de Eliza.

— Você não precisa me contar, se isso te machuca. Mas espero que saiba que, qualquer coisa que me disser, vou guardar segredo.

— Eu sei. O que vou te contar tem que ser segredo. Mas não espero que você esconda isso do Blake ou da Gwen. — *Ou até do Carter, na verdade*, Eliza pensou, mas não disse. — Não seria justo te pedir para esconder deles. Os dois precisam saber que estar perto de mim pode ser arriscado.

A confusão se instalou no rosto de Samantha, mas ela ficou quieta. Relaxou e esperou que a amiga continuasse:

— Eu fiz parte do programa de proteção a testemunhas... Bem, tecnicamente, ainda faço. Embora eu tenha criado um problema aparecendo na TV ao lado do Carter há alguns dias.

Sam ficou boquiaberta.

— O meu pai testemunhou... — Quanto ela deveria revelar? O suficiente para que Sam entendesse o risco de continuar a amizade. — ... um assassinato. Alguns assassinatos. — Um massacre, para falar a verdade. No entanto, aquilo era passado, e pintar aquele quadro só faria piorar as coisas. — Eu tinha nove anos. Estou te contando o que eu soube. Eu mesma não vi nada.

— O que só a deixava mais frustrada por ter que viver parcialmente recolhida do mundo.

— Você nunca me falou sobre os seus pais — Samantha disse, com calma e paciência.

A emoção dominou Eliza. Ela nunca foi de chorar muito, mas estava perto. Bem perto.

— Eles fizeram a coisa certa. Meu pai não ficaria em paz consigo mesmo se não tivesse feito o que fez. — Eliza se levantou e começou a andar. Pegou um pequeno brinquedo de pelúcia vermelha que estava sobre uma cadeira. — Ele virou testemunha do Estado. Não tínhamos muito, então nos afastar da nossa vida não incomodou tanto quanto faria com outras pessoas. Meus avós não moravam perto. Meu avô paterno ainda pode estar vivo em algum lugar. Me disseram que os pais da minha mãe já se foram.

— Onde os seus pais estão? — Samantha perguntou depois de uma longa pausa.

Eliza abriu um sorriso amargo e balançou a cabeça.

— Nós fomos cuidadosos. Mas não o suficiente.

Sam respirou fundo enquanto a realidade a atingia.

— Fiquei sozinha por muito tempo, morando cada hora em uma pocilga pública diferente. Me mudei várias vezes, para despistar se tivesse alguém observando. Os dois policiais que apareceram na coletiva de imprensa do Carter foram designados para o meu caso quando eu tinha dezesseis anos. Não tenho problemas com a lei. Meu único crime é ter sido burra.

Eliza colocou a mão do boneco em cima dos olhos dele. *Não veja nada. Não seja nada.*

— Se você sabia que ajudar o Carter era um risco, por que aceitou?

— Era a coisa certa a fazer. Fui eu quem sugeri que fôssemos para aquele bar. Eu sabia que os caras que estavam paquerando a gente eram agressivos. — Eliza soltou um longo suspiro e continuou: — Eu me senti responsável. Não podia ficar quieta e deixar que a campanha dele fosse por água abaixo sem tentar ajudar.

— Ele teria entendido.

— Talvez. Não importa. Parece que a imprensa me tachou como imigrante ilegal agora. Em vez de ajudar, posso ter diminuído ainda mais as chances de ele conseguir se eleger. — Todo o risco havia sido em vão.

Houve um momento de silêncio.

— Por que você queria fugir de novo?

Eliza colocou o bicho de pelúcia na estante antes de se virar para a amiga.

— O Dean e o Jim, os detetives, me fizeram lembrar por que eu devo me esconder. O homem que assassinou os meus pais ainda está vivo, Sam. Está preso, mas não totalmente fora de circulação. Ele tem uma família enorme que adoraria se vingar.

— Se vingar de uma criança que não teve nada a ver com a prisão dele?

— Dillinger e Capone podem render bons filmes em Hollywood, mas na vida real eram uns animais que não deixavam as famílias escaparem ilesas. Suas ameaças eram o que assustava as pessoas e as fazia ficar de boca fechada. Há muitos Capones por aí. Em vários países. De todas as idades. O cara que matou meus pais deixou claro que me encontraria. Que sua missão de vida era eliminar os descendentes do meu pai na Terra. Não tem motivo para pensar que ele encontrou Jesus e mudou de ideia.

— Quantos anos você tinha quando seus pais morreram?

— Nove.

Ao contrário de Eliza, Sam era conhecida por chorar fácil, e as lágrimas brotaram rapidamente de seus olhos.

— Ah, Eliza. Sinto muito. Que tipo de amiga eu sou que nunca fiquei sabendo disso?

Eliza sorriu e tentou brincar.

— O Carter pode fazer o estilo de Hollywood, mas eu sou melhor atriz.

Sam piscou para afastar as lágrimas e forçou um sorriso. Em seguida se levantou e caminhou até a amiga.

— Não sei se eu devia ficar brava por você não ter me contado isso antes ou orgulhosa por você confiar em mim agora.

— É um fardo, Sam. Ser minha amiga pode ser perigoso.

— Você não tem certeza disso, ou teria fugido.

Eliza assentiu. *Talvez.*

— Ainda pode ser que eu tenha que desaparecer. Mas pelo menos você vai saber o motivo. Eu odiaria se fosse o contrário; se você desaparecesse e eu nunca soubesse o porquê.

— Não diga isso. Você não vai a lugar algum.

— Eu não quero ir.

Sam franziu o cenho.

— E não vai. Você tem amigos capazes de te proteger e de proteger a si mesmos.

Eliza encarou a amiga e suspirou.

— Estou contando com isso. Se vocês não tivessem como se defender, eu não teria vindo aqui hoje — ela desabafou, mais preocupada com a segurança de Sam e sua família do que com a própria. Pelo menos era nisso que Eliza queria acreditar.

❧

— Harry? — o guarda o chamou a poucos metros de distância. Carregava um jornal enrolado e preso por um elástico. — Tenho mais papel de parede para você.

Harry sorriu quando Devin se aproximou, se perguntando que notícias o jornal traria hoje. Cada dia na prisão se metamorfoseava no próximo, e ele não tinha mais nada para esperar. Os acontecimentos lá de fora eram os únicos raios de sol disponíveis.

Muitos dos criminosos com quem estava preso tinham familiares que os visitavam de vez em quando. Harry, não. Com sua ganância e egoísmo, ele havia destruído sua família, assim como qualquer esperança de rever os que ainda estavam vivos. Se e quando conseguisse a liberdade condicional, ele não tinha o direito de procurar as filhas.

Harry se levantou e estendeu a mão para pegar o jornal.

— Obrigado — disse ao guarda.

Devin deu de ombros e se afastou.

Um pequeno zumbido de expectativa despertou dentro dele uma centelha de calor. Em vez de abrir o jornal na mesa mais próxima, optou por ficar sozinho e subiu o lance de escada que levava até sua cela. Havia ainda trinta minutos antes que os presos fossem forçados a voltar para as celas superlotadas. Mas Harry desistiria de bom grado desse instante de liberdade para ter um vislumbre do seu neto. Seus companheiros de cela não estavam no pequeno espaço quando ele se sentou em seu beliche e abriu o jornal. Pulou a primeira página e o caderno de finanças, indo direto para a seção de entretenimento. Soltou um suspiro quando os viu. Uma festa de casamento com os noivos e alguns convidados. Nos braços do noivo havia uma criança sorrindo para a câmera. O olhar de Harry pousou em uma jovem de cadeira de rodas, enquanto seu polegar acariciava a imagem. Se ele pudesse curá-la...

O arrependimento fechou sua garganta.

Um alarme soou no prédio, sinalizando o fim do tempo livre. Menos de um minuto depois, Lester e Ricardo voltaram para a cela.

Lester dividia a cela com Harry havia alguns anos. Ele ficava na dele na maior parte do tempo, exceto quando parava de tomar os remédios e o lado maníaco de sua personalidade vinha à tona. Como Harry, Lester cumpria pena por fraude. Ele fora pego roubando a identidade de proprietários de pequenas empresas e limpando as contas destas. Não era uma pessoa violenta, o que funcionava bem com Harry.

Ricardo havia se juntado a eles poucos meses antes. Era forte como um jogador de futebol americano, então Harry mantinha distância. O homem falava pouco; preferia se expressar com os punhos. Harry não confiava nele e não sabia ao certo que tipo de crime o companheiro de cela cometera. No começo, criminosos violentos não eram mantidos no mesmo bloco em que Harry estava. Mas os cortes no orçamento e a falta de financiamento estatal para o sistema penitenciário forçaram todos os infratores a ficarem juntos.

Harry não era um fracote. Tinha mais de um metro e oitenta de altura e a força de quem se alimenta bem. Mas não era bobo e jamais pensaria que teria chance em uma briga com Ricardo.

— O que você tem aí, Harry? — Lester perguntou enquanto se esgueirava no pequeno espaço entre os beliches. — Ah, são suas filhas? — Ele tinha visto outras fotos e sabia um pouco da história de Harry.

— Sim.

— O bebê está crescendo.

Ricardo olhou por cima do ombro e analisou a página.

— Pensei que a sua filha já estivesse casada.

— E está.

No alto da página, o artigo dizia que o casal estava renovando os votos de casamento. Harry apontou para a manchete e deixou as palavras do repórter fazerem o trabalho de explicar o que a foto representava.

Ricardo começou a virar de volta, mas se deteve para olhar mais de perto. Harry teve vontade de puxar o jornal de lado, mas se conteve.

— Amigos da noiva? — o companheiro de cela perguntou, apontando para os outros na foto.

— Acho que sim — Harry disse, sem conhecer pessoalmente nenhum dos convidados nas fotos. Ele reconhecia os nomes, mas não os rostos.

Quando Ricardo se virou, Harry dobrou o jornal com cuidado e o colocou no esconderijo, ao lado dos outros.

~✺ *10* ✺~

CARTER ESTAVA DORMINDO APENAS CINCO horas por noite nos últimos três dias. O que ele realmente precisava era de uma cama grande e seis horas de silêncio para que seu corpo pudesse se sentir normal de novo.

Mas era pedir demais.

Ele tinha duas mensagens no celular pessoal. Uma de Roger, em Nova York, pedindo que ligasse de volta quando conseguisse uma linha segura, e a outra do detetive Dean, pedindo alguns minutos do seu tempo.

Após algumas tentativas frustradas de ligar para o amigo na costa Leste, ele desistiu e foi para a delegacia onde Dean e seu parceiro, James, trabalhavam.

Embora tivesse tentado evitar chamar atenção, indo sem motorista, vários olhares se desviaram quando ele entrou na delegacia.

Procurou a sala, tentando identificar um dos dois policiais que tinha visto escoltarem Eliza alguns dias atrás.

— Procurando alguém em particular, doutor?

Acostumado com o tratamento, Carter respondeu rapidamente:

— Dean Brown?

— Por aquele corredor. Primeira porta à direita.

Carter assentiu e passou por algumas pessoas, que o olharam. Antes de pegar o corredor, o celular vibrou no bolso. Um impulso o fez abrir as mensagens. O nome de Blake apareceu na tela com uma mensagem curta:

> Precisamos conversar. Vamos beber algo hoje à noite?

Carter respondeu um "sim" rápido e prometeu ligar para o amigo, então enfiou o telefone de volta no bolso.

O escritório menor abrigava seis mesas e vários detetives. Dean e James estavam sentados um de frente para o outro, no canto da sala. Os dois olharam para Carter quando outro detetive o cumprimentou.

— Não sabia que estávamos no rastro da campanha — ouviu um comentário irônico, seguido por uma risada.

— Estou aqui para ver...

— Billings — Dean interrompeu —, foi gentileza sua ter vindo.

Os outros detetives ficaram de lado enquanto Dean e seu parceiro iam ao encontro de Carter. Eles apertaram as mãos e trocaram sorrisos cordiais.

— Ainda não nos conhecemos formalmente. Este é o meu parceiro, James Fletcher, e eu sou Dean...

— Brown. Eu sei. — Os olhos de Dean se estreitaram. — Você queria me ver.

James se remexeu e acenou com a cabeça em direção ao corredor.

— Que tal uma xícara de café? — Dean ofereceu. — Com o bônus de abrir um buraco no seu estômago e te deixar acordado pelas próximas doze horas.

— Eu aceito. — Carter os seguiu para fora do escritório lotado, indo para outro corredor. Pararam diante de uma cafeteira que parecia ter sido limpa pela última vez quando Prince cantava sobre 1999. Eles se serviram nos copinhos de isopor e foram para uma sala isolada que Carter reconheceu como o lugar onde os interrogatórios aconteciam. Não pôde deixar de se perguntar se estava lá para algum tipo de questionamento oficial. Embora soubesse que não tinha feito nada de errado, aqueles homens haviam levado Eliza, e ele precisava ser cuidadoso.

A porta se fechou atrás deles, e Carter tentou ganhar tempo.

— Preciso de um advogado?

Os detetives se entreolharam.

— Não — James disse enquanto puxava uma cadeira e a oferecia para Carter.

Depois de se sentar, o político experimentou o café. O gosto amargo escorreu por sua garganta e ameaçou voltar. Não só estava ruim como completamente frio.

— Faça de conta que você não está aqui. Não oficialmente, de qualquer maneira. — Dean se sentou na beirada da mesa e cruzou os braços.

85

— Uma dúzia de policiais na outra sala me viu entrar. Se esta conversa era para ser um segredo, você devia ter dito.

— Não é segredo, só extraoficial. Se nos encontrássemos fora da delegacia e alguém visse, especulariam mais ainda. Meu palpite é que a imprensa gosta de te seguir pela cidade e de enfiar câmeras na sua cara.

Carter não podia contra-argumentar.

— Então *por que* eu estou aqui?

— Qual é a natureza do seu relacionamento com Eliza Havens?

Ele ficou surpreso com a pergunta e não estava propenso a responder.

— Por que querem saber?

— Ela é importante para nós.

— Importante como? — Será que esses policiais esqueceram que estavam conversando com um advogado? Se havia alguém com experiência e prática na arte de obter informações, era ele. Para não mencionar sua capacidade de se esquivar de determinadas questões, como bom político que era.

— Vocês estão namorando? — James perguntou, do outro lado da mesa.

— Você é parente dela? Tio... primo? — Carter perguntou.

— Você não vai responder às nossas perguntas, não é?

— Me diga qual é o motivo desta reunião e eu considero suas perguntas. — Ele não responderia, mas consideraria.

— A Eliza é uma mulher teimosa.

Carter deu uma risadinha. *O eufemismo do ano.*

— E?

— Temos razões para acreditar que ela pode estar correndo perigo. Se soubéssemos a natureza do relacionamento de vocês, poderíamos nos preparar melhor para ajudar a mantê-la segura.

O sorriso que surgiu em decorrência da palavra "teimosa" desapareceu quando a palavra "perigo" foi dita.

— Que tipo de perigo?

Dean trocou um olhar com James, mas nenhum dos dois falou nada. Pela tensão no maxilar de Dean, eles não iriam falar.

— Alguém precisa começar a confiar em alguém aqui. Vocês me ligaram, lembram?

James se afastou da mesa.

— Seria melhor para a Eliza se ela desaparecesse por um tempo.

— Desaparecesse? — Carter não gostou de como isso soou.

— Sim. Só que ela não quer ouvir a voz da nossa experiência. Se vocês são próximos, talvez você consiga convencê-la.

Desaparecer? Perigo? Carter estava começando a encontrar respostas para suas perguntas. Só que essas respostas estavam confusas, e ele precisava de mais informações. A melhor maneira de consegui-las era blefar e deixar que aqueles homens pensassem que ele sabia mais do que realmente sabia.

— Vocês mesmos disseram que a Eliza é uma mulher teimosa. Obviamente a conhecem há algum tempo.

— Mais do que qualquer pessoa — Dean falou por trás da xícara de café.

James limpou a garganta, tentando fazer com que o parceiro se calasse.

— Nosso único objetivo é protegê-la. Você passou muitos anos lidando com a lei, sr. Billings. Sabe como os cortes no orçamento mantêm nossas mãos atadas. A Eliza precisa de proteção, e nem sempre podemos estar lá para isso.

— Proteção contra quem? — Quando as palavras saíram de seus lábios, ele soube que tinha demonstrado saber pouco.

— Não podemos revelar. Nós o trouxemos aqui na esperança de conseguir fazer a Eliza ouvir a voz da razão. Ela entende os riscos. Sabe que deve ir embora.

Carter pensou na festa de casamento recente, na amizade de Eliza e Samantha e no amor que ela nutria por Eddie.

— Isso não vai acontecer.

— Quer dizer que você não vai nos ajudar?

— Quer dizer que vocês estavam certos no que disseram no início da nossa conversa. A Eliza não tem o costume de fazer algo porque precisa. Ela só faz o que quer. — Por um momento, ele pensou naquele vestido horrível de madrinha amarelo e no desconforto dela ao falar com a imprensa. Tudo bem, talvez ela fizesse coisas das quais não gostava, mas as fazia por outras pessoas.

— Achamos que você diria isso — Dean falou, antes de se afastar da mesa e colocar a cabeça para fora da porta. — Keller? — gritou.

O som de passos ecoou pelo corredor, combinado com o toque de unhas. Dean olhou para baixo quando outro policial entrou na sala com um companheiro de quatro patas ao lado. O pastor-alemão olhou de um homem para outro com seus olhos escuros e lambeu um canto da boca enquanto ofegava.

87

— Este é o Zod. Um membro recém-aposentado da nossa unidade.

— Por que ele está aqui?

— Você vai dar o Zod de presente para a nossa amiga.

Carter franziu o cenho.

— Vou?

Dean agradeceu a Keller, que saiu da sala.

— Vai. O Zod é fluente em comandos em alemão. Tenho certeza que a Li... a Eliza se lembra. Se nós lhe dermos o cachorro, ela provavelmente vai rir da nossa cara. Mas, se você der, talvez ela fique com ele.

Como qualquer um que assistia ao noticiário noturno, Carter sabia o estrago que um cão policial podia fazer. O que o preocupava não era que Eliza não ficasse segura com um desses ao lado, mas por que ela precisava dele.

— Você realmente acha que isso é necessário?

— É uma medida adicional de segurança que podemos impor a ela sem muita briga. Fazê-la se mudar para a casa de uma amiga ou do namorado para ficar protegida não é algo com que ela concordaria facilmente — James observou.

Dean soltou um suspiro exagerado.

— Ela é mais teimosa do que a minha ex-mulher.

— Qual delas? — James perguntou, rindo.

— As duas.

— Ela está mesmo correndo tanto perigo?

Dean assentiu.

— E você não vai me dizer por que, ou quem está atrás dela?

— Estamos lhe pedindo para dar o cachorro a ela e ficar de olho. Se algo parecer suspeito, precisamos saber. — Dean pegou um cartão da carteira e o entregou a Carter. — Se você não estivesse concorrendo ao governo, eu sugeriria que grudasse nela como uma sombra, até termos certeza de que ela está segura. Sua vida pública foi o que causou essa bagunça, e a última coisa que a Eliza precisa é de mais exposição na mídia.

O enjoo no fundo do estômago de Carter começou a se espalhar. Ele precisava de respostas. Para ontem.

Ele se levantou e os dois homens o seguiram. James segurou a coleira de Zod e a ofereceu a Carter.

— Zod? Ele realmente se chama assim? — Parecia um deus de ficção científica. Zod respondeu com um latido.

— Ele come ração especial. Um dos agentes vai levar um pacote até o seu carro.

Carter precisava ligar para Roger imediatamente. Eliza não podia ser a única capaz de recusar o cachorro.

⁓✺⁓

— Programa de proteção a testemunhas — as palavras de Roger ecoaram através do viva-voz no carro de Carter.

— Eu devia ter adivinhado — Carter disse ao amigo.

— Levantar informações é como desenrolar uma fita adesiva. É melhor ir até a fonte para encontrar as respostas.

Carter olhou para Zod, que enfiou o focinho na abertura da janela para fungar. Ele tinha ido até a casa de Eliza, mas ela não estava lá. E não retornava suas ligações. Uma mensagem de Blake revelou que ela estava almoçando com Samantha em Malibu.

— Não sei se ela vai falar.

— A maioria das pessoas não fala. Mas também evita ser o centro das atenções e vai embora quando tem a identidade revelada.

Eliza não tinha fugido, mas Carter sabia que ela pensava seriamente nisso. Ele não sabia ao certo o motivo de ela ter ficado, mas faria o melhor para mantê-la enraizada em sua nova vida.

Zod ficou entediado com o mundo do lado de fora do carro e se deitou no banco do carona. Descansou a cabeça no apoio entre os bancos e o focinho frio e molhado roçou a camisa de Carter.

— O que você sabe sobre cães policiais?

— Tanto quanto qualquer policial que não trabalha com eles. Por quê?

O carro de trás buzinou quando o sinal ficou verde e Carter não percebeu. Zod arqueou as sobrancelhas, mas não levantou a cabeça.

— Tenho um olhando para mim agora mesmo. Um presente dos amigos da Eliza, da delegacia.

Roger soltou um assobio longo.

— Mesmo?

— Mesmo.

— Isso é sério, Carter. Você precisa tomar cuidado.

Mas ele não estava preocupado consigo.

— O cachorro não é para mim.

— Eu sei. Mas, se os policiais querem que o cão fique com a sua amiga, é porque acreditam que existe uma ameaça real. E criminosos não gostam de quem fica no meio do caminho.

Carter saiu da superlotada Pacific Coast Highway e seguiu em direção à propriedade de seu melhor amigo.

— Eu sei disso, Roger. O que não sei é como falar com um cão em alemão. Preciso de ajuda aqui.

— Você está no carro, certo?

— Sim.

— Então te ligo depois. Não quero que o Fido fracasse. — Roger riu.

— O nome dele é Zod.

O amigo riu ainda mais.

— Quem disse que a polícia não tem senso de humor?

Carter parou na frente do portão e usou o controle remoto que tinha para a propriedade. Acenou para as câmeras quando o portão se abriu lentamente para deixá-lo passar.

— Tenho que ir — ele se despediu. — Te ligo depois.

— Tenha cuidado, governador.

Quando desligou a chamada, Carter pensou na campanha e percebeu como havia se esquecido dela rapidamente por causa da preocupação com Eliza. Olhou para o carro da pessoa que o distraía, estacionado na entrada. Sorriu ao pensar em ver Eliza de novo e sentiu o estômago se aquecer. Sentia falta dela.

A questão era: ela também sentia sua falta?

Zod caminhou ao lado de Carter enquanto ele subia os degraus da casa e se sentou quando chegaram à porta. Uma das empregadas o deixou entrar e olhou para o cão.

Ele considerou deixar Zod do lado de fora, mas decidiu entrar com ele quando viu um jardineiro caminhando nos arredores. Mesmo de coleira, o cão ficou ao lado de Carter e se moveu quando ele o fez. *Inteligente.*

A empregada os levou até a saleta. Ele ouviu a voz de Eliza misturada à de Gwen e à de Samantha. Estavam rindo. Algo que Carter tinha deixado de fazer durante as últimas semanas.

De repente sua seriedade foi substituída por um enorme cansaço. Ele esfregou a mão no rosto antes de enfrentar as mulheres.

— Sra. Harrison? — A empregada entrou na sala. — O sr. Billings está aqui.

Samantha olhou para a porta, e Carter a cumprimentou. Então os olhos dele encontraram Eliza e não a deixaram. Ela o encarou. Parecia exausta.

Ele conhecia aquele sentimento.

— Oi — conseguiu dizer antes de Gwen se levantar e caminhar em sua direção.

— Carter? — Ela o abraçou e beijou ambas as bochechas, depois se ajoelhou para se dirigir ao cachorro.

Algumas emoções cruzaram o rosto de Eliza. Ele supôs que seu próprio rosto era um reflexo do dela. Parte hesitação, parte excitação. A última vez que se viram, ele a tocara, e ela não se mostrara incomodada. Ainda assim, ele se perguntou como deveria agir naquele momento. Supôs que seria melhor seguir o exemplo de Eliza, com uma sala cheia de espectadores.

— Quem é esse? — Gwen perguntou, sem imaginar as emoções que abalavam o interior de Carter.

— É um presente — Carter respondeu, sem desviar dos olhos questionadores de Eliza.

— Um presente?

Eliza piscou algumas vezes e voltou a atenção para Zod. Ela inspirou profundamente, e o sorriso que exibira quando Carter entrou na sala enfraqueceu.

— Para a Eliza.

Ela balançou a cabeça e virou de costas. Samantha se juntou a Gwen e deixou Zod cheirar sua mão.

— Então você sabe — Sam disse.

Eliza olhou para a amiga e esperou.

— Sei o quê? — Carter perguntou.

Sam levantou os olhos e o encarou. Um breve olhar para a melhor amiga, e Samantha perguntou:

— Qual é o nome dele?

— Zod.

Gwen começou a rir e Eliza balançou a cabeça, ainda de costas para a sala.

— Zod?

O cão latiu algumas vezes ao ouvir seu nome.

— Não olhe para mim — disse Carter. — Não fui eu quem deu esse nome.

— Se não foi você, quem foi? — Gwen perguntou.

Samantha se virou para Eliza, que se recusava a olhar para eles. Então Carter viu a expressão confusa de Gwen.

— Sam — ele começou —, você poderia... Você e a Gwen poderiam levar o Zod para eu conversar com a Eliza em particular por um minuto? Ele deve estar com sede... ou algo assim.

Sam entendeu a dica e pegou a coleira.

— Claro. Vamos, Gwen. — Felizmente, as duas deixaram a sala sem fazer perguntas, conversando enquanto se afastavam. Quando saíram, Carter ficou na expectativa de que Eliza desse algum sinal de que sabia que ele estava ali.

— Eu não quero o cão — ela finalmente falou.

Não foi "Eu não vou ficar com ele" nem "Quero que você o leve de volta".

— Parece que você precisa dele.

Ela soltou um breve suspiro.

— Não tente fingir que não sabe por quê.

Ela ainda estava fugindo de seu olhar. Suas costas estavam tão rígidas que deviam estar doendo. Ela parecia pronta para correr ao primeiro sinal de problema.

— Eu só sei de duas coisas — Carter começou. — Dois amigos seus, que eu conheci outro dia, me pediram para lhe dar o cachorro.

Ela continuou balançando a cabeça.

— E a segunda coisa?

— A polícia está tentando te proteger. — Ele deixou de fora o fato de ter descoberto que ela provavelmente fazia parte do programa de proteção a testemunhas, esperando que ela mesma lhe contasse isso. — Não sei bem por quê, Eliza.

Carter lhe deu a chance de se explicar e caminhou para perto. Quando estava a dois palmos de distância, baixou a voz.

— O que está acontecendo? — quase sussurrou no ouvido dela.

— É complicado.

— Sou um bom ouvinte.

— Eles não deviam ter ido até você. Eu não preciso de um cão de guarda.

— O Dean disse que você não aceitaria se os dois oferecessem.

— Ele está certo. — Eliza finalmente se virou para ele, e seus olhos o fuzilaram. — Eu ainda não quero o cachorro.

— Mas vai ficar com ele... certo?

O maxilar dela tensionou e seus olhos se deslocaram para a porta por onde o animal havia saído.

— Não sei.

Carter colocou a mão em seu ombro e, quando ela não se afastou, as entranhas dele se apertaram. Em algum lugar no fundo dos olhos de Eliza, ele percebeu medo. Só durou um minuto e logo desapareceu.

— Só por um tempo. Por favor. Eu não posso estar com você o tempo todo.

— Eu não pedi...

— E você mora sozinha. Tarzana não é o lugar mais seguro do vale.

— Também não é o mais perigoso — ela se defendeu.

— Vai me dizer por que o Dean e o James me pediram para lhe dar o cachorro? Por que eles te conhecem, para começar?

Eliza engoliu em seco, lutando com as palavras.

— Eles estão sendo paranoicos. São policiais superprotetores que pensam que todo mundo é um inimigo potencial. Eles só estão sendo cautelosos.

— Você anda com uma arma na bolsa, Eliza. Isso é mais do que ser cauteloso.

Ela deu de ombros e caminhou até a janela para olhar para fora. Após alguns minutos de silêncio, contou o que ele já sabia:

— Eu faço parte do programa de proteção a testemunhas. O Dean e o Jim foram designados para o meu caso quando eu era criança. O cara com quem eles estão preocupados está cumprindo pena de prisão perpétua, então não existe de fato nenhum motivo para se preocupar. O Zod é um exagero. Não estou correndo nenhum perigo real, ou eles teriam me tirado daqui. Eles só estão sendo paranoicos. Desde a coletiva de imprensa.

Carter sentiu os braços tensos e os punhos apertados. Ouvir a confirmação das próprias preocupações o irritou.

— Quem é o cara? De quem eles estão te protegendo?

— Não importa.

— Mentira.

93

Ela se virou para ele com as mãos na cintura.

— Eu já te disse o porquê. Você provavelmente vai ouvir isso do Blake quando ele e a Samantha conversarem. Eu nunca pediria que a minha melhor amiga escondesse isso do marido, e sei que você vai falar com ele. Mas é só isso, Carter. Não vejo necessidade de colocar você, a Sam e a família dela em mais perigo.

— Posso cuidar de mim mesmo.

— Talvez você possa, mas e a Sam? E o Eddie? O programa de proteção a testemunhas não existe por causa de crimes pequenos.

— Eu sei.

— Então você também sabe que eu não posso contar mais do que já contei. Eu estou aqui mesmo que meus instintos me digam para fazer o contrário. Mas isso não quer dizer que eu não vá fugir se houver algum indício real de que alguém está atrás de mim.

— O Dean está te dando um cão policial. Eles estão preocupados.

— Estão paranoicos, não preocupados.

— Qual é a diferença?

— Eles me deram um cão e não uma escolta humana, essa é a diferença. Eu sei do que estou falando, Carter. Convivi com isso a vida toda. Se houvesse alguma ameaça real, eles me achariam onde quer que eu estivesse e me garantiriam proteção vinte e quatro horas por dia, até eu desaparecer ou estar tão blindada quanto o presidente da República.

Carter não tinha certeza se ficava aliviado ou preocupado. Ele estava inquieto, independentemente da explicação.

— Vai ficar com o cachorro?

— Isso vai encerrar a conversa?

Por enquanto.

— Sim.

— Tudo bem. Vou ficar com o cachorro.

Carter aceitou isso como uma pequena vitória. Ela havia falado a verdade, e ele havia conseguido colocar um cão de guarda na casa dela.

O que Eliza não sabia era que ele planejava estar ao lado do cão sempre que não estivesse trabalhando. E, se ele não pudesse estar lá, encontraria uma maneira de ter outras pessoas ao lado dela.

UM JANTAR DE ÚLTIMA HORA entre amigos começou quando Blake voltou para casa. Na verdade, Eliza ficou agradecida pela distração. Zod estava sentado no chão entre ela e Carter e olhava para as pessoas à mesa. Cães policiais como o enorme pastor eram treinados para ignorar ofertas de comida de estranhos, mas isso não impedia algumas pessoas de tentar alimentá-los.

— Estou surpresa que você tenha conseguido fugir por tanto tempo, Carter. — Sam remexia a comida no prato, obviamente desinteressada em comer. — Acho que não passamos mais do que uma hora com você desde que a campanha começou.

O olhar de Carter passou rapidamente por Eliza e depois pelo cão.

— Alguns dias de folga seriam bem-vindos.

Gwen colocou as mãos no colo.

— Governadores tiram férias?

— Eu não sou governador ainda. — Carter sorriu para ela e começou a deslizar mais um pouco do seu jantar para Zod, embaixo da mesa. O cão olhou para a comida, a ignorou e descansou a cabeça nas patas.

Eliza pegou a mão de Carter e a colocou firmemente sobre a mesa. Ele ergueu um canto da boca em um sorriso travesso.

— Mas, quando for, vai ter tempo para você?

— Tenho certeza que vou dar um jeito — Carter respondeu, desistindo de alimentar o cão e deixando a comida no guardanapo antes de pegar o copo.

— Até os representantes do governo tiram férias aqui — Eliza explicou a Gwen. — Falando em férias, onde está o Neil? — perguntou a Blake.

— Foi buscar a Jordan e a enfermeira no acampamento de verão.

Eliza assentiu. Ela havia se esquecido do passeio de Jordan. A irmã de Samantha tinha a idade mental de uma criança e não confiava em muitas pessoas. Como guarda-costas de Sam e Blake, Neil também assumira o papel de protetor de Jordan. A ideia de ter um segurança incomodou Eliza quando Samantha e Blake se casaram, mas agora ela considerava Neil um membro da família. Embora ele não tivesse o costume de falar muito, seu tamanho e seu olhar mortal assustariam qualquer assaltante.

— Como foi este ano?

Samantha sorriu.

— Bem, eu acho. Ela está se adaptando às mudanças com muito mais facilidade agora. Acho que o Eddie a estimula.

— O Eddie estimula todo mundo... às três da manhã — Blake falou, rindo.

— Não é tão ruim. — Sam bateu no braço dele.

— O Neil vai estar em casa amanhã, então? — Gwen perguntou.

Eliza notou a amiga elevar o queixo enquanto dirigia a conversa de volta para Neil.

— Antes do meio-dia.

— Talvez ele possa me ajudar com a mudança.

— Mudança? — Sam questionou.

— Para a casa da Eliza. Você não esqueceu, não é? — Gwen olhou ao redor da mesa.

— Ah, Gwen... não sei. As coisas estão meio loucas agora. — Eliza tinha lhe contado um pouco sobre o seu passado e as preocupações relativas à sua segurança que a afligiam atualmente. As primeiras reações dela foram de pena e surpresa, mas era óbvio que Gwen não estava suficientemente preocupada com a própria segurança para desistir.

A loira acenou com a mão no ar.

— Ah, que besteira. Não tenho medo de ter alguém do seu passado te seguindo. Além disso, é melhor ter mais pessoas perto de você, e não menos.

O movimento aos pés de Eliza chamou sua atenção enquanto Zod se sentava, lambendo o focinho. Um olhar rápido para o rosto culpado de Carter confirmou a suspeita de que ele ainda estava tentando alimentar o cão por debaixo da mesa.

— Eu não tenho um guarda-costas, como o Blake e a Sam, Gwen. Não é tão seguro.

— Mas é seguro o suficiente para você? Se você não me quiser lá, por favor, pode falar...

— Eu não disse isso — Eliza a interrompeu.

— Então está resolvido. O Neil pode ajudar a levar minhas coisas amanhã. Se houver medidas de segurança a serem tomadas, tenho certeza de que ele pode ajudar. Você não concorda, Blake?

Os olhos de Blake percorreram a mesa antes de falar.

— Dadas as circunstâncias, Eliza, eu gostaria que a casa de Tarzana fosse monitorada com equipamentos de segurança. Se você permitir, é claro.

Ela começou a argumentar, mas Gwen a interrompeu:

— Ótima ideia.

— Isso parece caro — Eliza finalmente disse.

— Mas necessário. — Carter cruzou os braços.

— Não sei se quero minha privacidade invadida por câmeras.

— É um preço pequeno a pagar para ter proteção.

Eliza fez sinal com a cabeça em direção ao cão, que estava sentado e olhando para Carter.

— É para isso que ele está aqui.

— E quando vocês não estiverem em casa? Você não gostaria de saber se entrou algum visitante indesejado enquanto esteve fora?

Carter a deixou sem saída.

— Não posso pagar por esses equipamentos.

Pelo menos duas pessoas bufaram à mesa. Só porque os amigos dela eram cheios da grana, não significava que Eliza também era. Claro, a Alliance garantia seu sustento e suas economias, mas ela não era rica.

— Tecnicamente — Sam começou — a casa em Tarzana é minha, então a responsabilidade de pagar pela instalação de um sistema de monitoramento também é minha.

Eliza olhou feio para a amiga.

— Eu te amo, Eliza. Não quero que nada aconteça com você.

Um pouco do ressentimento que havia se formado desapareceu com as palavras de Sam.

— Você está jogando sujo.

Sam piscou para o marido.

— Estou jogando para ganhar.

— Filha da mãe.

— Ainda bem que resolvemos isso. — Carter se afastou da mesa e olhou para o monte de comida largado a centímetros do nariz de Zod. — O que há de errado com esse cachorro?

Eliza riu.

— Sério. Que cão recusa comida?

— Cães policiais são treinados para comer comida especial, dada por uma única pessoa. Se eles não resistissem a um bife, os bandidos carregariam bistecas sempre que fossem cometer um crime. — Eliza pegou a comida do chão e a colocou no prato. Deu um tapinha na cabeça de Zod e o elogiou.

— Você está brincando.

— Não.

Carter coçou o cabelo loiro e franziu a testa.

— Eu não conseguia nem fazer o meu cachorro correr atrás de uma bola quando eu era criança.

— Duvido que o Zod pegue alguma bola. — Na verdade, se ela não estava enganada, cães policiais não brincavam com outros animais. O que era meio triste de imaginar. Aquele cão era uma máquina de trabalho.

Eliza esperava que não precisasse dele por muito tempo.

～⌇∞⌇～

Eliza observou Carter checar suas mensagens, alertas de e-mail e correio de voz. À medida que o tempo passava, ele foi ficando cada vez mais cansado, até seus olhos quase se fecharem. Se ele pensou, ainda que momentaneamente, nos momentos íntimos que tiveram, não demonstrou. É claro que Eliza podia ler a preocupação em suas palavras e em seu tom de voz, mas ele não disse nada que não pudesse ser considerado pura educação.

Ao se acomodar na saleta de Sam e Blake depois do jantar, os olhos de Carter desistiram de lutar para ficar abertos e ele cochilou. Zod estava sentado a seus pés, com o nariz enfiado nas patas.

— Coitado — Gwen sussurrou, acenando para Carter.

O peito dele subia e descia lentamente. Eliza sentiu o coração se apertar.

— Ele está correndo demais.

Sam deu um tapinha no joelho de Blake enquanto se levantava.

— Vou preparar um quarto para ele deitar.

Blake balançou a cabeça e olhou para Eliza.

— Não acho que ele vá querer ficar.

— Por que não?

— Ele me disse que vai acompanhar a Eliza até a casa dela.

Sam se recostou no sofá.

— É uma boa ideia.

— Eu posso ir para casa sozinha.

— A questão não é essa. Ele está preocupado. Todos nós estamos.

Eliza começou a argumentar quando a mão de Carter escorregou do encosto do sofá para o colo e o acordou. Ele piscou algumas vezes e notou que todos o observavam.

— Eu dormi, não é? — O constrangimento coloriu suas bochechas.

— Estávamos prestes a apostar quanto tempo levaria até você começar a babar — Blake brincou.

Carter passou a mão pelo cabelo, bagunçando-o o suficiente para que ficasse perfeito. Eliza imaginou como ele era quando criança, com olhos sonolentos e pijamas de flanela. Tinha certeza de que era tão irresistível quanto agora.

— Você devia passar a noite aqui — Eliza sugeriu.

— Vocês dois deviam — Samantha falou.

— Obrigada pela oferta, mas tenho aquela reunião com o sr. Sedgwick amanhã cedo.

— O corretor imobiliário aposentado?

— É. Ele está ameaçando deixar todos os bens para a próxima namorada, se os filhos e os netos não começarem a se entender. — Quando Eliza começou a trabalhar com Samantha, achou que arranjaria relacionamentos temporários entre jovens ou pessoas de meia-idade. Mas então conheceu o sr. Sedgwick, que tinha completado setenta e seis anos no inverno e prometido se casar na primavera. Seus filhos, mimados e parasitas, discutiam a respeito de tudo, e ele precisava de uma mulher forte para colocar juízo na cabeça deles.

— Se encontrarmos uma companheira para ele e acontecer alguma coisa, os filhos não vão parar de reclamar e com certeza vão querer nos processar — Sam observou.

— Eu também acho — Eliza respondeu. — Preciso encontrar um salão de bingo cheio de viúvas alemãs que tenham idade próxima à dele.

— Mas ele quer uma esposa jovem.

— Ele quer uma companheira — Eliza insistiu. — Alguém com quem possa dividir o tempo. Os filhos não dão a mínima para ele, a menos que ele esteja distribuindo dinheiro. É muito triste.

Ela se levantou e os outros na sala a seguiram.

— Me liga amanhã? — Sam perguntou.

— Vai ficar tomando conta de mim?

— Pode ter certeza.

Eliza faria o mesmo se fosse Sam que estivesse na sua situação, então encarou a pergunta como preocupação de amiga e não como superproteção.

— Vamos instalar o sistema de segurança amanhã cedo. Você vai levar o Zod quando sair? — Ao ouvir seu nome, o cão se levantou e balançou o rabo.

— Animais são proibidos em restaurantes.

Carter murmurou algo por entre os dentes, mas Eliza o ignorou.

— Devo estar de volta antes do meio-dia.

— Perfeito. Assim tenho tempo de organizar minhas coisas — Gwen disse, inclinando-se para um abraço.

Eliza agradeceu a Sam pelo jantar e todos se despediram. Carter saiu na companhia de Eliza.

— Não vou conseguir te convencer de que não precisa me acompanhar até em casa, não é?

Ele balançou a cabeça e lhe ofereceu um sorriso arrogante, porém cansado.

— Tudo bem — ela cedeu. Ele não conseguiria manter o ritmo como político e guarda-costas pessoal por muito tempo. Ela se virou para o carro, com Zod a seu lado.

— O quê? Você não vai discutir? — Carter se surpreendeu.

— Estou cansada demais para discutir — ela respondeu, olhando para ele por cima do ombro.

Ele riu e a seguiu até em casa.

⚜

Almoçar com Sedgwick provou ser o ponto alto do dia de Eliza. Mesmo com a conversa constante do homem sobre o mundo estar indo para o inferno e que a juventude de hoje não sabia como as coisas eram boas antigamente, o barulho dele não se comparava ao da casa dela.

Zod a cumprimentou na porta, louco para sair. Antes que o cão terminasse de fazer suas necessidades, o telefone tocou. Com o aparelho no ouvido e a porta de trás da casa aberta para que Zod voltasse, Eliza ouviu Neil detalhar a longa lista de pessoas que apareceriam por lá em menos de uma hora.

— A Parkview Segurança está mandando quatro eletricistas. — Neil foi breve e direto ao ponto. — Eles usam crachá e uniforme cinza com letras pretas no logotipo.

Eliza riu.

— E por que isso é importante?

— Saber quem entra na sua casa *deve* ser prioridade. Achei que já era do seu conhecimento.

O sorriso sumiu do rosto de Eliza. Neil não parecia muito feliz com ela ou com a situação.

— Tudo bem, chefe, o que mais?

Zod entrou, Eliza fechou a porta e continuou ouvindo a voz monótona de Neil.

— Dois eletricistas vão trabalhar aí dentro e dois do lado de fora. Eles vão instalar alarme em todas as portas e janelas e câmeras em áreas comuns e corredores.

— Não quero que o meu quarto seja monitorado.

— Quartos e banheiros ficam de fora.

Havia algum conforto nisso, ela supôs.

— Um quinto homem vai chegar algumas horas depois para montar o sistema de monitoramento. O nome dele é Kenny Sands. É o dono da Parkview. Tem um metro e setenta e oito e uns oitenta quilos. Ele vai mostrar para você e para a Gwen como o sistema funciona e explicar como acessá-lo quando estiverem fora.

— A Gwen está vindo? — Eliza olhou o relógio. Tinha acabado de passar do meio-dia.

Ele hesitou.

— Vamos estar aí por volta das duas.

— Quem vai monitorar essas câmeras, Neil?

— Você vai ter vigilância vinte e quatro horas das mesmas pessoas que monitoram a Samantha e o Blake.

Em outras palavras, guarda-costas virtuais escolhidos a dedo que trabalhavam com Neil.

— Alguma pergunta?

— Só uma.

Ele ficou em silêncio na linha.

— Por que a Samantha não me ligou para falar de todos esses detalhes?

— Um telefonema de Neil era bem inesperado.

— Eu disse para ela que cuidaria do assunto.

— Ela ficou com medo que eu tentasse convencê-la de que isso não era necessário?

— Mais ou menos isso.

— E com você não tem discussão.

— Poucas pessoas tentaram.

Eliza riu.

— Aposto que sim.

O TELEFONE DE CARTER VIBROU no bolso. Ele olhou para a mensagem de Neil, que tinha apenas uma palavra:

Embora as informações que Jay estava lhe dando a respeito das últimas pesquisas fossem importantes, a sala a seu redor sumiu quando seus pensamentos se voltaram para Eliza. A casa estava segura, e ela não estava sozinha. Não que Gwen oferecesse muito em termos de proteção. Mas pelo menos Eliza tinha companhia quando ele não podia estar lá.

Na noite anterior, quando a deixou, Carter não queria ir embora. Andou pela casa, certificando-se de que não havia ninguém escondido, e ela não falou nada. Só cruzou os braços, em um claro sinal que dizia "Quero ficar sozinha". Ele entendeu a dica e foi embora.

— Você me ouviu? — o gerente de campanha perguntou.

Carter balançou a cabeça.

— Desculpe. Estou distraído.

— Isso é óbvio. — Jay franziu o cenho e jogou o bloco e o jornal de lado. — O que é que está acontecendo com você ultimamente?

Carter inclinou a cabeça de um lado para o outro enquanto procurava a resposta que Jay queria.

— Estou com a cabeça cheia.

— Eu e todo o eleitorado já percebemos. Se importa de me contar, para eu resolver o problema e seguirmos em frente?

— Você não pode resolver os meus problemas, Jay.

— Claro que posso. Foi para isso que você me contratou. Eu encontro seus problemas antes que eles surjam das profundezas do Atlântico. Então, o que é? Família? Mulher? O quê?

O cara era fera. Trabalhava com Carter havia alguns anos. Começou como assistente e batalhou até se tornar gerente de campanha. Jay ganhou sua confiança quando, dois anos atrás, o tio de Carter, o senador Maxwell Hammond, decidira fazer uma visita ao seu escritório sem avisar.

O gerente de campanha reconheceu o senador de imediato, mas, quando o homem anunciou que era tio de Carter, Jay agradeceu a informação e perguntou se ele tinha hora marcada.

Carter desejou ter visto a cara do velho quando foi desprezado com a pergunta. Maxwell devia ter sido um ótimo general em alguma vida passada. Comandava a atenção quando entrava em uma sala e raramente alguém questionava sua autoridade.

Mas Jay questionou.

Como ele havia previsto, Carter levou um minuto para absorver a notícia da visita inesperada e indesejada. Ele se considerava um homem com jogo de cintura, mas tio Max se intitulara o patriarca da família e era um filho da puta de primeira classe, se isso existia.

Jay conseguiu distrair Max até que Carter descobrisse o motivo pelo qual o tio o havia procurado.

Carter e Jay trabalharam freneticamente, à procura de casos que envolvessem colegas e amigos de Max. Como previsto, o filho de um diplomata deveria aparecer na corte de Carter naquela semana. Preparado para a *sugestão* do tio, Carter se encontrou com ele para tomar um drinque aquela noite, no hotel onde o homem estava hospedado. Eles conversaram um pouco, algumas perguntas do tipo "Como está a família?", e então Max tentou influenciar a decisão de Carter de acordo com a sua vontade. Ele alisou a gola do paletó, perfeitamente ajustado ao peito. O homem estava em forma, apesar de alguns quilinhos extras na barriga, mas os anos na política haviam lhe feito muito bem. Mechas grisalhas salpicavam os cabelos castanhos. Ele fora abençoado com carisma e boa aparência, duas coisas que o dinheiro não podia comprar na política.

— Parece que um dos rapazes Prescott vai estar na sua corte na próxima semana. Algum tipo de problema doméstico.

— É mesmo? — Carter levou a bebida aos lábios, completamente preparado para o que estava por vir.

— Garotos cometem erros.

Esse não. Joe Prescott II era um cretino mimado que havia conseguido escapar da justiça por todos os delitos de que fora acusado desde a adolescência. Aos vinte e três anos, o estupro e as evidências físicas que a acusação tinha sobre os crimes de Joe apagariam o sorriso do rosto do garoto por bastante tempo. Apesar de Carter ainda não ter ouvido o caso, o depoimento das testemunhas oculares e as provas pareciam consistentes. Era o que todos os policiais queriam e os advogados amavam. Como juiz, isso facilitava o trabalho.

Joe tinha renunciado a um julgamento com júri na esperança de subornar o juiz. Carter esperava que a polícia não estragasse as coisas, e que testemunhos ou provas não precisassem ser descartados. Merdas como Joe e seus amigos políticos precisavam entender que alguns juízes não se vendem. Não importa quem peça.

— Bolas de beisebol que quebram janelas são acidentes. Amarrar mulheres indefesas e atacá-las, nem tanto.

Max tomou um gole de sua bebida.

— A garota não é confiável. Não é de boa família.

— Isso faz com que seja certo?

— Não seja idiota. O Prescott é um bom garoto. Ele mudou.

Carter se recostou na cadeira e observou o desconforto do tio. Não pôde deixar de sorrir e desfrutar o momento de incerteza.

— O Prescott faz com que todos nós, homens, tenhamos má reputação.

O copo de Max bateu no balcão com um baque.

— O caso precisa ser encerrado.

— Para proteger o seu dinheiro?

— Faça acontecer.

A última coisa que Carter queria era que mais políticos como o tio dirigissem o país. Conhecendo Max como conhecia, ele falou pouco mais sobre o caso e estava determinado a fazer o possível para mandar Joe para a cadeia.

Menos de uma semana depois, Joe Prescott II foi considerado culpado e teve sua própria escolta para a penitenciária estadual, onde deveria passar tempo suficiente para pensar na vida.

Deveria.

Max nunca falou sobre o julgamento nem sobre o caso. No entanto, depois de apenas quinze meses de prisão, um indulto executivo desconsiderou tudo o que Joe Prescott havia feito e o libertou.

Carter ficou furioso. Ele sabia o que tinha acontecido. O tio mexera os pauzinhos para libertar o garoto.

— E então? É a Eliza?

A pergunta de Jay tirou Carter de suas lembranças e o trouxe de volta ao presente.

— Por que você acha isso?

— Ela é linda. Uma distração e tanto.

E era mesmo. Ainda que Carter confiasse em Jay, não revelaria nenhuma de suas verdadeiras preocupações quando se tratava de Eliza.

— Eu tinha uma vida antes de decidir me candidatar a governador.

Jay jogou a cabeça para trás e riu.

— Não, você não tinha. Eu estava lá, lembra?

— Só porque você não viu com os próprios olhos, não significa que não tenha acontecido.

— Não me venha com esse papo furado. Ter alguns encontros e uma transa ocasional não é a mesma coisa que ter vida amorosa. E, fora do trabalho, você não se expõe. Você fez do meu trabalho moleza até aquela situação no estacionamento do bar de caubóis.

O incidente no bar tinha atrapalhado sua escalada política, ajudando seus rivais a assumirem a liderança. Se Eliza concordasse em se casar... ele poderia ficar de olho nela e fazer com que os bons cidadãos da Califórnia vissem que ele era a pessoa certa para o cargo.

— Essa distração vai te impedir de almoçar amanhã em Chicago?

— Não. — Ele almoçaria em Chicago para levantar fundos no dia seguinte e em San Francisco duas noites depois. Como diabos conseguiria fisgar uma esposa, quer dizer, fisgar Eliza, se precisava viajar por todo o país?

E se alguém a estivesse vigiando?

E se o canalha responsável pela morte dos pais dela resolvesse vir atrás de Eliza? Uma queimação familiar se instalou dentro dele.

— Me lembra de novo... Quem são os partidários do Montgomery?

Enquanto Jay falava do governador do Illinois e de seus aliados no Congresso, Carter fez o possível para não pensar em Eliza e no amigo de quatro patas que a protegia quando ele não podia estar ao lado dela.

— Para um cão policial, você precisa aprender uma ou duas coisas sobre boas maneiras! — Eliza balançou o sapato de salto para Zod enquanto gritava.

O cachorro inclinou a cabeça para o lado e continuou bocejando. Sua expressão não demonstrava nem um pingo de culpa.

Eliza observou as marcas de mordida no salto e sentiu a pressão subir novamente. Ela pretendia mandar a conta para Jim e Dean.

A porta da frente de sua casa se abriu, e uma voz calma e feminina anunciou o acontecimento como se fosse um voo chegando no horário no Aeroporto O'Hare: "Porta da frente!" Igualmente irritante era quando a porta de trás ou uma janela eram abertas. Somente quando o sistema estava armado é que o alarme soaria como uma sirene, acordando o bairro todo.

Tudo aquilo era um exagero.

— Cão malvado — Eliza repreendeu uma última vez antes de jogar o sapato no balcão.

Gwen entrou na cozinha com um porta-vestido nos braços.

— Pensei ter ouvido você aqui. — Ela abriu o sorriso perfeito, sob o nariz perfeito, sem um fio de cabelo fora do lugar. Eliza tinha certeza de que as meninas com quem Gwen havia estudado a odiavam por ser tão perfeita.

— Estou avisando para esse sujeito aqui deixar os meus sapatos em paz. Gwen baixou o vestido e balançou um dedo na direção de Zod.

— Você está se comportando mal?

Ele colocou a língua para fora enquanto os olhos castanhos encaravam as duas.

— Vou dar um crédito para ele pelo bom gosto. Ele só come coisas caras. Meu palpite é que o primeiro dono era homem.

— Por que você acha isso?

— Ele não tocou nos meus tênis.

— Talvez ele precise se exercitar mais — Gwen falou. — Em Albany, nossos cães correm no quintal e quase nunca ficam dentro de casa.

Albany era a propriedade da família de Gwen e Blake. Eliza estivera lá em uma ocasião para comemorar com Blake e Samantha. A ideia de Gwen a respeito de quintal eram centenas de hectares. O quintalzinho de Eliza não chegava nem perto.

— Ainda não sei por que você quer morar aqui e não no palácio onde nasceu. — Eliza pegou o sapato destruído e o jogou no lixo.

Zod olhou para ele. Era como se o cão soubesse que poderia vencer qualquer um e não desse a mínima para o fato de que havia mexido nas coisas dela.

— Existem mais coisas na vida do que morar numa mansão.

— Casas grandes são demais. — Eliza amava a propriedade de Samantha em Malibu. A vista, a piscina. Até a cozinha era tentadora, embora sua ideia de culinária consistisse em um forno de micro-ondas e uma torradeira. Ela sempre dizia que, se tivesse uma cozinha legal, aprenderia a fazer tortas.

— Eu tive luxos a vida inteira e, embora fosse grata, nunca dei muito valor. Pelo menos uma vez na vida, quero andar com minhas próprias pernas.

Eliza riu.

— Você não pode falar que viveu até comer macarrão instantâneo no almoço e no jantar.

Um olhar horrorizado atravessou o rosto de Gwen.

— Isso parece terrível.

— Cuidado com o que deseja, Gwen. Eu cresci com muito pouco, e não é nada divertido. Entendo que andar com as próprias pernas pode parecer esclarecedor para você, mas para o resto de nós é o bom e velho trabalho duro.

— Eu não tenho medo de trabalho duro — Gwen se defendeu.

— Fico feliz em ouvir isso. Temos uma festa para ir hoje à noite. Uma experiência chique e penosa no Royal Suites, em Beverly Hills. Bem alto padrão. O tipo de coisa em que você deve se encaixar perfeitamente.

Gwen sorriu e ergueu o queixo.

— Estou ansiosa para aprender o que você e a Samantha fazem.

Eliza ouviu um som abafado atrás dela e notou Zod se aproximando da porta dos fundos com outro par de sapato esquecido. Gritou em alemão para o cão parar e, em seguida, pegou o sapato.

— Acho difícil acreditar que o Zod não ligue para carne, mas coma sapatos.

— Não podemos contar para ninguém essa fraqueza dele, ou qualquer dia vamos encontrar um vendedor de sapatos roubando a nossa casa.

O TRAJE DA FESTA ERA smoking para os homens e vestido de gala para as mulheres, o tipo de evento que Eliza suportava, mas não amava.

Os sorrisos falsos e as delicadezas vazias saíam da boca dos convidados como cantadas baratas em um bar.

— Que bom te ver de novo...
— Você está linda...
— Que vestido formidável...

Quem no mundo real usava uma palavra como "formidável"?

Só yuppies ricos e pomposos, que conseguiram investir seus fundos fiduciários e ganhar dinheiro, falavam isso.

A primeira vez que Samantha levou Eliza a uma dessas festas para prospectar clientes e mulheres dispostas a se casar, ela quase tropeçou no vestido longo. Naquela época, ela não sabia lidar com o mundo dos ricos e bem relacionados. Gwen, no entanto, tinha um dom natural. Claro que a filha de um duque entenderia os ricos melhor do que Eliza jamais faria. Gwen se afastou da amiga assim que deixaram os casacos na chapelaria.

Eliza não bebia nessas reuniões, mas sempre ficava com uma taça de vinho na mão, ocasionalmente tomando um gole. Um vendedor poderia tentar trabalhar o salão como um estranho, mas ela não agia desse jeito. Em vez disso, tentava conquistar a confiança de seus clientes como se fosse um deles.

Até agora, sua estratégia tinha funcionado.

Ninguém havia descoberto que ela tinha uma nove milímetros compacta presa na coxa. Em casos como esse, uma bolsa seria um incômodo, e deixar uma arma de fogo fora de alcance nunca era uma atitude inteligente. Em muitos eventos ela deixara a arma em casa. Graças a Dean e Jim, não se sentia mais segura fazendo isso.

Sentiu o peso de um olhar e se virou para checar se alguém a observava. Estava prestes a desistir da busca quando seus olhos pousaram nos ombros largos de alguém familiar.

Sobre a borda da taça, Carter a encarou e deu uma piscadela.

O que ele está fazendo aqui?

O calor se espalhou por seu estômago e desceu. A presença dominadora e o sorriso carismático de Carter atraíam várias mulheres bonitas que passavam. O terno dele era feito sob medida, o que fazia os das lojas de departamentos parecerem desgrenhados e fora de moda.

Embora a maioria dos homens usasse gravata-borboleta, Carter estava com uma gravata simples, azul-marinho. Muito patriótico. Ele voltou a conversar com o grupo em que estava, depois apertou a mão de um senhor e caminhou na direção dela.

Muitos olhares o seguiram enquanto ele se dirigia até ela.

Quando a alcançou, ele se inclinou e beijou seu rosto, como se fosse uma saudação normal para ambos.

— Desculpe o atraso — ele disse, um pouco mais alto do que Eliza esperava.

— Atraso? — ela sussurrou. — Eu nem sabia que você vinha.

— Sério? — Ele pegou uma taça de vinho de um garçom que passava. — Tenho certeza que te falei isso ontem à noite.

— Tenho certeza que não.

— Devo ter esquecido.

Claro que sim. Eliza instintivamente tomou um gole de vinho e viu Carter acenar para um convidado do outro lado do salão. *O que ele está tramando?*

— Você não vai viajar amanhã? — Eliza perguntou.

— No primeiro horário.

— Quantas horas você conseguiu dormir ontem à noite?

Carter parecia mais descansado que na noite anterior, mas não muito.

— Um pouco.

— Um pouco? Você vai ficar doente se continuar assim.

Ele arqueou as sobrancelhas e mostrou seu sorriso de Hollywood.

— Estou ouvindo preocupação na sua voz?

Será?

— Não... sim.

Um sorriso divertido cruzou os lábios dele, ao que ela respondeu:

— Ah, por favor. É claro que estou preocupada. Doenças são contagiosas, e nós frequentamos os mesmos círculos. — Sua desculpa era ruim, mas teria que servir. Em vez de esperar que Carter risse na sua cara, ela tentou se afastar.

Ele conseguiu detê-la, passando o braço ao redor da sua cintura, e deslizou a mão até a parte inferior das costas.

— Venha, tem algumas pessoas que quero que você conheça.

— Estou aqui a trabalho — ela disse, enquanto ele a guiava pelo salão.

— Eu também.

Afastar-se provocaria uma cena, então Eliza se manteve a seu lado, ignorando a confortável posição dos dedos de Carter pressionados na base de sua coluna. Quando chegaram perto de um grupo de homens que riam e bebiam, a mão dele não se moveu. Na verdade, ele se aproximou dela ainda mais.

— Senhores — Carter interrompeu a conversa —, gostaria que conhecessem uma amiga. Eliza Havens, estes são... — E falou vários nomes que ela não deveria esquecer, mas não foi isso o que aconteceu.

Ele afirmou com orgulho que Eliza fazia parte de uma empresa de aquisições e fusões. Não explicou detalhes e evitou perguntas pessoais sobre os dois. Os homens eram educados e pareciam encantados com qualquer coisa que Carter dissesse. Quase não se falou sobre política, e a maioria deles mencionou por alto os acontecimentos que assolavam o governo. Carter disse a todos que ele e Eliza estavam simplesmente tentando aproveitar a noite. Claro que, se os presentes quisessem se juntar a ele em uma recepção da campanha, havia uma planejada para o fim do mês, para ajudar a levantar fundos. Ele falaria sobre política em profundidade naquela ocasião.

Quando a conversa perdeu o entusiasmo inicial, Carter levou Eliza até outro grupo e repetiu as apresentações. No intervalo de meia hora, ela já estava com outra bebida na mão.

A palma de Carter estava firmemente apoiada nas costas dela, e os dedos dele apertavam sua cintura toda vez que um dos homens do grupo olhava por mais de um segundo para o decote de Eliza.

De canto de olho, ela notou que Gwen trabalhava pelo salão. Algo que ela realmente deveria estar fazendo.

Em vez de deixar a proximidade de Carter distraí-la, tentou se lembrar dos nomes e do estado civil das pessoas a quem ele a apresentara.

111

Stenberg, advogado, provavelmente na casa dos sessenta anos. Ele levou a bebida aos lábios, e Eliza viu a aliança.

Próximo.

McKinney, algum tipo de investidor. Sem aliança. Devia ter uns setenta anos.

— Sr. McKinney, não é?

— Isso mesmo — ele respondeu com um leve sotaque irlandês.

— Sua esposa está aqui, ou ela não gosta desse tipo de reunião?

Carter cutucou a lateral do corpo de Eliza, e ela o cutucou de volta.

— Eu não tenho esposa.

Carter manteve a conversa leve.

— O sr. McKinney e eu somos os solteiros do pedaço.

Stenberg suspirou.

— O McKinney pode não ter uma mulher deslumbrante ao lado como você, Billings, mas isso não o torna solteiro.

O outro senhor jogou a cabeça para trás e riu.

— Meu último divórcio não foi culpa minha, não importa como a mídia tenha noticiado.

— A imprensa tem um jeito todo especial de distorcer as coisas, não é? — Eliza comentou enquanto fazia uma anotação mental para ficar de olho em McKinney, para futuro contato da Alliance.

A partir daí, Carter tentou impedir Eliza de sondar a vida pessoal dos convidados, perguntando sobre esposas e maridos. Quando ele não mencionava o parceiro do convidado, Eliza já tinha a informação de que precisava.

Ela colocou a taça vazia em uma bandeja e balançou a cabeça.

Carter pediu licença ao pequeno grupo e a levou até uma porta que dava para o pátio exterior.

— Aonde estamos indo? — Eliza perguntou.

— Parece que você precisa de um pouco de ar.

E precisava mesmo. O fato de ele ter notado isso fez o coração de Eliza acelerar um pouco mais.

O ar do lado de fora ainda estava quente, e uma leve brisa soprava do leste.

— Parece que os ventos de santa Ana estão chegando.

— Contanto que não haja nenhum incêndio...

Verão, vento e fogo eram uma constante no sul da Califórnia. Mais que terremotos.

— Acho que não corremos esse risco.

Carter parou perto de um pilar e, relutantemente, deixou o braço cair na lateral do corpo.

— Você agiu muito naturalmente lá dentro. Você e a Samantha costumam ir a muitas festas desse tipo?

— A Samantha frequentava muitas festas assim antes do Blake. Eu trabalhei sozinha na maior parte dos últimos dois anos. Com a chegada da Gwen, o número de eventos dos quais vou ter que participar deve diminuir.

— Isso funciona? Quer dizer, você só pergunta se os homens estão solteiros e se estão interessados em um serviço de encontros?

— Na verdade, a maioria dos nossos clientes são indicados. Mas não faz mal conhecer pessoas e captar possíveis clientes.

— Acho que não é muito diferente de um encontro armado pelos amigos na faculdade.

— A diferença é que os nossos clientes têm algo a oferecer e algo a ganhar.

Carter pensou no casamento de Samantha e Blake, que tinha começado como um arranjo e terminado com um felizes para sempre.

Ele olhou para Eliza e notou que ela o observava.

— O que foi?

— Por que você está aqui, Carter? E não me diga que é para trabalhar. Você não falou sobre política a noite toda.

Ele se afastou do pilar em que estava encostado e deu um passo para perto dela.

— Você está certa. Não estou aqui pela campanha.

O instinto de Eliza disse para ela se afastar, mas ela manteve os pés plantados no lugar.

— Por que então?

— Por você. Eu sabia que, se pedisse para vir, você provavelmente diria "não".

— Não preciso de um guarda-costas.

— Viu? Eu sabia que você diria isso. Mas eu não queria vir como seu guarda-costas. Queria vir como seu acompanhante.

Eliza engoliu em seco.

— Meu acompanhante?

— Sim.

— Por quê?

Carter enlaçou sua cintura com um braço e se aproximou.

— Eu penso em você o tempo todo. E não é de hoje.

— Sério? — Suas perguntas monossilábicas começavam a incomodar até ela mesma.

Ele apenas sorriu e se moveu com facilidade calculada.

— Sério. Então, o que acha, Eliza? Posso te convidar para um encontro? Um jantar? Talvez um cinema?

Jantar e cinema? Ah, cara, quando foi a última vez que ela fez isso?

Mas era Carter quem estava diante dela, aquecendo seu corpo.

— Você tem tempo para um jantar e cinema?

— Eu arranjo se você disser "sim".

Eliza afastou os olhos dele, mas focou em seu peito, que era muito largo, firme e gostoso.

— Não sei, Carter. O nosso histórico não é muito bom.

— Parece que estamos nos dando bem esta noite.

— Estamos em um salão lotado.

— Restaurantes e cinemas também são cheios de gente.

Ela riu.

— Não sei.

Carter ergueu o queixo dela e a olhou nos olhos. Seus dedos deslizaram ao longo da mandíbula com um simples toque que disparou todos os sentidos de Eliza e aumentou a energia abaixo da coluna.

— É só um jantar. Nós dois temos que comer. E eu poderia tirar uma noite de folga.

Eliza fixou o olhar nos lábios de Carter e sentiu a ponta da língua sair da boca para umedecer os seus.

Ele respirou fundo. Estava perigosamente perto. Perto o suficiente para ela absorver o perfume masculino, a fragrância que se fixava em sua pele após aquele breve momento íntimo.

— Janta comigo, Eliza. — O tom profundo da voz dele reverberou em seu peito.

— Jantar? Tudo bem, eu posso jantar.

Um sorriso malicioso surgiu nos lábios dele, que se aproximou ainda mais. Seu beijo pairou perto, e ela também se aproximou.

— Quero te beijar — ele disse, acariciando o queixo dela com uma das mãos e a mantendo segura com a outra.

Eliza assentiu e esperou que ele colocasse em prática sua frase.

— Mas acho que vou esperar. — As palavras dele foram registradas, mesmo que ele não tenha se afastado.

— Esperar?

— Eu apressei você da última vez. Não quero repetir o mesmo erro duas vezes.

Eliza desviou o olhar de seus lábios e percebeu a malícia que dançava em seus olhos.

— Me beijar foi um erro?

— Te beijar foi como experimentar um pedaço do paraíso. Me apressar em te beijar é que foi o erro. Não vou te apressar novamente.

E se ela quisesse ser apressada? Falar sobre beijar e o ato em si eram coisas muito diferentes. Agora ela estava morrendo de vontade de saborear os lábios dele. Antes que ela pudesse agir, Carter se afastou.

— Te pego amanhã às seis.

— Como devo me vestir?

— De maneira casual.

Ela era capaz de jantar com ele. O que Eliza não achou que fosse capaz era de sossegar até que ele a beijasse, como havia prometido.

DEAN ABRIU O ENVELOPE QUE estava sobre a mesa, com seu nome na parte da frente.

Havia um bilhete grampeado em um recibo de loja de departamentos: "Seu cachorro comedor de sapatos adora gosto de couro. O que você fez? Deu uma vaca para ele roer quando filhote?"

Assinado simplesmente: "E".

Dean coçou o queixo e disfarçou uma risada. Ele tinha certeza de que fora Eliza quem enviara aquela conta, cobrando dois pares de sapatos. Olhou o preço e soube que ela havia comprado um par mais caro do que costumava usar.

Ele jogou o bilhete na mesa e ligou o computador. Com a moça em mente, digitou o nome do criminoso responsável pela presença de Zod na vida dela e esperou a localização atual do homem aparecer.

Os registros da prisão indicavam que ele fora transferido de cela na cadeia onde estava preso havia mais de um ano. Dean anotou o número da cela, decidido a descobrir quem estava preso com o babaca. Digitou um e-mail rápido para o diretor da prisão, pedindo detalhes, e enviou.

Ele já sabia que o homem tinha privilégios na cadeia por "bom comportamento". Jornais e televisão eram permitidos. Seria muito mais fácil se o criminoso agredisse alguém lá dentro. Assim, as chances de ele ver Eliza nos noticiários ou nos jornais seriam menores.

Dean não teve essa sorte.

Pelo menos Eliza estava sob vigilância e tinha conseguido se manter fora dos noticiários na semana anterior.

Dean passou a mão no bolso do casaco, como de costume, à procura do maço de cigarros. Mordeu o lábio inferior, em um esforço de esquecer a necessidade de nicotina. O comentário de Eliza zumbiu em sua cabeça. Ele queria parar de fumar e havia deixado o maço em casa de propósito. O detetive não punha um cigarro na boca havia treze horas, e seus nervos já estavam à flor da pele.

Tomou o café frio na tentativa de substituir uma coisa por outra.

A porcaria do diretor está demorando para me retornar.

Checou há quanto tempo tinha enviado o e-mail. Só vinte minutos.

Tinha escolhido um péssimo momento para parar de fumar — mais uma vez.

⁂

Eles pularam o filme e foram jogar minigolfe. Carter sabia que, se se sentasse em um cinema escuro, dormiria em poucos minutos. Isso não contribuiria para que ele fosse eleito "o encontro do ano".

O que ele não esperava era que sua acompanhante fosse a srta. Boa de Mira.

Os dois passaram despercebidos pela maioria das pessoas no pequeno campo de golfe. Repleto de famílias e adolescentes, os clientes estavam muito absortos para identificá-lo como o potencial futuro governador do estado. Pelo menos uma vez, ele ficou feliz por estar invisível.

Carter se apoiou no taco enquanto Eliza alinhava a bola.

— Sem chance de você acertar com uma tacada só.

— Isso é um desafio, Hollywood?

— Até a placa diz que o par vale três.

— Que se dane a placa. Tudo é uma questão de ângulo, assim como no boliche e na sinuca.

Carter estreitou os olhos e esperou enquanto Eliza batia na bola, que atravessou o terreno plano, contornou um buraco estreito e chegou a cinco centímetros do buraco antes de parar.

— Eu te disse — ele falou.

Uma pancadinha e a bola entrou.

— Ainda está abaixo do par. Você precisa acertar esse e os próximos três em uma tacada só para me alcançar — ela provocou.

Carter soltou a bola e tentou ver os ângulos aos quais Eliza se referira.

— Eu não sabia que você era tão competitiva. — Ele bateu na bola, observando-a subir e então descer de volta antes de parar a um palmo dele.

Eliza riu.

— Por que fazer as coisas pela metade? Ou eu faço direito, ou não faço.

Ele bateu na bola novamente e acertou o buraco.

— Quem te ensinou isso?

— Meu pai. Ele era um otimista que acreditava que a gente podia realizar qualquer coisa com trabalho duro e determinação. — Sua voz se suavizou, e Carter tirou os olhos da bola para vê-la olhando para o céu. Ele nunca a ouvira falar dos pais. Considerando os acontecimentos em sua vida, ela provavelmente nunca o fazia.

— Ele trabalhava duro?

Eliza suspirou.

— Dezoito horas por dia. Trabalhava das nove às cinco e depois ainda tinha um segundo emprego. Meu pai achava que as mães deviam ficar em casa, cuidando dos filhos.

Carter bateu na bola, superando a marca.

Eliza continuou:

— Minha mãe cuidava da casa, cozinhava... Ela gostava de fazer pão. Lembro que a nossa casa cheirava a massa e fermento. As crianças queriam que a mãe delas fizesse cookies. Eu ficava louca para ver uma porção enorme de manteiga derretida em uma fatia de pão recém-saído do forno.

Carter não se identificava. Sua mãe não sabia nem qual era o lado certo da espátula.

— Nós sempre jantávamos juntos, em família. Meu pai voltava para casa entre um emprego e outro, tomava banho e sentava um pouquinho com a gente antes de ir para o próximo. E nunca reclamou. Quando eu me queixava por ele não estar perto, ele me lembrava que tínhamos sorte por ter tanto. A maioria dos meus amigos na escola não via nenhum dos pais.

— Eu gostaria de ter conhecido seus pais — Carter falou em voz baixa.

Eliza balançou a cabeça e sorriu.

— Eles teriam gostado de você. E te perdoariam por ser republicano.

— Ahh — ele riu. — Democratas.

— Otimistas. Por todo o bem que nos fez.

— Eles criaram uma garota inteligente.

Ela apontou o taco para a bola esquecida.

— Você pode tentar me distrair com elogios, mas eu sei que já está acima do par.

Carter bateu na bola de novo, perdeu e teve que aguentar a risada de Eliza.

— Você é realmente ruim nisso.

— Você sempre canta vitória? — Ele sorriu, sabendo que a natureza competitiva dela não era mesquinha.

— Sim.

Carter gemeu.

Mais tarde, eles encontraram um restaurante casual, com uma área externa com vista para o mar.

— Espero que seja bom — Carter disse.

Eliza ergueu as mãos no ar.

— É um restaurante especializado em caranguejo. Como não amar?

O barulho do salão se espalhou para a área de fora. Havia uma final de campeonato passando na TV, e muitas pessoas assistiam no balcão do bar.

— Eu precisava de um tempo de restaurantes chiques — ele comentou.

— Aposto que sim. — Ela pegou o cardápio e olhou para Carter. — Sabia que as mulheres são orientadas a nunca pedir caranguejo em um encontro?

— São?

— Faz muita bagunça e geralmente é caro. Não há nada mais deselegante do que comer com as mãos.

Carter se viu preocupado em ter escolhido o restaurante errado. Ele gostou de jogar golfe e ouvir Eliza falar sobre os pais, e esperava que a noite continuasse tranquila.

— Então, o que vai pedir?

— Patas de caranguejo-rei com manteiga extra. — A resposta dela foi rápida.

Ele jogou a cabeça para trás e riu.

— E as impressões do primeiro encontro? Não está preocupada em rebaixar o sexo feminino em um nível ou dois?

Ela colocou o cardápio de volta na mesa.

— Eu gosto de caranguejo.

— Mesmo que faça sujeira?

Eliza apontou para um casal em outra mesa.

— Eu uso babador.

Ele cruzou as mãos e se inclinou para a frente. A confiança e a naturalidade dela o excitavam. Ela havia prendido o cabelo escuro e abundante com um pequeno grampo, mas um fio havia se soltado. Ele o colocou atrás da orelha dela e deixou o dedo tocar sua pele. Carter podia se acostumar com isso. Eles nunca tinham conseguido ficar sozinhos durante tantas horas como neste encontro.

E ele gostou.

Os dois conversaram sobre a primeira vez que ela comeu caranguejo e discutiram a inutilidade do garfo minúsculo fornecido pelo restaurante. Quando o jantar chegou e a manteiga quente do caranguejo escorreu pelo queixo de Eliza, Carter se inclinou e limpou o rosto dela.

Seus olhos encararam os dele e, por um minuto, a conversa parou. Tudo que ele podia fazer era olhar fixamente para ela.

Eliza era linda. Se estivesse sentada um pouco mais perto, ele teria aproveitado a pausa na conversa para beijá-la. Mas ele estava do outro lado da mesa e teve que se contentar em segurar sua mão e acariciar o pulso.

— Para comer caranguejo eu preciso das duas mãos, Hollywood.

Ele olhou para a mão pequena de Eliza. Ela não se afastou, e isso o deixou esperançoso. Ele levou a mão dela aos lábios enquanto ela observava seus movimentos. O sorriso dela se desfez e o desejo disparou em seus olhos. Provavelmente ele parecia um bobo beijando o dorso da mão de uma dama, mas não se importou.

Com um suspiro, ele a soltou relutantemente e o jantar prosseguiu.

Mais tarde, enquanto Carter dirigia pela rua estreita a caminho da casa de Eliza, os dois se pegaram gargalhando de um vídeo no YouTube em que a princesa da Dinamarca flagrava um velho olhando para o seu decote.

— Gostaria de saber como ele explicou isso para a esposa — Eliza comentou, rindo.

— Tenho certeza que ele mentiu, disse que estava observando a joia no pescoço dela.

— As mídias sociais são o máximo. Tem mais coisa para assistir na internet do que na TV.

Carter parou o carro na frente da casa e desceu rapidamente para ajudar Eliza a sair. Em vez de levá-la até a porta, segurou sua mão e a manteve ao lado do carro.

— Eu me diverti muito — ele disse. A política havia sumido de sua cabeça a noite toda, e ele quase esqueceu que tinha desligado o celular antes de buscá-la. Sabe-se lá o que o esperava quando ligasse aquela porcaria.

— Nada mau para um primeiro encontro.

— Então eu passei para o segundo?

— Talvez.

Ah, ele havia passado, mas ela queria vê-lo sofrer.

As cortinas se moveram na janela da frente. Eliza não tinha só um pastor-alemão esperando por ela; Gwen provavelmente ainda estava acordada também.

— E se eu te subornar com lagosta e champanhe?

— Talvez eu não goste de champanhe.

Carter se aproximou até prensar o corpo de Eliza entre ele e o carro.

— Eu já fui com você em dois casamentos. Você não só gosta de champanhe como adora coisas boas.

Os olhos dela se fixaram nos lábios dele.

— Eu comeria lagosta — ela falou.

Ele se abaixou e capturou seus lábios. Como manteiga quente, ela se derreteu nos braços dele e gemeu com o beijo. Os lábios suaves de Eliza se abriram, e ele explorou a oferta. O corpo dele se pressionou ao dela, prendendo-a contra o carro. A última vez em que ele havia beijado uma mulher ao fim de um encontro ou em um carro, estava no ensino médio. O beijo deles seria apenas isto: apaixonado e intenso, mas começaria e terminaria ali. Por alguma estranha razão, saber que eles não iriam além o excitou ainda mais.

A excitação dele pressionou a barriga de Eliza. Ela devia saber o efeito que tinha sobre ele. Era mais do que atração física. Durante toda a noite, eles conversaram, riram e ficaram encantados com a companhia um do outro. Quando ela o provocava por causa de algo que ele havia dito, ele retribuía com uma provocação semelhante. Em vez da brincadeira se tornar agressiva, eles riam de suas diferenças.

Conforme Carter a beijava e sentia que ela o puxava para perto, não era uma questão de se ele faria amor com ela, mas uma questão de quando. O pensamento o deixou eletrizado, mas a expectativa poderia matá-lo.

Ele terminou o beijo com um gemido suave.

— É melhor eu te levar até a porta, antes que a Gwen solte o cachorro.

Eliza inclinou a testa contra o peito dele.

— Se um mês atrás você me dissesse que eu estaria dividindo a minha casa com uma amiga e um cachorro, eu teria rido na sua cara.

— Você está dividindo a casa com os dois.

— Sim, estou. E você deve ir para a sua, descansar. Não vai viajar amanhã?

Sim, ele ia.

Carter a beijou de novo, dessa vez rapidamente, e a levou até a porta. Zod latiu com sua aproximação, e Carter ouviu Gwen chamar o cão.

— Te ligo amanhã de manhã.

— Não precisa fazer isso, Carter.

— Não é questão de obrigação.

Eliza sorriu, obviamente satisfeita. Assim como beijar sua mão, as pequenas coisas que ele fazia levavam sorrisos enormes aos lábios dela.

Ele precisava se lembrar disso.

⁂

— Temos um problema. — Dean jogou um velho jornal na mesa de Jim e esperou que ele pegasse.

— O que eu devo procurar?

— A seção de entretenimento e celebridades do *Hollywood Tribune*. Página cinco.

A festa de renovação de votos dos Harrison estava estampada no meio da página, com Eliza ao lado da noiva.

— Tudo bem. E daí? Vimos isso algumas semanas atrás. Essa reportagem é antiga. Por que é um problema agora?

Dean se apoiou na mesa e cruzou os braços.

— Eu tomei a liberdade de verificar o nosso Ricky. Como você sabe, ele foi transferido para San Quentin no ano passado. — Nenhum dos dois tinha ficado feliz ao ver Ricardo de volta à Califórnia.

— Notícia antiga.

— Adivinha quem é o companheiro de cela dele.

Jim bateu os dedos no jornal e tentou imaginar uma resposta para o enigma de Dean.

— Não faço ideia.

— O nome Harris Elliot significa alguma coisa para você?

Por uma fração de segundo, a confusão tomou o rosto de Jim. Então seu queixo caiu.

Seus olhos se voltaram para a fotografia.

— O pai de Samantha Elliot Harrison.

— Bingo.

— Meu Deus.

— Segundo os guardas do bloco, o Harry dá dicas de ações para os policiais que levam fotos ou recortes de jornal sobre as filhas dele. Quanto você quer apostar que tem uma foto como esta em algum lugar da cela do Harry?

— Que merda.

15

ELIZA SE SENTOU DO OUTRO lado da mesa de Karen e contemplou a loira com esperança. Karen dirigia a Moonlight Villas, uma clínica e casa de repouso, e era cliente da Alliance — bem, candidata a cliente.

— Então, sobre o que é essa reunião? Você encontrou um marido para mim? — Karen era belíssima, inteligente e completamente capaz de encontrar um homem rico sozinha, mas escolheu a Alliance para essa tarefa para poder dedicar algum tempo fazendo a diferença na vida de outras pessoas.

Infelizmente, a beleza dela intimidara vários possíveis candidatos.

— O único disponível no momento e que atende às suas necessidades financeiras é um homem muito maduro que não quer nada além de contrariar os filhos.

Karen estreitou os olhos azul-claros.

— Quão maduro?

— Setenta e seis anos.

— Caramba.

Eliza deu de ombros.

— Eu sei. Ele é um cara muito legal. Acho que quer assustar os filhos para que lhe obedeçam. O que ele realmente precisa é de uma senhora italiana que cuide dele e bata nos garotos com uma colher de pau.

Karen riu.

— Parece a minha tia Edie.

— Ela é italiana?

— Mais ou menos. Meu falecido tio Joe era italiano legítimo, então pode-se dizer que ela aprendeu bem. Fala com sotaque e tudo. Eles moraram em Nova York durante anos antes de descobrir que o Joe tinha enfisema. Depois se mudaram para cá por causa do clima agradável. A tia Edie está viúva há dez anos.

Eliza se viu batendo o pé.

— Alguma chance de a Edie se interessar em ir a um encontro às escuras?

— Com o seu cara rico?

— Por que não?

— Não sei — Karen disse. — Ela está feliz com o bingo às quartas e o baralho às sextas.

Eliza se inclinou para a frente.

— Que tal assim? Eu organizo um encontro para você conhecer o Stanly. Se você não concordar que ele precisa da mão firme de uma mulher mais velha, continuo arrumando encontros para ele com jovens como você.

— Odeio parecer gananciosa, mas o que eu ganho com isso?

— Se a sua tia Edie e Stanly Sedgwick derem certo, vou pedir que ele faça uma doação para o Boys and Girls Club. Você é voluntária lá, certo?

Eliza podia ver Karen analisando as opções. Embora a moça talvez parecesse superficial por querer arranjar um homem por causa do dinheiro, no fundo ela queria ajudar crianças necessitadas.

— Você apresentaria esse cara para a sua tia? — Karen perguntou.

— Eu não tenho tia, mas, se tivesse, com certeza.

— Tudo bem. Vou me encontrar com ele.

Pela primeira vez, Eliza se sentiu um cupido. Ela gostava da ideia de encontrar a esposa certa para Stanly, e não uma jovem que ele pudesse exibir para os filhos e netos.

❧

Eliza entregou a Gwen um conjunto de protetores auriculares para abafar o som dos tiros.

— Isso é realmente necessário? — Gwen perguntou enquanto colocava com cuidado a proteção sobre o cabelo perfeitamente penteado.

— Eu tenho armas em casa, Gwen. Elas são mais perigosas se você não souber usar.

— Isso é absurdo. Se eu não chegar perto, como elas podem me prejudicar? — Gwen olhou para os dois revólveres de Eliza sobre a bancada e franziu o cenho.

— Contanto que ninguém aponte uma delas para você e aperte o gatilho, acho que elas não podem te fazer mal. Mas foi você que insistiu em vir morar comigo. — Eliza baixou o tom de voz e olhou ao redor para ver se alguém havia entrado no local depois delas. As duas chegaram cedo e estavam sozinhas. — Então você vai precisar aprender algumas coisas sobre segurança de armas de fogo.

Gwen parecia prestes a discutir, mas Eliza soltou o golpe de misericórdia:

— Eu ficaria arrasada se acontecesse alguma coisa com você por causa do meu passado. O mínimo que posso fazer é te mostrar como se defender com uma arma.

A loira inclinou a cabeça para o lado.

— Fui eu que insisti em morar com você — praticamente gritou, por causa dos protetores de ouvido.

— E agora eu insisto nesse treino.

— Ah, tudo bem. — Ela se virou em direção à bancada e pegou a arma maior. Um revólver calibre trinta e oito.

Eliza se posicionou ao lado dela e começou a ensiná-la.

— Minhas armas estão sempre carregadas. Você deve presumir que qualquer arma está.

Gwen afastou a mão, como se tivesse se queimado.

— Calma, ela não vai pular e te morder. — Eliza pegou a arma e abriu o tambor. Após uma breve explicação sobre como verificar se estava carregada e como segurá-la, fez alguns disparos. Mesmo com a proteção auricular, o som vibrou em seu crânio. O alvo de papel pendia a menos de dez metros de distância, e o objetivo de Eliza era atingir o centro. Como de costume, acertou na mosca. Ela sabia atirar desde os dez anos.

Quando chegou a hora de Gwen tentar, a amiga ficou atrás dela.

— Se firme com um pé diante do outro. Com a força da bala saindo do tambor, vai parecer que alguém está te empurrando. Não deixe.

Gwen assentiu e seguiu o exemplo de Eliza ao apontar para o alvo. Enquanto se concentrava, a ponta da língua escapuliu por entre os lábios, como uma criança. Uma expressão perplexa atingiu os olhos de Gwen antes de apertar o gatilho e a bala sair. Ela não deixou a arma cair, felizmente, mas seus braços se ergueram. Eliza procurou, mas não achou nenhum buraco no alvo. Quando olhou para a amiga, Gwen sorria de orelha a orelha.

— Nada mau — Eliza disse.

— Eu não acertei o alvo.

Eliza apertou um botão que fez o papel se aproximar.

— Tente de novo.

Gwen tentou e dessa vez abriu um buraco no papel, ainda que distante da pessoa nele retratada. Mesmo assim, ficou empolgada. Toda a apreensão e o nervosismo se dissiparam. Após quarenta tiros, elas passaram para a arma menor.

Gwen tinha um dom natural. No momento em que saíram do estande de tiro, ela já estava perguntando quando poderiam voltar.

— Muitos homens podem discordar de mim, mas eu acho que as mulheres têm uma mira melhor.

A caminho de casa, elas pararam em um semáforo. Eliza observou os carros atrás e esperou sua vez no cruzamento.

— Você sempre teve armas? — Gwen perguntou.

— Sim.

Ela se remexeu no banco.

— Nossos seguranças têm armas em casa, mas nunca nos deixaram encostar nelas. Acho que, se eu tivesse insistido, alguém teria me mostrado, mas nunca tive necessidade.

— E provavelmente nunca vai ter.

— Dá uma sensação de poder segurar algo tão perigoso — Gwen disse, elevando a voz.

O trânsito começou a fluir enquanto elas conversavam. Eliza examinou os carros que vinham atrás.

— Lembre-se sempre que, quando você atirar, é para matar — repetiu o que havia aprendido com Dean e Jim.

— Não acho que eu seria capaz de machucar alguém.

— Seria, se estivessem tentando te machucar.

— Não sei.

Um carro saiu da pista em que trafegava e entrou atrás delas. Toda essa conversa sobre armas e proteção estava deixando Eliza paranoica. O Mercedes, de modelo mais novo, era popular em Los Angeles e provavelmente não era o mesmo que ela tinha visto por perto quando saíram do estande.

— Tenho certeza que somos capazes de qualquer coisa quando nos vemos cara a cara com a morte.

Gwen acenou a mão no ar.

— Não vamos chegar a isso.

— Tomara que não.

Gwen fez um barulho antes de mudar de assunto.

— Quando você vai ver o Carter de novo?

Ouvir o nome dele trouxe um sorriso aos lábios de Eliza.

— Ele vai voltar de Sacramento amanhã.

— As flores que ele te mandou são lindas.

Eram mesmo. Em vez de escolher uma dúzia de rosas, ele optara por orquídeas e lírios brancos. Por mais que Eliza odiasse se derreter toda com a atenção dele, não podia deixar de suspirar toda vez que entrava na sala e via todas aquelas flores. Não havia nada casual em seus sentimentos. Ela pensava em Carter a todo instante. Isso sem falar nos pensamentos devassos que tinha à noite.

Eliza pegou Gwen olhando para ela de canto de olho.

— O que foi?

— Nada.

Tá bom então. A palavra "nada" dita por uma mulher sempre significava alguma coisa.

Ela desviou da rua movimentada e olhou pelo retrovisor, à procura do Mercedes. Com certeza ele tinha virado em uma rua diferente e não as seguira até em casa.

Paranoica.

Zod latiu do outro lado da porta e saiu correndo quando elas entraram. Eliza o observou cheirar o quintal antes de se aliviar. Ela tirou os sapatos na porta, mas, em vez de deixá-los de lado, os enfiou dentro do armário de casacos. Não adiantava fazer o cachorro cair em tentação.

Gwen checou as mensagens no telefone fixo enquanto Eliza colocava as armas no balcão da cozinha para limpá-las. Em uma das mensagens, alguém desligou sem deixar recado; em outra, Sam as convidava para um almoço no sábado; e, em uma terceira, Karen pedia que retornassem a ligação.

Gwen foi tomar banho para remover a pólvora da pele, e Eliza ligou para a cliente.

— O Stanly estava mais nervoso que um adolescente na primeira vez.

— Ele é um fofo.

— Eu entendo por que você quer que ele encontre a mulher certa, e não qualquer uma.

— Então você concorda que ele precisa de uma esposa de verdade, e não de uma temporária?

— Sim. Se ele fosse vinte anos mais novo, eu ficaria com ele — Karen disse.

— Vinte?

— Tudo bem, trinta. A tia Edie pode ser muito para ele, mas vale a pena tentar.

Eliza não poderia estar mais feliz.

— Você conheceu os filhos?

— Não. Nos encontramos em um café. Acho que o motorista dele estava ao telefone com alguém enquanto esperava, então acredito que os filhos já sabem que ele se encontrou com uma mulher mais nova.

Eliza esperava que os filhos de Stanly estivessem suando naquele momento.

— Devo perguntar se ele quer conhecer a sua tia, ou você vai fazer isso?

— Eu o convidei para jantar comigo e com a tia Edie na quinta.

— Ele sabe que é um encontro arranjado?

— Acho que não. Mas notei o alívio nos olhos dele quando eu disse que não o via de um jeito romântico e sugeri um jantar com a minha tia.

— O que é bem melhor. A receita dele de Viagra provavelmente já venceu.

— *Afff* — Karen riu. — Ele está tão focado em dar uma lição nos filhos que combinamos de nos encontrar na quinta para manter os pestinhas em suspense. Quando lhe contei sobre o risoto da tia Edie, ele não resistiu.

— O que você vai dizer para a sua tia?

— Só que vou levar um amigo para jantar. Ela está acostumada.

— Quero um relatório na sexta de manhã.

— Pode deixar.

~9 16 c~

— **ISSO ESTÁ SE TORNANDO** um hábito, detetives. — Carter se recostou na porta do escritório de Dean e Jim e cruzou os braços. — E eu não vou levar outro cachorro comedor de sapatos para a Eliza.

Jim se levantou e estendeu a mão para cumprimentar Carter. Dean o seguiu.

— Obrigado por ter vindo.

Como da outra vez, eles entraram em uma saleta para ter privacidade.

— Como estão as coisas com o Zod?

— Tirando a questão dos sapatos, tudo bem. A Eliza não o leva com ela aos lugares, mas ele fica na casa.

Dean e Jim trocaram um olhar.

— O que foi?

— Suponho que ela tenha te contado por que precisa do cachorro.

— Contou.

— Ela contou para a amiga, a sra. Harrison?

— A Samantha é a melhor amiga da Eliza. O que você acha? — Novamente, os dois policiais se entreolharam.

— Você sabe se a sra. Harrison tem algum contato com o pai? — Jim perguntou.

— Que está preso? — Carter não imaginou que eles fariam essa pergunta.

— Sim.

— De acordo com o Blake, eles não se falam desde que ele foi condenado. Por quê?

Quando Jim voltou a olhar para o parceiro, Carter fez um gesto com a mão de um para o outro.

— Por quê? — insistiu.

— O pai da sra. Harrison está preso no mesmo lugar que o homem que assassinou os pais da Eliza.

— A Sam não tem nada a ver com o pai. Não vejo como isso possa ser um problema.

— Só porque a Samantha não quer nada com o pai, não significa que ele não esteja interessado no que acontece com a filha. Sabemos que as fotos da cerimônia no Texas foram parar na cela do sr. Elliot. Percebe para onde isso está indo, doutor?

A pulsação de Carter acelerou, e ele sentiu um desejo inusitado de coçar a palma das mãos.

— A Eliza era criança quando os pais foram assassinados. — Mesmo enquanto dizia essas palavras, Carter soube que os detetives acabariam com qualquer esperança de que o medo deles fosse infundado.

Dean abriu uma pasta e entregou uma fotografia a Carter. Nela, havia uma mulher que era a cara de Eliza, aconchegada ao lado de um homem robusto de uns quarenta e poucos anos. Ao lado deles havia uma menina com os cabelos escuros presos em um rabo de cavalo e um dente faltando no sorriso bobo.

— A Eliza não é só muito parecida com a mãe. A voz também é igualzinha.

Carter passou o dedo pela fotografia. Mesmo naquela época, Eliza era uma menina bonita.

— Se ela insiste em continuar com a vida que está levando, precisa se proteger melhor.

A cabeça de Carter estava a mil. Ele quase não notou o barulho do lado de fora da sala de reuniões, até que a porta se abriu e uma carinha peluda e familiar entrou.

— É melhor que vocês tenham uma boa desculpa... — Eliza entrou ao lado de Zod e parou de falar quando notou Carter sentado na sala. — O que você está fazendo aqui?

— Nós pedimos que ele viesse — Dean disse, fechando a porta atrás dela. Deu um petisco ao cão e puxou uma cadeira.

Carter se levantou e se aproximou de Eliza. Seu cabelo escuro deslizava sobre um dos ombros, parecendo feito de seda. Ele estendeu a mão e entrelaçou os dedos nos dela. A coceira nas palmas desapareceu com o toque.

— O que está acontecendo? — O sorriso arrogante de Eliza sumiu quando viu a expressão dos que estavam na sala. — O que foi?

130

— Nada... ainda — Jim disse.

Dean enfiou as mãos nos bolsos.

— Você precisa de mais segurança.

— Por quê? O Totó aqui está fazendo um ótimo trabalho.

— Só quando ele está ao seu lado. Fiquei sabendo que você sai de casa sem ele.

Eliza olhou para Carter, e ele descobriu o que um delator sentia quando era pego pelos amigos.

— Cães grandes e assustadores, com dentes enormes e tendência a morder, não são bem-vindos em muitos lugares.

— É por isso que você precisa de um guarda-costas.

— Eu tenho um sistema de segurança excelente e uma companheira de apartamento com boa pontaria. Acho que estou bem. — Durante todo o seu discurso, Carter sentiu que a mão de Eliza estava gelada.

— Não é suficiente.

Eliza balançava a cabeça, e Carter sentiu a negação antes que ela dissesse qualquer coisa.

— Não quero ninguém me seguindo, Dean.

— E se for eu? — Carter perguntou.

— Você não está concorrendo a uma eleição? Não pode ser meu guarda-costas pessoal.

Você vai ver se eu não posso.

— Ou você arruma um guarda-costas, ou vai ter que sumir. — O tom de Dean mudou de informativo para direto. — Estou falando sério.

Ela balançou a cabeça.

— Droga, Eliza! — Dean gritou.

Todo mundo pulou, até mesmo o cachorro. Carter soltou a mão dela e parou diante dos dois homens.

— Preciso de um minuto a sós com ela.

Jim se levantou e seguiu para fora da sala.

Dean o olhou, furioso.

— Tudo bem, mas pense nisso antes de dizer "não" de novo. — E apontou um dedo para Eliza. — A sua foto foi encontrada na cela do Ricardo.

Os detetives saíram da sala.

Quando Carter se virou, o rosto de Eliza estava branco. Seus olhos ficaram sem foco, e ela não o olhou quando ele se ajoelhou a seu lado e segurou suas mãos com força.

— Ele está mentindo, não é? — ela perguntou.

Carter não podia ter certeza, mas as palavras de Dean flutuavam na cabeça dela, fazendo-a pensar.

— Por que ele faria isso?

— Para conseguir o que quer.

— O Dean parece se importar com o que acontece com você. Não acho que ele mentiria para te fazer ceder.

Ela soltou um longo suspiro e fechou os olhos.

— Droga — sussurrou em voz baixa.

Para Carter, a chave para resolver o problema era simples. Tudo o que ele tinha de fazer era convencer Eliza.

— Eu tenho a solução perfeita.

— Um bunker subterrâneo no Novo México?

Ele já estava de joelhos, então arriscou:

— Casa comigo.

Os olhos dela se abriram.

— Já não conversamos sobre isso?

Bem, não era um "não".

— Claro, mas era para me ajudar a ganhar as eleições. Agora é para te proteger do louco responsável pela morte dos seus pais. Nós dois podemos resolver nossos problemas com uma assinatura.

Os olhos de Eliza assumiram um tom mais suave.

— Casar vai estragar a sua vida amorosa com outras mulheres.

Ela ainda não tinha dito "não". As palmas de Carter ficaram úmidas.

— A mulher com quem estou saindo não vai achar que é traição.

Eliza sorriu dolorosamente.

— Você viaja o tempo todo. Como pode ser meu guarda-costas?

— Como minha esposa, posso te arranjar segurança digna do presidente da República.

— Não sei...

— O problema sou eu? Achei que estávamos indo muito bem. Você não gostou das flores?

— Adorei.

— Minhas habilidades com o garfo de caranguejo te aborreceram.

Ela estava rindo agora — e ainda não tinha dito "não".

— Estamos falando de casamento.

— A sua melhor amiga e o meu melhor amigo se casaram por razões mais banais, e tudo acabou bem. Não quero que você desapareça naquele bunker no Novo México. E ainda me deve o jantar de lagosta, lembra?

Ela estava considerando a oferta, e não disse "não".

— Se a ameaça desaparecer, podemos voltar atrás — Eliza disse.

O coração dele apertou. Ele não tinha certeza se estava sentindo dor ao pensar na partida dela ou alegria por ela estar considerando a oferta.

— Estamos nos Estados Unidos.

Lentamente, ela começou a assentir.

— Vamos fazer uma cerimônia. Nada muito grande, mas algo para convencer a imprensa de que não estamos nos casando por causa da campanha.

— Só não pode demorar. Quanto mais cedo você for minha esposa, melhor. — Seu coração saltou no peito.

— Eu e a Gwen somos especialistas em planejar casamentos. Podemos nos casar até segunda. — Eliza olhava para o peito dele enquanto falava.

Carter colocou um dedo sob o queixo dela e fez com que ela o encarasse.

— Isso é um "sim"?

— Acho que... sim, isso é um "sim".

Algo dentro dele floresceu. Eliza seria a sra. Billings. Em vez de se preocupar com o que poderia dar errado, Carter só viu luzes brilhantes e finais felizes.

Ela retribuiu o sorriso, e ele se inclinou para selar o acordo com um beijo.

❧

Nada poderia ter preparado Eliza para o que aconteceu na semana seguinte. Quase no mesmo instante em que concordou com a proposta de Carter, havia seguranças grudados nela como cola. Eles se aproximavam quando trocavam de turno para que ela soubesse quem estava de plantão, mas se mantinham fora do seu caminho o restante do tempo. Eram como fantasmas de terno. Bem, alguns deles se vestiam à paisana e não pareciam guarda-costas, mas Eliza sabia que todos carregavam armas e poderiam acabar com qualquer um, se fosse necessário. Joe, o guarda-costas pessoal de Carter, trabalhou diretamente com Neil para traçar o novo esquema de vigilância.

Samantha e Gwen não pareceram surpresas com o anúncio de que ela e Carter iriam se casar. Na verdade, elas a cumprimentaram como se já esperassem por isso. A explicação de Sam para sua reação foi simples: "Você é uma mulher prática, e o Carter é uma escolha lógica". Uma parte de Eliza se perguntou o que tinha acontecido com o amor antes que uma mulher resolvesse subir ao altar. Quem ela estava enganando? Se unir a Carter era uma decisão lógica, e não havia emoções suficientes envolvidas para terem algum peso em sua decisão.

Mesmo quando ficou de joelhos para fazer o pedido, o que ela achou fofo, ele não se declarou apaixonado. Não, ele havia oferecido uma solução para os problemas deles.

Lógico.

Mesmo o homem que pedia para ser seu marido sendo cativante como uma estrela do rock e inteligente como um juiz da Suprema Corte, ele não disse que era o homem perfeito para ela. Não, ele falou sobre guarda-costas e segurança.

Lógico.

Mesmo que a ideia de ser a sra. Billings a deixasse sem fôlego...

Não era lógico. Sensual, talvez.

— Terra chamando Eliza... Vamos, Eliza. — Sam acenou com as mãos na frente do rosto dela para chamar atenção.

— Desculpe.

— Tudo bem. Eu sei que você está estressada. Então, o que acha?

Eliza olhou para as flores e apontou para o primeiro buquê que a atraiu. Orquídeas e lírios. Assim como as flores que Carter lhe mandara, pouco mais de uma semana atrás.

— Perfeito... E o bolo?

Ela apontou para um modelo simples e elegante.

— Não tenho certeza sobre o sabor. Não sei do que o Carter gosta.

Gwen se sentou à direita de Eliza e zombou.

— Ele não prefere chocolate. Achei estranho, já que muitos homens adoram esse sabor. Talvez você deva escolher baunilha ou alguma combinação de sabores.

Era perturbador que Gwen conhecesse os gostos de Carter melhor que Eliza. Mas Blake e Carter eram melhores amigos havia anos, e ela só o conhecia fazia algum tempo. Poderia ser pior, ela percebeu. Samantha e Blake tinham se casado uma semana após se conhecerem.

Eliza assinalou algumas combinações com baunilha — uma com recheio de morango, outra com chantili.

Feito!

— O que vem agora?

Elas tinham conversado com um bufê no dia anterior e também escolheram vestidos clássicos para Samantha e Gwen.

Por causa da celebração de última hora, o casamento aconteceria na propriedade de Samantha e Blake, o que não era nada mau, com o oceano Pacífico ao fundo e a vista majestosa em cada canto da casa.

— Falei com o fotógrafo que contratamos no Texas e ele está se organizando para vir até aqui. Pelo jeito, está ainda mais quente no Texas agora do que há dois meses, e ele está livre.

— Achei que ele estaria ocupado. — Eliza sabia que Sam devia ter oferecido uma boa gorjeta e talvez um jatinho particular para arranjar um fotógrafo em um prazo tão curto. Reclamar com ela sobre isso só causaria uma discussão. Além disso, Eliza tinha suportado o vestido amarelo na última festa de Sam, pelo amor de Deus.

— Pelo visto não — Gwen acrescentou com um sorriso tímido.

Sim, alguém subornou o cara.

Samantha pegou o notebook e checou as tarefas.

— Só temos alguns dias, e pode ser difícil encontrar um vestido de noiva. Acho que devemos começar a procurar hoje à tarde.

— Quero algo simples. — Eliza nunca fora o tipo de garota que fantasiava com casamento. Talvez por não ter pais ou família. Ela sempre achou que se casaria na presença de um juiz de paz ou algum imitador brega de Elvis em Las Vegas.

Ela ficara surpresa com a própria sugestão de que fizessem uma cerimônia. Talvez estar ao lado de Samantha em todas as suas bodas a tivesse deixado mais propensa a festas.

Meia hora depois, as três estavam a caminho de um ateliê, à procura do vestido de noiva de última hora ideal.

Carter pesquisava alianças de casamento no smartphone enquanto Jay percorria a lista de tarefas e reuniões programadas para a próxima semana.

— O governador Montgomery te convidou para um jantar daqui a duas semanas. Vai ser preciso reorganizar as coisas, mas seria melhor você participar. O apoio dele vai fazer você conseguir mais votos.

Um solitário ou uma pedra maior envolta por outras?

— Quando é o jantar? — Carter perguntou.

— Na sexta, daqui a duas semanas.

Quase duas semanas depois do casamento. O momento perfeito para apresentar sua esposa.

— Vou precisar de dois convites.

— Ah, é?

Um solitário seria a primeira escolha de Carter, mas Eliza gostava de mais ostentação do que deixava transparecer. Debaixo de todo aquele seu jeito durão, havia um coração de mulherzinha.

— Sim. E preciso desmarcar os compromissos de sábado até quarta da semana que vem.

Carter se lembrou de Eliza no vestido amarelo horrível na última festa de Samantha e Blake e clicou em uma rara coleção de diamantes amarelos. Ele esperava ver algo feio, mas o que encontrou era tudo menos isso.

Na verdade, era perfeito.

Salvou a foto no celular e verificou o horário. Teria que ligar para o gerente da loja e pedir que o recebesse depois do expediente, mas isso não devia ser um problema.

Jay limpou a garganta.

— Desculpe. — Carter enfiou o celular no paletó. — Você pode desmarcar os meus compromissos, certo?

A carranca de Jay expressou sua irritação.

— Claro — ele disse, franzindo os lábios. — Posso dar uma desculpa qualquer?

Carter se levantou e enfiou as mãos nos bolsos.

— A Eliza e eu vamos nos casar no sábado, na propriedade dos Harrison. Coloquei o seu nome na lista, com acompanhante. Planejamos tirar alguns dias de folga para a lua de mel e em seguida voltamos com a programação normal.

O queixo de Jay caiu.

— Enquanto estivermos fora, preciso que você resolva as coisas com os detetives que conheceu no mês passado, aqueles que foram buscar a Eliza depois da coletiva de imprensa. Vocês vão precisar resolver a questão da segurança para ela e para a nossa casa.

O gerente de campanha fechou a boca e ergueu as mãos.

— Espera aí! Você vai se casar?

— No sábado.

Jay estendeu a mão.

— Parabéns. Jogada inteligente. Isso vai resolver o problema do mês passado.

Carter não negou nem confirmou que aquele era o motivo do casamento.

— Tente dar uma desculpa dizendo que tenho um compromisso particular. Vou te autorizar a fazer o anúncio depois do sábado. Quero evitar o circo da mídia.

— Tudo bem. Sem problemas. E os policiais?

— Eles vão te dar tudo o que você precisar apresentar ao FBI para conseguir a segurança necessária.

— Os federais?

Carter deu um tapinha no ombro de Jay.

— É complicado. — Em seguida lhe passou o cartão de Dean. — Esses caras vão estar no casamento. — E checou o relógio novamente. — Tenho que ir.

Tenho que comprar uma aliança de casamento.

17

FALTAVAM TRÊS DIAS PARA O casamento, e Carter ainda não tivera um momento sozinho com sua noiva desde que ela aceitara seu pedido.

— Pensei que você tinha dito que íamos jantar fora. — Eliza olhou pelo para-brisa do carro com o cenho franzido.

— E vamos. — Carter se aproximou do manobrista e saiu do carro. Em seguida deu a volta, ofereceu a mão a Eliza e disse ao motorista que retornariam à meia-noite.

O piloto de Blake os encontrou na escada do jatinho particular.

Carter sabia que Eliza já tinha pegado aquele avião em várias ocasiões ao longo dos últimos dois anos, mas o brilho em seus olhos não se apagava quando se tratava de coisas luxuosas.

— Vai me dizer para onde estamos indo? — ela perguntou enquanto prendia o cinto de segurança.

As mãos dele ficaram úmidas.

— Assim que estivermos no ar.

— Está com medo de que eu desista?

Ele riu.

— Talvez. — *Exatamente.*

O piloto taxiou na pista e anunciou a decolagem. A cabine pressurizou e, sem esforço, os motores os levaram ao céu. Quando o avião se estabilizou, Eliza disse:

— Você já deve ter adivinhado, mas eu não gosto muito de surpresas. Não me importo se for um presente, mas...

— Estou te levando para Tucson. Quero te apresentar para os meus pais.

— Ah. — O queixo dela caiu.

— Eu disse a eles que te levaria para o jantar.

— Eles sabem que vamos nos casar?

— Sim.

Eliza começou a mordiscar a ponta da unha, e ele achou aquilo fofo.

— Seu pai é policial aposentado, não é?

— Trabalhou no Departamento de Polícia de Nova York durante trinta anos.

— Foi por causa dele que você se tornou advogado?

Eliza devia ter percebido que estava roendo as unhas e rapidamente tirou a mão da boca.

— De certa forma, sim. Percebi como ele trabalhava duro enquanto eu crescia e como gritava com a TV sempre que via seu trabalho indo para o ralo porque um advogado tinha ferrado com tudo. Meus amigos e eu costumávamos brincar de detetive e advogado.

Eliza riu.

— Eu montava uma cena de crime e o meu amigo Roger colhia as evidências.

— Parece uma versão nerd de polícia e ladrão.

— E era. Meu pai trabalhou a vida inteira em prol de um sistema que está corrompido de muitas maneiras. Eu sempre quis ser alguém que ajudasse a consertar esse sistema por causa de homens como ele.

Ela se remexeu na poltrona de couro e tirou os sapatos de salto.

— Eu sempre me perguntei como você pode se dar ao luxo de concorrer às eleições. Acho que a maioria dos homens como você vem de famílias abastadas. Não consigo imaginar seu pai ficando rico com o salário de policial.

— Não. Eu queria fazer faculdade de direito, mas sabia que o custo seria um problema. Estava procurando um investimento com retorno rápido quando conheci o Blake. Ele estava começando a empresa de navegação e buscava investidores. Fiquei seis meses fora da faculdade e dei o dinheiro das mensalidades para ele.

— Deve ter sido difícil.

— Foi mesmo. Mas o Blake era... o Blake. Ele não tentou me vender a ideia, só disse que triplicaria o meu dinheiro. Ele estava determinado a irritar o pai sendo bem-sucedido, e eu acreditava que ele conseguiria.

Os dois sabiam como tudo tinha acontecido. Os negócios de Blake prosperaram e renderam milhões.

— Então você é sócio do Blake?

— Sócio passivo. Peguei o que precisava para terminar de pagar a faculdade e dei a ele pleno controle do restante do meu investimento.

— Uau. Eu não fazia ideia. Pensei que vocês eram só amigos.

— Primeiro amigos, depois sócios. Eu nunca questionei o que ele faz com o meu dinheiro, como investe ou qualquer coisa assim.

— Isso me faz desejar ter dinheiro para investir.

Carter balançou a cabeça.

— A empresa dele não tem capital aberto, mas tenho certeza que a Sam poderia te indicar.

— E o meu noivo? A esposa de um sócio passivo não devia servir para alguma coisa? — ela brincou.

Ele gostava de como aquilo soava. *Sua esposa.*

— Posso arranjar alguma coisa.

Eles riram. Quando o piloto disse que podiam soltar o cinto de segurança, Carter foi até o minibar e abriu uma garrafa de vinho.

— E a sua mãe? Como ela é?

— Minha mãe é ótima. Engraçada. Não se leva muito a sério. Ela desistiu de muita coisa quando se casou com o meu pai, mas nunca se arrependeu.

— Desistiu de muita coisa? Como assim?

Carter lhe entregou uma taça de pinot grigio e se sentou novamente.

Para qualquer um que se desse o trabalho de procurar, a história da família de Carter era de conhecimento público. No entanto, ele não mudou a expressão quando lhe disse:

— Minha mãe é uma Hammond. Como o senador Hammond.

O semblante de Eliza era vazio, mas logo mudou quando ela percebeu a quem Carter se referia.

— Maxwell Hammond?

— Sim.

Ela assobiou.

— Eles têm muito dinheiro e influência.

Carter tomou um gole de vinho e deixou o sabor revigorante flutuar em sua língua.

— E eles usaram tudo isso para tentar afastar os meus pais. Mas não deu certo.

— Que fofo. Quer dizer, é uma merda que a sua família tenha feito isso, mas que bom que não deu certo.

— Pelo que me disseram, foi feio. Ela e o irmão nunca mais tiveram um relacionamento de verdade, e ele é a pessoa mais fria que eu já conheci. Fora os grandes compromissos familiares, como casamentos e enterros, não temos contato com ele nem com ninguém da família da minha mãe. — De certa forma, o fato de Carter concorrer às eleições era exatamente o que a família da mãe teria desejado. Mas ele não estava fazendo isso por eles. Estava fazendo pelo pai. A piada eram os Hammond.

Eliza perguntou mais sobre a família dele e seus anos em Nova York. Carter contou sobre Roger e Beverly. Sugeriu que fossem visitar os dois e a filha, que tinha nascido na semana anterior, assim que tudo se resolvesse.

— Sr. Billings, srta. Havens, vamos aterrissar. Por favor, apertem os cintos.

Carter sentou novamente ao lado de Eliza e afivelou o cinto. Ela olhou pela janela, começou a roer as unhas e ele segurou a mão dela.

— Eles vão adorar você.

— Não estou preocupada — ela disse, na defensiva.

Sim, tá bom.

◦◦◦

Eliza não sabia direito o que a esperava, mas as pessoas responsáveis pela existência de Carter não eram nada do que ela havia pensado.

Abigail Billings era uma jovem senhora de uns sessenta anos, com poucas linhas de expressão que denunciassem a idade. O cabelo loiro-avermelhado dava a impressão de que ela passava um bom tempo todos os meses no salão de cabeleireiro.

O pai de Carter se chamava Cash, e Eliza pôde ver o humor por trás do olhar do homem quando ele a fitou na porta.

— Então você é a mulher que amarrou o meu filho? — ele perguntou com um sorriso travesso depois da breve apresentação.

Abigail deu um tapinha no marido, e Eliza aproveitou a oportunidade para ver se os pais de Carter eram como ele.

— E acho melhor só desamarrar depois do casamento.

Cash explodiu em gargalhadas, e o rosto de Carter ficou vermelho.

— Ah, gostei dela, Carter — o pai disse, conduzindo-a para a sala de estar modesta. A casa no Arizona ficava ao lado de um dos muitos campos de golfe que salpicavam a paisagem. Não era uma mansão, mas também não era uma casa típica de bairro.

— Estamos muito animados de te conhecer, Eliza. Não sabíamos que o Carter estava namorando sério. — Abigail ofereceu bebidas, e Carter se sentou ao lado de Eliza no sofá.

— Nós já nos conhecemos há anos — ele explicou.

— Você contou ao telefone — Cash falou.

— Mas só começamos a namorar recentemente. — Eliza percebeu que os pais de Carter estavam conduzindo as perguntas, então fez o que pôde para ser o mais honesta possível. Embora estivessem muito empolgados, havia também uma pequena dose de apreensão. Carter era filho único, e Eliza não achava que seria normal os pais não questionarem a rapidez com que ele subiria ao altar.

— A Eliza é a melhor amiga da Samantha — ele explicou. — Acho que nós dois evitamos nos envolver no início por causa dos nossos amigos em comum.

Eliza pegou Carter sorrindo para ela e retribuiu. Aquilo com certeza era verdade para ela. É claro que ele omitiu a parte em que eles discutiam a maior parte do tempo quando dividiam o mesmo ambiente.

— Parece que você superou essas preocupações — Cash comentou.

Carter ergueu o queixo.

— Você pode ver por quê — disse ao pai.

Eliza sentiu as bochechas esquentarem com o elogio. Ele pareceu convincente até para ela.

— Então por que a pressa de se casarem?

A necessidade de roer as unhas aumentou, mas Eliza ficou imóvel, tentou relaxar e deixou Carter responder à pergunta direta do pai.

— Por dois motivos, na verdade. O primeiro é que eu quero mostrar para o mundo todo que a Eliza é minha mulher.

— Que postura de homem das cavernas — Eliza provocou. Mas era apenas para protegê-la. Ela fez de tudo para não ler nenhum significado mais profundo em suas palavras.

Carter segurou a mão dela.

— E o segundo motivo? — Abigail perguntou.

O rosto de Carter se suavizou enquanto seus olhos procuravam os de Eliza.

— Acho que é óbvio.

Uau. O coração dela se acelerou. Carter realmente estava perdendo tempo ao não trabalhar em Hollywood. Se ela não estivesse ciente das verdadeiras razões do casamento, teria acreditado que ele era um homem desesperadamente apaixonado.

Abigail soltou um longo suspiro. Cash se levantou e ficou ao lado do filho. Carter ajudou Eliza a se levantar antes de aceitar o aperto de mão e o abraço de urso do pai.

— Parabéns, filho.

Eliza sentiu uma pequena pontada de culpa quando Cash a abraçou e lhe deu as boas-vindas à família.

A conversa durante o jantar foi confortável. Abigail perguntou sobre a família de Eliza, e ela contou que os pais haviam morrido quando ela era nova. Houve um lampejo de tristeza em suas feições, mas Carter mudou o rumo da conversa.

Eliza não pôde deixar de pensar em seus pais. Eles teriam adorado Carter e aplaudido seu desejo de protegê-la. Mas, se não fosse pela morte deles, ela não estaria se casando com aquele homem sentado a seu lado.

Abigail se dirigiu a Eliza, arrancando-a de seus pensamentos.

— O Carter te alertou sobre o meu irmão?

— Ele disse algumas coisas.

— Ele é um político típico. Não acredite em nada do que ele diz — Cash comentou.

— Ei! — Carter repreendeu o pai.

— Nosso visitante aqui é uma exceção.

— Ele está certo, Eliza. O Max acredita que pode mandar em tudo e em todos. Se você lhe mostrar uma única fraqueza, ele vai explorá-la. — Abigail estava servindo café na sala de estar enquanto a advertia sobre o irmão. — Ele conseguiu ofuscar o meu pai depois de anos tentando.

— Ele é realmente tão ruim assim?

— Pior. A única coisa pela qual eu posso elogiá-lo é a minha cunhada, Sally. Verdade seja dita, não sei por que ela continua com aquele homem. A Sally é muito doce e um capacho total. Perfeita para o Max.

— Que triste. — Eliza não podia se imaginar sendo uma mulher submissa, permitindo que um homem a governasse.

— Se você tivesse a oportunidade, se daria bem com ela. Mas o Max provavelmente não vai deixar que vocês façam amizade, por isso não ache que é pessoal.

— Todos eles vão ao casamento? — Cash perguntou.

Eliza sabia que Carter havia convidado os avós, além de Max e Sally. Depois de descobrir mais sobre o tio dele, não pôde deixar de esperar que o convite de última hora não fosse aceito.

— O Max e a Sally vão. Não tive notícias do John e da Carol. — Esses eram os avós de Carter, e Eliza achou estranho que ele os tratasse pelo nome.

— Amanhã vou ligar para a minha mãe e perguntar, depois te falo.

No fim da noite, Eliza já sentia como se conhecesse os pais de Carter há muito tempo. Ela estava ansiosa para vê-los no casamento e sabia que seriam a âncora de sanidade enquanto ela navegasse pela família do futuro marido.

— Seus pais são surpreendentemente verdadeiros — Eliza disse a Carter quando estavam sozinhos no carro, a caminho do aeroporto.

— Você esperava ver manequins de loja?

— Você sabe o que eu quero dizer.

Carter trocou de pista e seguiu até a rodovia.

— Todo mundo diz isso. Meu pai foi policial durante anos. Seria difícil não ser *verdadeiro* depois disso. E as pessoas esperam uma Kennedy quando consideram a criação da minha mãe.

Eliza podia imaginar. Abigail era refinada, mas não era pretensiosa.

— Você tem sorte.

Carter olhou para ela, e sua expressão se transformou em tristeza. Ele segurou a mão dela e deu um aperto suave.

— Sinto muito.

— Não sinta.

— Mas eu sinto. Eu devia ter percebido que o encontro te traria lembranças.

— Os meus pais também eram felizes. Conversar com os seus me fez lembrar dos bons momentos.

— Gostaria que eles pudessem estar aqui para o nosso casamento — Carter falou.

— Se eles estivessem vivos, não estaríamos nos casando. — A tentativa dela de corrigi-lo o fez franzir o cenho.

— Acho que não — ele murmurou.

O que ela quis dizer?

O voo para casa foi calmo. Eliza não tinha certeza do que havia dito para perturbá-lo, mas pôde sentir o humor dele mudar. Entre o silêncio, o vinho e a madrugada, ela se viu cochilando no avião.

O segurança os acompanhou do aeroporto até a casa dela, onde Carter a deixou, despedindo-se sem ao menos um abraço.

Foi impossível dormir. As lembranças dos bons tempos com seus pais se transformaram no período que se seguiu à morte deles. O vazio em sua vida se transformara em sentimentos amargos e em um muro para proteger seu coração. Durante anos, ela não permitira que ninguém se aproximasse.

Mas, de alguma forma, isso tinha mudado. A amizade com Samantha e o afeto pelas pessoas que faziam parte da sua vida, por Carter, a tornaram vulnerável.

Mais uma vez ela se questionou se estava fazendo a coisa certa. Olhou para Zod, encolhido como uma bola ao lado da cama. Exceto pelos cães de guarda, ela nunca tivera animais de estimação. Isso significava criar raízes, e ela sabia que não era prudente agir dessa maneira.

No entanto, ali estava ela, quarenta e oito horas antes de seu casamento, com grossas raízes crescendo por todos os lados.

O que vai acontecer quando tudo acabar?, pensou. Ela sabia que isso podia acontecer a qualquer momento. A felicidade não dura para sempre.

Pare de pensar, Lisa! Ela virou o travesseiro para que o lado frio encostasse no rosto e se curvou em posição fetal. *Pare de pensar!*

18

— **VOCÊ SÓ PODE ESTAR** brincando comigo. — Eliza olhou para Gwen, Sam e Karen e se afastou do lenço de seda que as amigas levaram para ela.

— Vamos lá, Eliza. Você se casa amanhã, e, se teve uma coisa que eu deixei de fazer no meu casamento com o Blake, foi uma despedida de solteira.

Despedida de solteira? Ela está brincando ou o quê?

— Você se casa todo ano.

— Mas não é a mesma coisa! — Samantha e Karen seguiram para a casa e acenaram para o belo segurança sentado no carro no meio-fio.

Zod começou a latir com a súbita aparição na porta. Eliza deu um comando para ele ficar quieto, em uma língua que ele podia entender.

— Está surpresa? — Gwen perguntou enquanto colocava uma tiara de plástico na cabeça dela.

Surpresa? Ela estava planejando assistir a um longo episódio de qualquer coisa chata na TV para se preparar para dormir. Após uma única mensagem de Carter desde a viagem à casa de seus pais, Eliza estava bastante apreensiva sobre a decisão de se casar.

— Estou chocada — ela disse a sua companheira de apartamento temporária.

— Como você convidou a Karen para levar o Sedgwick ao casamento, achei que não tinha problema em chamá-la para vir — Samantha disse quando entraram na cozinha com garrafas de vinho caro nas mãos.

Eliza sorriu para Karen, sabendo que podia confiar nela.

— É claro que não tem problema.

— Queríamos te levar para Hollywood. Tem um lugar ótimo na Sunset que seria perfeito. Mas um detalhe chamado "segurança" estragou os nossos planos.

No fundo, Eliza estava encantada com o esforço das amigas. Do nada, Gwen fez aparecer um pequeno bolo no formato de um nó com os nomes de Eliza e Carter.

Samantha abriu uma das garrafas e serviu uma taça para cada uma.

— Sabe, às vezes eu sinto falta deste lugar.

— A sra. Sweeny ainda faz peixe toda sexta à noite e deixa o bairro fedendo — Eliza lembrou à amiga.

Samantha franziu o nariz.

— Sério?

— E o cachorro do outro lado da rua late o dia todo — Gwen acrescentou.

Sam balançou a cabeça.

— Ainda sinto falta disso. Por incrível que pareça.

— Por maluco que pareça, você quer dizer.

Gwen balançou a cabeça.

— Eu discordo. — O sotaque britânico cordial endossou a alegação. — Pode ser estranho, mas é libertador.

— Diz a mulher que viveu uma vida de privilégios.

— Privilégios e restrições. Esse detalhe chamado "segurança" que está nos impedindo de ir até aqueles gatos seminus balançando o traseiro me acompanhou durante a maior parte da vida em Londres. Sei melhor do que ninguém como isso pode ser estressante depois de um tempo. Morar aqui, sem essas amarras, tem sido mais relaxante do que eu imaginei.

Eliza inclinou a taça de vinho e deu um gole.

— Eu entendo. — Ela só esperava que os seguranças fossem temporários.

— Alguém pode me explicar por que eles estão aqui? — Karen perguntou.

Samantha não titubeou na explicação para encobrir a amiga:

— A Eliza vai se casar amanhã com o homem que pode ser o próximo governador da Califórnia. Insistiram na segurança.

Karen soltou um simples "ah" e não disse mais nada.

Com as taças cheias, elas voltaram para a sala de estar e ligaram o aparelho de som.

Os pensamentos de Eliza vagaram para o que Carter estaria fazendo...

❧

— Você vai se casar amanhã. — Blake apontou para Carter enquanto segurava seu copo. — Isso exige uma comemoração.

— Do mesmo jeito que você comemorou na véspera do seu casamento?

— Não. Eu estraguei tudo. Mas tenho compensado todos os anos desde então.

Carter olhou para Neil, que virou o conteúdo do copo, a terceira dose em uma hora.

— Então é por isso que você quer um casamento por ano? — Carter apreciou a queimação que o lento deslizar do uísque vinte anos provocou em sua garganta e ouviu seu melhor amigo se vangloriar.

— Eu me caso todo ano porque fiz a Sam se casar comigo em Vegas. Ela merecia mais. Mas você está fazendo certo já da primeira vez.

Estou? Blake sabia que Carter estava se casando com Eliza pela segurança dela. Mas o fato de que isso ajudaria a campanha dele também não podia ser ignorado.

— Se você está dizendo...

— Não importa por que você vai se casar — Neil falou, lendo a mente de Carter. — O que importa é que esta é a sua última noite de solteiro. Qualquer noivo que se preze tem o direito de se embriagar antes de subir ao altar.

Carter se virou para Blake.

— Você não encheu a cara.

— Eu estava muito ocupado redigindo um contrato com o meu advogado. Você não está.

Droga. Carter nem havia pensado nisso. Não que ele se preocupasse que Eliza pudesse se casar com ele pelo que ganharia com isso. Mas, considerando seu comportamento frio na outra noite, talvez... Ele afastou o pensamento.

— Vamos, Carter. Seu copo está vazio, e temos uma noite inteira pela frente.

O rádio ecoou, abafando seu gemido. Ouvir a expressão "uma noite inteira" não o animou nem um pouco.

◦~∽◦

Eliza segurava uma caixa prateada ao lado de uma vermelha.

— Não tivemos tempo para um chá de panela e uma despedida de solteira, então estamos juntando as duas coisas. — Os olhos de Karen estavam vidrados, e Gwen já estava levemente bêbada, rindo com cada palavra.

O primeiro presente era um body minúsculo de seda branca e um robe com cinto que mal cobriria seu traseiro.

— É lindo, Karen.

— Abra a outra — ela insistiu.

A caixa vermelha era menor e fez barulho quando Eliza sacudiu.

— Devo ter medo?

— Não vai pular em você, se é isso que quer dizer. — O sorriso malicioso de Karen a deixou nervosa.

Como esperado, a segunda caixa era um escândalo.

— Algemas? Sério?

A risada de Gwen se espalhou entre elas. Era bom rir. Vivendo sob tanta tensão, Eliza não ria muito ultimamente.

— O meu é o próximo — Gwen falou enquanto empurrava os presentes para a amiga. — Acho que fui um pouco mais prática. Eu nem saberia onde comprar um brinquedinho sexual.

Samantha e Karen disseram "Melrose" ao mesmo tempo, e outro ataque de riso se seguiu.

— O primeiro presente é algo novo.

Dentro da caixa, elegantemente embrulhada, havia um par de brincos de pérola em formato de gota com pequenos diamantes pendurados em uma corrente de ouro.

— São maravilhosos. Não precisava.

— Não seja boba. Eles combinam com o seu vestido e vão realçar o seu rosto lindamente.

— Mas é muita coisa, Gwen. — Os brincos deviam ter custado uma pequena fortuna.

— Bobagem. Agora abra o próximo. Algo emprestado.

A caixa comprida era leve e enfeitada com um laço dourado. Dentro havia uma tiara com um véu preso na parte de trás.

— Eu tive uma festa de debutante quando fiz dezesseis anos, e meu pai me deu essa tiara. Espero que você use.

— São de verdade? — Eliza pegou a tiara e passou os dedos pelas pedras.

— Claro.

— Acho que nunca vi tantos diamantes em uma única joia em toda a minha vida — Karen disse.

— Eu também não. — Eliza começou a balançar a cabeça. — Deve valer uma fábula.

— Provavelmente. Causar uma boa impressão era tudo para o meu pai — Gwen falou, nostálgica.

— Vai ser uma honra usá-la.

A loira se inclinou para a frente e beijou as bochechas de Eliza.

— Ah, e aqui. — Ela pegou um pequeno envelope da caixa e tirou uma moeda de dentro. — Seis centavos para o seu sapato.

— O quê?

— Você sabe: algo velho, algo novo, algo emprestado, algo azul e seis centavos para pôr no sapato.

Eliza pegou a moeda antes de devolvê-la à caixa.

No presente seguinte, Samantha lhe deu o "algo azul". Um conjunto de espartilho, cinta-liga e calcinha azul-bebê.

— O Carter vai adorar — Gwen anunciou.

O primeiro pensamento de Eliza foi de que ela estava certa. Então percebeu que ela e Carter nunca haviam tido momentos de intimidade. Bem, se ela contasse o breve instante de insanidade na cozinha, talvez tivessem, sim. Mas não de verdade.

E quem disse que teriam na noite de núpcias? Era um casamento de conveniência. As expectativas não eram as mesmas, eram?

— Eliza?

Imaginar Carter tirando o seu vestido de noiva e descobrindo a lingerie azul-clara trouxe uma onda de calor a seus pensamentos.

— Eliza?

Ele ia gostar? Ele gostava desse tipo de coisa? Que homem não adorava esse tipo de coisa?

— Alôôôô.

— O quê? — Eliza indagou.

Karen ergueu a mão, e Zod se levantou e correu para a janela.

— Você estava longe — ela disse.

O cachorro latiu e Gwen o mandou ficar quieto.

— Desculpe. Eu estava... pensando no Carter.

— Aposto que sim.

Zod continuou a latir, e Eliza sentiu um arrepio subir pela coluna.

— *Was ist es?* — ela perguntou ao cão.

As mulheres pararam de falar e de tirar sarro do silêncio repentino de Eliza.

Ela apagou as luzes, parou ao lado das cortinas e as puxou.

— Provavelmente é um gato — disse Karen.

O cão disparou para a porta dos fundos. Eliza estremeceu. Uma memória sombria veio à tona. Ela seguiu Zod e agarrou a bolsa no caminho. O cachorro arranhou a porta, e Eliza não hesitou em abri-la.

— O que está acontecendo? — alguém atrás dela perguntou.

Ela pegou a arma e soltou a trava de segurança. A porta se abriu, e Eliza ficou parada.

— *Holt* — instruiu o cachorro.

Zod ficou em alerta e latiu para a escuridão.

— Quem está aí?

Samantha correu para o lado dela.

— O que houve?

— Não sei. Espera. — Ela acendeu a luz de fora, mas não viu nada. — Meu cachorro está saindo — gritou para os cantos escuros que a luz não alcançava.

Ninguém disse nada, mas Zod continuou a latir. Eliza esperou dois segundos e o soltou.

— *Suche!*

Zod acatou seu comando e correu para o quintal, chegou até a cerca de trás e saltou. Depois se virou e farejou o terreno vizinho.

Um barulho na cerca na lateral oposta soou, e Zod correu para lá.

— Srta. Havens? — chamou uma voz masculina, além da cerca.

— Não se mexa! — ela gritou.

— Ah, merda. — O homem parecia o segurança que Carter tinha designado para ela assim que concordaram em se casar.

— Não se mexa! — Eliza correu em direção ao cachorro. — *Stehen Sie hinunter!* — instruiu Zod a não atacar. Mas que Deus ajudasse o guarda se ele se mexesse. Zod era instruído a atacar qualquer coisa em movimento.

Quando Eliza se aproximou, Russell, o segurança, estava preso à cerca, congelado no lugar, por causa de um cão feroz rosnando e latindo, esperando seu prêmio.

Eliza agarrou a coleira de Zod e enfiou a arma no bolso.

— Você viu alguém? — perguntou ao homem.

Russell permaneceu imóvel, com os olhos pregados em Zod.

— Só o cachorro.

Ela voltou para o quintal e procurou nos cantos escuros. Quem estava lá? Quem esteve lá?

❧

— Estamos bem — Eliza explicou a Carter por telefone meia hora depois. — Provavelmente era um gato — ela disse, embora soubesse que Zod não reagiria a um animal como tinha feito.

— Não estou gostando disso.

— Tenho certeza que exagerei. Nós bebemos um pouco. Estou bem, de verdade.

— Ainda não estou gostando. Você devia ficar comigo esta noite.

— Na véspera do nosso casamento?

— Claro. Por que não?

— Dá azar. — Senhor, até ela sabia que ver o noivo na manhã do casamento trazia má sorte.

— Isso é ridículo.

— É, mas é assim que a minha mente funciona às vezes. Estou bem. Se tinha alguém no quintal, o Zod o assustou. Tenho certeza que hoje não vão mais voltar. O Russell também não viu ninguém — ela acrescentou, como munição extra para seu argumento.

— Ainda assim...

— Estou bem, Carter. Juro.

— Se acontecer alguma coisa com você...

— Não vai acontecer nada. Mas é fofo que você se importe.

— Vamos nos casar amanhã. É claro que eu me importo.

Ele se importava? Ele realmente se importava?

— Estou nervosa — ela admitiu.

— Por causa de amanhã?

— Sim.

— Eu também, um pouco.

Nervoso como?

— Você ainda quer isso? Porque se quiser mudar...

— Não! Estou animado, nervoso e tudo o mais que um noivo costuma sentir antes de casar. Mas em dúvida, não.

Eliza sorriu para o telefone e o aproximou ainda mais da orelha.

— Eu também — ela suspirou.

— Então estamos combinados?

Ela assentiu com a cabeça.

— Sim. Estamos combinados.

— Ótimo — ele disse. — Agora me deixe ir até aí te buscar.

— Não vai rolar, Carter. Eu e a Gwen estamos bem. Meu palpite é que o Neil vai mandar mais dois guardas para ficarem de plantão antes da meia-noite.

— Três.

Eliza riu.

— Viu? Estamos bem.

— Ahh.

— Aproveite a sua última noite de solteiro.

— Prefiro pular para amanhã.

— Se puder fazer isso, com certeza a Califórnia vai te eleger.

Carter riu.

— Até amanhã — disse.

— Eu vou ser a do vestido branco.

— Estou ansioso por isso.

Eliza segurou o telefone por um bom tempo depois que ele desligou.

19

COMO É QUE SAMANTHA CONSEGUIA fazer isso todo ano? Eliza se sentou ereta em uma cadeira enquanto Gwen a penteava e Tracy, a maquiadora, aplicava rímel em seus cílios.

— Você tem olhos muito expressivos — Tracy falou.

— É mesmo? O que eles estão expressando?

— Nervosismo, muito nervosismo.

Eliza não podia negar. Se não fosse pelo esmalte recém-aplicado, estaria roendo as unhas descontroladamente.

Samantha entrou no quarto usando um midi incrível, com a saia evasê. O vestido era perfeito para um casamento de dia ao ar livre. Sempre prática, Eliza insistira que os vestidos fossem de um modelo que as madrinhas pudessem usar novamente. A cor era um misto de vinho e borgonha, e gritava elegância discreta. Gwen e Sam decidiram por cabelos presos e um pingente de diamante simples no colar. As duas estavam deslumbrantes. Eliza não pôde deixar de sorrir.

— Você vai ficar feliz de saber que o Carter está aqui, já circulando no salão lá embaixo.

— Ele está tão nervoso quanto a nossa noiva? — Gwen perguntou.

Eliza encontrou o olhar de Samantha no espelho enquanto Tracy aplicava mais uma camada de sombra em seus olhos.

— Ele parecia bem. Perguntou sobre a Eliza.

— Quer ter certeza de que eu vim.

— Acho que ele não duvidou disso.

Houve uma batida na porta no momento em que Tracy se afastou.

— Pronto.

Samantha deixou a mãe de Carter entrar.

— Espero que não se importe — Abigail disse enquanto fechavam a porta.

— Não seja boba. — Eliza queria se levantar para cumprimentá-la, mas Gwen estava colocando a tiara e prendendo o véu na parte de trás.

— Vim dizer que está tudo pronto. Até o chato do meu irmão conseguiu chegar a tempo.

— E os seus pais?

— Estão aqui também. Por favor, não se preocupe com eles. A última coisa que gostam é de cena. Sei que casamentos podem reavivar dramas familiares, mas a minha família ficaria horrorizada de sair nos jornais por mau comportamento em público. Agora, em particular, esse pode não ser o caso.

— Entendo, sra. Billings. Meu pai odiava a imprensa e evitava escândalos a todo custo — Gwen falou, prendendo o último grampo da tiara de diamantes na cabeça de Eliza. — Simplesmente linda.

A noiva olhou para seu reflexo no espelho. O vestido era cruzado na frente, decotado o suficiente para mostrar um pouco do vão entre os seios. O estilo era semelhante ao de Gwen e Samantha, só que era longo, com uma ligeira cauda. Seus braços nus bronzeados tinham um brilho saudável, contrastando lindamente com a seda branca. Sua mãe teria adorado. O pai teria chorado. Só de pensar neles, de lembrar deles, lágrimas se formaram em seus olhos.

— Ah, não se atreva! — Tracy a repreendeu. — Você só pode chorar depois das fotos.

Gwen riu, e Samantha se posicionou ao lado de Eliza.

— Você vai deixar o Carter sem fôlego.

— Meu filho é um homem de sorte.

Eliza se escondeu atrás do sorriso. Abigail não precisava saber que era um casamento de conveniência.

— Obrigada.

— Tenho algo para você. — Abigail colocou a mão na bolsa e pegou uma caixinha. — Entra nas categorias antigo e azul. A Samantha me disse que você já tinha algo novo e emprestado.

Dentro da caixa havia uma pulseira de água-marinha e diamantes, dispostos lado a lado sobre a platina.

— É maravilhosa.

— Quando o Cash e eu nos casamos, conseguimos enfurecer quase todos na minha família, exceto a minha avó. Ela me deu isso para usar no dia do casamento e pediu que eu a entregasse para minha filha ou nora quando ela se casasse. — Abigail tirou a pulseira da caixa e a prendeu no pulso de Eliza.

Mais uma vez, a culpa em relação às circunstâncias do casamento a atormentou, mas ela aceitou a joia e abraçou a mãe de Carter.

— Obrigada.

Uma batida soou na porta.

— Senhoras? Vocês estão prontas? — Blake perguntou.

— Estamos indo — Sam respondeu.

Abigail se virou para sair.

— Te vejo depois da cerimônia.

Gwen arrumou a parte de trás do vestido de Eliza, deixando-o com um caimento perfeito, e Samantha lhe entregou o buquê de flores.

É agora.

— Pronta? — Sam perguntou.

— É melhor eu estar.

Elas abriram a porta e deram de cara com Dean, parado no corredor. Ele ficou boquiaberto quando olhou para Eliza. Pareceu adequado lhe pedir que a conduzisse até o altar. Eliza sempre se sentira mais próxima dele que de qualquer um designado para o seu caso, e ele não podia negar o pedido. Além disso, ela havia dito a ele que, se fotos dos dois chegassem nas mãos do inimigo, este veria que ela estava cercada de proteção. Do homem que a conduziria ao altar ao que a aceitaria como esposa.

— Uau — ele disse.

— Você está ótimo. — Eliza tentou aliviar o crescente nervosismo e notou que havia uma lágrima nos olhos de Dean.

No salão, a música começou a tocar, e Gwen se adiantou para tomar seu lugar.

Dean ofereceu o braço a Eliza e sussurrou em seu ouvido:

— Sinto que preciso te dar algum tipo de conselho.

— Não precisa.

— Ótimo. Eu sou bom em casar, mas péssimo em me *manter* casado.

Eliza riu e se virou para olhá-lo. Ele estava completamente sério e um tanto ofendido por vê-la rir. Ela se inclinou e beijou sua bochecha.

— Obrigada.

— Por quê?

— Por se importar.

Ele deu uma piscadinha.

— Vamos lá. Já passou da hora de te entregar para outra pessoa.

Eliza continuou rindo enquanto desciam as escadas.

<hr />

Todos os olhares estavam em sua noiva, o que satisfazia Carter perfeitamente. Quando ela apareceu sob o sol e olhou para o caminho gramado que levava até ele, seus olhares se encontraram, e o nervosismo dele desvaneceu com a brisa. Ele sabia que pareceria meloso demais se contasse seus pensamentos a alguém nesse momento, mas não se importava.

Eliza era a imagem da perfeição. O sonho de qualquer homem. E estava prestes a ser dele.

Ela sorria por causa de algo que Dean havia dito, e o riso em seus olhos a fez brilhar ainda mais.

Quando chegaram diante do altar, Dean entregou Eliza a Carter.

— Cuide bem dela — ele disse.

— Pode deixar.

Carter pegou a mão de Eliza e se virou para o pastor, que discursou sobre o amor, o presente e o futuro, encorajando os dois a terem consideração um com o outro durante toda a vida. Em seguida se dirigiu aos convidados e perguntou se havia alguém contrário àquela união.

Por um momento, Carter prendeu a respiração. Que ninguém se atrevesse a dar um pio.

Silêncio.

Ele olhou para sua noiva, notou o leve sorriso em seus lábios e soube que ela estava pensando a mesma coisa.

Quando o pastor se dirigiu a Carter e perguntou se ele defenderia, zelaria e sempre manteria sagrada a união dos dois, ele anuiu e sentiu aquele compromisso fundo dentro de si.

Talvez pela expressão estampada no rosto dela, quando foi a vez de Eliza se comprometer com ele para sempre, Carter acreditou na declaração.

O pastor pediu as alianças, e Carter se virou para Blake. Seu melhor amigo estendeu o anel que ele havia escolhido para Eliza usar. Era a primeira vez que ela o via.

Quando ele se virou, o olhar dela vagou do seu rosto para a mão. Eliza empalideceu e, por um momento, ele achou que ela fosse desmaiar. Perplexa, ela olhou rapidamente para ele. Os olhos dela se encheram de lágrimas, e um sorriso brilhante surgiu por trás da máscara de nervosismo.

— Com este anel, eu a recebo como esposa.

Em seguida foi a vez de Carter receber o anel, uma aliança simples com a borda chanfrada e acabamento escovado. Finalmente, o pastor os declarou marido e mulher.

Os dois suspiraram ao mesmo tempo, provocando uma leve risada dos convidados.

Por um breve momento, eram apenas os dois. Sem pastor, sem público, sem o cenário do mar ao fundo. Sem nada nem ninguém. Carter se aproximou, a envolveu pela cintura e a beijou. Não se importou que os flashes registrassem o momento, nem que seus pais tão queridos estivessem ali, assistindo. Aquele momento era só deles. Então ele soube que se casar com Eliza significava mais do que protegê-la de seu passado.

Era algo mais profundo.

Era duradouro.

Quando encerraram o beijo, Carter a segurou para que ela não caísse. Os dois fizeram uma pose para o fotógrafo quando o pastor os chamou de sr. e sra. Billings.

Eliza apertou a mão de Carter, e ele a conduziu pelo caminho central.

◦∾⌇∾◦

Segundo a dica que ele recebera, o horário de recreação da noite confirmaria ou negaria o que haviam dito. Era impossível negar ao futuro governador do estado um tempo nos canais locais de TV. Especialmente quando ele estava se casando.

A imprensa só falaria dessa merda.

Ele olhou ao redor da sala cheia de prisioneiros de uniforme azul e soube que muitos deles esperavam que o próximo governador lhes concedesse um indulto.

Ele não tinha essa esperança.

E, se a dica estivesse correta, não haveria mais dúvida do que ele precisava fazer.

Era a única maneira de resolver o que a sua existência miserável havia se tornado.

Mesmo assim, isso não o deixaria inteiro.

Mas era alguma coisa.

Era alguma coisa.

❧❀❧

— Senador Hammond, o prazer é meu. — Eliza torceu para que Carter estivesse por perto, mas ele estava do outro lado do salão, conversando com Blake e um de seus amigos influentes.

Ela estendeu a mão, e o tio de Carter se inclinou para beijar sua bochecha.

— Parabéns.

— Obrigada. — O que mais ela poderia dizer? Eliza olhou para o marido, esperando que ele sentisse o peso de seu olhar e viesse em seu socorro.

— Espero que esteja preparada para ser a esposa de um político, Eliza. Devo dizer que a tensão é desgastante.

Onde estão meus poderes sobrenaturais quando preciso deles? Vamos, Carter. Olhe para cá.

— Tenho certeza de que não é tão ruim assim.

Hammond riu, embora seu sorriso parecesse forçado e tenso.

— Como é que eu só ouvi a seu respeito no mês passado, com aquele incidente infeliz em um bar do Texas?

Carter!

— Discrição é a chave, não é?

Hammond hesitou.

— Suponho que sim.

Suas palavras ficaram no ar, como se fossem uma espessa nuvem de fumaça.

— Max, foi muito gentil da sua parte ter vindo, apesar do pouco tempo.

Eliza nunca sentira vontade de beijar outra mulher, mas agora sentia. Abigail entrou na conversa e a dominou em segundos.

— Parece que o seu filho seguiu seus passos, Abby. Casamento às pressas com alguém que a família mal conhece — ele sussurrou para que mais ninguém ouvisse.

— Os melhores casais, eu diria. Falando nisso, onde está a Sally?

Maxwell olhou feio para a irmã, com ódio pouco velado.

Meu Deus, como Abigail aguentava isso?

— Está ajudando a nossa mãe. Talvez você possa dar uma mão.

A mulher sorriu e apertou o braço de Eliza.

— Ótima ideia. Venha, Eliza, vou te apresentar a matriarca do nosso clã.

Elas deixaram Max sozinho, segurando a bebida.

— Caramba! — Eliza exclamou quando escaparam da presença dele. — Ele é sempre tão intenso?

— Sim. Infelizmente. Ele não disse nada muito desagradável, não é?

— Não. Mas acho que não gostou de mim.

Abigail apoiou um braço ao redor dos seus ombros.

— Que bom. Eu teria me preocupado se ele gostasse.

⌾⌾⌾

— Você vai me dizer por que tem um monte de tiras aqui?

Carter olhou para o pai e pensou em mentir. Em vez disso, deixou a resposta no ar.

— O que você quer dizer?

— Então é assim que você quer jogar? Tudo bem... — Ele se virou para os convidados e acenou com a cabeça na direção de um deles. — O Dean é policial, mas não é da família da Eliza. Meu palpite é que o homem com quem ele está falando é o parceiro dele. Eles conversaram com outras quatro pessoas que não são convidados da festa. Claro, tem o Neil, mas sabemos que ele é um fuzileiro naval aposentado. Ele ainda trabalha para o Blake, certo?

Carter engoliu a bebida.

— Tecnicamente, sim.

— Há um novato, um cão policial com o manobrista, e esses são só os que eu vi. Então vou perguntar de novo. Por que todos esses tiras?

Carter hesitou.

— É complicado, pai. Este não é o momento nem o lugar.

Cash baixou a voz:

— Você está em... Houve alguma ameaça?

Do outro lado do salão, Eliza riu ao lado de um dos convidados.

— Estou bem.

O pai seguiu seu olhar.

— Estou aqui se você precisar de ajuda.

Pela primeira vez em algum tempo, Carter lembrou como o pai era eficaz como policial. Talvez fosse a hora de investigar sozinho. Por mais que Dean e Jim estivessem ali para ajudar, eles não eram livres para contar os detalhes que tinham colocado Eliza na situação atual.

Carter acenou para Neil e perguntou se ele tinha uma caneta. Em seguida, escreveu o nome de Ricardo Sánchez em um guardanapo e o entregou ao pai.

— Ele está em San Quentin — sussurrou no ouvido dele. — Procure até dez anos atrás.

Cash apertou a mão do filho.

— Já te disse como estou orgulhoso de você?

Carter deu um tapinha nas costas do pai.

— Faz pelo menos uma hora.

Um profissional tirou fotos durante toda a cerimônia. No longo brinde de Blake, Carter estava ao lado de Eliza, com uma mão possessiva ao redor de sua cintura.

Quando cortaram o bolo, ele colocou um pouquinho de glacê na ponta do nariz dela e evitou que ela sujasse o queixo dele pegando sua mão e lambendo seu dedo. Por um momento, Carter captou os olhos de Eliza e viu uma faísca de desejo inundá-los.

Eles não haviam conversado sobre a noite de núpcias ou sobre o que esperavam dela. Carter decidira deixar que ela definisse o rumo das coisas. À menor sugestão de desejo, ele consumaria a união e se entregaria à química que crescia entre eles havia anos. A ideia de tirar aquele vestido de noiva para ver o que ela usava por baixo esquentou suas faces e fez seu sangue ferver.

Ele terminou de comer o bolo enquanto ela o observava. Sabendo que ela não se afastaria, ele inclinou a cabeça e a beijou. Eliza era mais doce que o bolo e estava ofegante quando terminaram o beijo.

Eles ficariam na festa por mais uma hora, no máximo. Então ele ficaria a sós com ela e poderia avaliar seus desejos. E mal podia esperar por isso.

20

A CAMINHO DO AEROPORTO, ARRANCANDO minúsculos grãos de arroz dos cabelos na parte de trás da limusine, Eliza respirou fundo pelo que parecia ser a primeira vez naquele dia.

— Uau, foi uma loucura.

Carter se inclinou para a frente e a ajudou a soltar os pequenos grãos.

— Uma loucura boa?

Suas bochechas estavam doendo de tanto sorrir.

— Sim, uma loucura boa.

Ele assentiu e jogou o arroz no chão.

— Já te disse que você está linda?

— Sim, disse.

— Bem, está mesmo. — Ele riu.

O carro pegou a estrada, deixando os convidados na festa.

Eliza tirou os grãos dos ombros.

— Você está perdendo tempo longe de Hollywood, Carter. Aposto que você nem alugou esse smoking.

— Isso é um elogio?

— Sim, é. — Ela apoiou a mão no ombro dele e a deslizou até o pescoço.

— Vai dizer "sim" a noite toda? — Ele colocou a mão na coxa da esposa e ergueu a sobrancelha, em expectativa.

— Talvez — ela disse, tentando parecer casual.

Os olhos dele se estreitaram com o riso.

— Agora ela diz "talvez".

Mesmo que o casamento fosse de conveniência, não havia razão para não se divertir. Se havia uma lição que a união de Samantha e Blake ensinara, era que negar a atração física não trazia resultados quando o homem que se desejava era o seu marido. Ela encostou os lábios nos dele e sentiu sua surpresa. Ele a puxou e aprofundou o beijo. Acariciou seu braço nu enquanto movia os lábios até sua orelha.

— Tem certeza? — ele perguntou.

Eliza olhou para o vidro que os separava do motorista.

— Somos adultos, gostamos um do outro, e o bônus é que estamos casados.

Carter se recostou e segurou o rosto dela entre as mãos.

— Eu nunca presumi...

— Eu sei. O que torna isso ainda melhor.

Ele a beijou novamente, dessa vez com mais fervor, mais desejo. Eliza sentiu o corpo todo esquentar. Deslizou a mão por baixo do paletó dele e encontrou a ondulação rígida do músculo debaixo da camisa.

Carter se afastou novamente.

— Precisamos começar a conversar, ou eu vou nos fazer passar vergonha — ele disse.

Ela secou a umidade dos lábios e colocou um pouco de distância entre eles. Carter olhou pela janela, para o carro que os seguia.

— Quanto tempo de voo nós temos?

— Muito tempo.

Os guarda-costas estariam no avião com eles, o que significava que não estariam sozinhos até chegarem ao hotel, em Kauai. O motorista os conduziu através do aeroporto até a pista e parou quando chegaram ao jatinho de Blake e Samantha.

Para a grande surpresa de Eliza, havia meia dúzia de paparazzi tirando fotos deles enquanto entravam no avião.

— Parece que a notícia sobre o nosso casamento se espalhou.

Russell e Joe os acompanharam enquanto eles subiam os degraus. Eliza se virou no topo da escada e acenou para os fotógrafos. Carter balançou a cabeça, e seus olhos se enrugaram com o riso.

Quando entraram, ela pediu a Carter para ajudá-la com o zíper do vestido. Ele gemeu enquanto o abria. Ambos olharam a cama do avião e sorriram um para o outro. Eliza tinha certeza de onde estavam os pensamentos dele.

— Acho que não, Hollywood. Dois guarda-costas, um piloto e um copiloto são audiência demais para mim.

— Tem uma porta.

— Muito fina. E se pegarmos turbulência?

— Kauai está a cinco horas de distância — ele rebateu.

Eliza segurou o vestido com uma das mãos e colocou a outra no peito dele.

— Há quanto tempo você me conhece?

— Mais de dois anos.

Ela o empurrou para fora do quarto.

— Cinco horas a mais não vão te matar. — E fechou a porta atrás dele, para colocar um vestido mais prático.

<hr />

Carter sentiu uma impiedosa vontade de bater a cabeça contra o assento. Eliza olhou para a porta do quarto mais de uma vez. Os guarda-costas estavam em outra área do avião e nem notariam se eles fossem para a cama. No momento em que Carter abriu a boca para sugerir que "descansassem", o capitão mandou apertarem os cintos, pois haveria um pouco de turbulência.

Isso havia acontecido duas horas atrás. Fora uma ida ao banheiro e outra ao minibar para se servirem de mais espumante, eles ficaram colados em seus lugares.

— Percebi uma coisa — Eliza disse enquanto bebia o champanhe. — Eu nunca estive na sua casa. Nem arrumei as minhas coisas. E o que a Gwen vai fazer?

— Eu não me preocuparia com a Gwen. Acho que ela está gostando da vida nova. E tenho certeza de que o Neil vai colocar uma equipe de segurança para vigiá-la.

Eliza não tinha pensado nisso.

— A Gwen vai adorar a atenção dele.

— O que você quer dizer com isso?

— Só isso... Ela vai adorar a atenção do Neil. Acho que ela tem uma queda por ele.

Carter se virou.

— Pelo Neil? Tem certeza?

— Ela não disse isso abertamente. Mas fica com aquele olhar abobalhado sempre que fala dele. Não se atreva a contar para ele.

Carter riu.

— Eu saí do colegial já faz algum tempo. Admito que não imaginei algo assim acontecendo.

— Não tem nada acontecendo. — Eliza fez uma pausa. — Quer dizer, não acho que a Gwen tenha tomado alguma atitude.

Carter piscou.

— Algo me diz que ela não vai tomar. E não consigo imaginar o Neil iniciando um relacionamento com a irmã do Blake.

— Por ele trabalhar para o Blake?

— É mais complicado que isso. Se existir realmente uma atração entre os dois, tenho certeza de que o Neil vai ter um cuidado especial para garantir a segurança da Gwen. Por isso, não se preocupe com ela. Quanto à sua mudança, posso mandar uma mensagem para o Jay quando aterrissarmos e pedir que ele contrate uma empresa para fazer o serviço, se você quiser. Suas coisas podem estar na minha casa antes de a gente voltar.

— Prefiro fazer isso eu mesma. Além disso, posso contar com algumas pessoas para me ajudar. — Ela olhou para a frente e viu que os guarda-costas jogavam cartas. — Por quanto tempo você acha que vamos precisar mantê-los por perto?

— Sinceramente, não sei.

Eliza também não sabia. E, quando eles pudessem ser dispensados, isso significaria que seu casamento com Carter também terminaria? Droga, ela não estava casada nem há um dia inteiro e já estava se perguntando quanto tempo duraria a união.

A aeronave baixou alguns metros quando atingiu uma massa de ar instável, e Eliza agarrou os apoios de braço. Carter cobriu sua mão com a dele.

— Aviões menores têm mais dificuldade para amenizar os solavancos.

— Sr. e sra. Billings, ficaremos no ar um pouco mais. O clima no Havaí não está ideal para a aterrissagem. Vamos aguardar melhores condições para descer.

Eliza engoliu em seco.

— Você voava muito quando criança? — perguntou para se distrair do voo desagradável.

— Só nos feriados, quando meus pais não podiam evitar a reunião dos Hammond. E você?

— Não muito. Não me lembro de nenhum voo com os meus pais. Depois houve alguns. Mas nada como este aqui.

— A turbulência ou o jatinho particular?

— Os dois.

— Para quem voa tanto quanto o Blake, faz sentido ter o próprio jatinho.

Eles entraram em outro bolsão de ar, e a taça de vinho de Eliza caiu. Carter a afastou, para evitar que molhasse o vestido dela.

— Você voa o tempo todo.

Ele assentiu.

— Sim. É por isso que eu conversei com o Blake sobre uma sociedade.

O avião balançou, mas em seguida se estabilizou.

Eliza engoliu em seco.

— Você quer ter o seu próprio avião? Não é caro?

— Não se você voa com frequência.

— Por favor...

— Tudo bem, é caro. Mas, quando eu viajo, levo outras pessoas comigo. Preciso de agilidade, e não tenho tempo para a burocracia dos voos domésticos. Além disso, já peguei carona por tempo suficiente com o Blake. É hora de colocar um pouco das minhas reservas em jogo.

— Reservas? — Eliza não achou que ele estava falando de uma simples conta-poupança ou de um plano de previdência privada. — As minhas estão em uma lata de pó de café em casa. Precisaria de muitas latas para comprar um jatinho particular.

O avião sacolejou mais algumas vezes no ar.

— A vida é uma só. Eu tenho dinheiro e poderia muito bem usá-lo.

O que isso significa?

Eliza olhou para o diamante que ele colocara em seu dedo. Era tão grande como o de uma Kardashian, a ponto de ela se perguntar se era verdadeiro. Depois de ouvir Carter, achou melhor não perguntar. Ela precisava lhe agradecer pelo presente, mas agora não parecia o momento certo.

A aeronave começou a descer, e seus ouvidos estalaram com a mudança de pressão. Eliza soltou um suspiro de alívio quando aterrissaram. Não que ela achasse que fossem cair, mas o voo havia abalado seus nervos.

A chuva os atingiu quando saíram do avião. O aeroporto estava inundado, e o carro que deveria buscá-los estava atrasado.

Ainda estava claro lá fora, o que, de alguma forma, tornava tudo um pouco melhor, mas ainda assim o voo tinha sido longo, e eles estavam com duas horas de atraso agora. Embora não tivessem hora para chegar, o dia tinha sido cansativo, e uma cama macia em um resort cinco estrelas seria divino.

— Parece que uma estrada inundou, mas os moradores da região acham que tudo vai estar resolvido em uma hora.

— Achei que o Havaí era sempre ensolarado. Como a Califórnia. — A umidade atingiu a pele de Eliza, e ela soube que sua suposição era somente isso.

— Chove muito aqui nesta época do ano. Mas não dura muito tempo.

Não durou, porém os moradores tiveram dificuldade para desinterditar a estrada, e demorou quase duas horas para eles chegarem até o hotel.

Com um colar de flores no pescoço, Eliza atravessou o saguão, exausta. A decoração de vime do saguão ao ar livre teria que esperar para ser apreciada. Naquele momento, ela só queria um banho quente e uma cama.

No quarto, uma cesta de frutas, queijos e vinho esperava por eles. Era um presente dos pais de Carter.

— Gostei dos seus pais.

— Eles também gostaram de você. Por que não toma banho primeiro? — Carter sugeriu.

Já passava da meia-noite em seu relógio biológico quando Eliza deslizou sob a água quente e pulsante. *Que dia*. Em vários momentos ela pensou em seus pais, no sorriso deles. Ainda que não estivessem lá em corpo, com certeza ela os sentiu em espírito.

Mesmo com o adiantado da hora, ela vestiu a lingerie especial para aquela noite — o espartilho e a calcinha de seda azul-bebê, mas deixou a cinta-liga de lado. Esperava que Carter tomasse um banho rápido, ou corria o risco de adormecer em cima dele.

Eliza tirou a maquiagem, mas aplicou um pouco de brilho labial. Mordiscou a unha antes de perceber o que estava fazendo.

— É o Carter, Lisa. Está tudo sob controle. Não precisa ficar nervosa — sussurrou para si mesma. Depois de passar uma escova no cabelo, sorriu para seu reflexo antes de sair do banheiro. — O chuveiro é todo... — Suas palavras morreram nos lábios.

Carter havia tirado o paletó, a gravata e os sapatos e se deitara na cama para esperar por ela. Suas feições se suavizaram com o sono, e a respiração lenta e constante a encheu de prazer. Ele estava profundamente adormecido.

167

Sem acordá-lo, ela pegou um cobertor no armário e o cobriu. Tirou o robe de seda e deslizou entre os lençóis frios e macios.

Ele não moveu um músculo.

Ela virou de lado e o observou dormir.

~∽∾~

A luz do sol inundou seus olhos, incitando seu cérebro a funcionar.

Algo fez cócegas no seu nariz e ela balançou a cabeça para afastar. O cheiro almiscarado misturado ao de sabonete a alcançou.

Carter.

Antes de abrir os olhos, Eliza percebeu duas coisas. Primeiro, ela estava abraçada ao marido, que, em algum momento durante a noite, tinha conseguido tirar as roupas e entrar debaixo dos lençóis com ela. Segundo, ele não estava dormindo.

Embalada na curva do seu braço, ela ouviu o som dos seus batimentos cardíacos. Uma das pernas dela repousava sobre a coxa dele, como se tivesse o direito de estar lá.

Carter acariciava suavemente sua coxa e suas costas.

Como ela conseguira ficar tão enroscada nele? Dormir abraçado não era algo que ela normalmente fazia.

Mas, com Carter, não parecia haver "normal".

Muito devagar, ela começou a se afastar.

Carter deu sinais de que não queria. Pressionou sua coxa com firmeza e a manteve no lugar.

Eliza abriu os olhos e viu seu peito nu pela primeira vez. Bem, ela já tinha visto na piscina da casa de Sam, mas agora era completamente diferente. Depois de tirar um breve momento para admirar a forma esculpida daquele ângulo, ela fechou os olhos e suspirou.

Isso era algo com que ela poderia se acostumar.

Abriu os olhos novamente e reposicionou a bochecha no peito dele.

— Você não vai a lugar algum — ele disse, com tom de riso na voz. — Eu trabalhei muito até ter coragem de te tocar aqui. — Intensificou o aperto em sua coxa para indicar o que queria dizer. — Só não subi mais para não te acordar.

Suas palavras esquentaram a pele de Eliza. Ela imaginou o conflito de Carter enquanto ela dormia. Engraçado, ela não pensava nele como uma pessoa insegura. Mas, aparentemente, quando se tratava de seduzi-la, havia um pouco de dúvida.

— Não fui eu que caí no sono ontem à noite.

Ele gemeu e estalou a língua. Enquanto falava, cumpriu a ameaça e subiu a mão pela coxa dela lentamente.

— Culpado. Me desculpe por isso.

— Nós dois estávamos exaustos.

Ela estendeu a mão sobre o peito dele. Seu novo anel brilhou com a luz que entrava pela janela.

— Eu acordei por volta das três e me aconcheguei a você. Espero que não se importe.

Os dedos dele dançavam sobre a curva do quadril dela, se contorcendo por debaixo da calcinha de seda, e ela estremeceu com a expectativa.

— Não me importo.

Carter virou de lado, e Eliza admirou seus olhos.

— Bom dia — ele sussurrou.

Em seguida capturou seus lábios no mais suave dos beijos. Uma exploração lenta e gentil. Ela podia sentir o gosto de hortelã, o que a fez se sentir mal por não ter o mesmo gosto fresco para lhe oferecer.

O ritmo lento que ele definiu com o beijo provou que ele não se importava. Carter abriu a boca da esposa com pequenas mordidas até tocar a língua na dela. Eliza não percebeu que estava rígida debaixo dele até que todos os seus músculos relaxassem. Carter a pressionou contra os lençóis macios de algodão e passou a mão livre pela cintura dela.

Ele beijava como um profissional. Não deixou nada intocado, e só se afastou para respirar. Quando o fez, ela passou os dedos pelo peito dele e se perguntou quando ele encontrava tempo para malhar. Ou os músculos definidos eram parte de sua genética? Ela havia pensado em tocá-lo mais vezes do que admitiria. Mas pensar nisso nem se comparava a apreciar a sensação da sua pele quente sob os dedos.

Ele acariciou a lateral do seu seio, fazendo a pele dela se eriçar.

— Você é realmente bom nisso — ela disse enquanto se movia para beijar a lateral do seu pescoço.

— Em beijar? — Ele brincou com a orelha dela.

— Em me fazer sentir como a única mulher no mundo.

A mão dele deixou seu seio e se moveu para a bochecha. Ele se afastou um pouco, e ela abriu os olhos. Deu com ele a encarando, com seus olhos azul-escuros.

— Você é a única mulher no meu mundo, Eliza.

Quem poderia imaginar que os pensamentos de Carter fossem tão profundos? A compaixão que ela encontrou no fundo de seus olhos a fez admitir algo que nunca tinha revelado antes.

— É Lisa. Meu nome antes... era Lisa.

As mãos dele hesitaram na viagem exploratória sobre seu corpo, e ele baixou a voz para quase um sussurro.

— Você já contou isso a alguém?

— Não — ela murmurou. — Nunca quis contar, até agora.

O sorriso no rosto de Carter chegou aos olhos, e ele a abraçou mais apertado.

— Enquanto estivermos aqui, vou usar seu nome verdadeiro.

Lágrimas se formaram nos olhos dela, o que era bobagem. Seu coração não estava triste, mas alegre por poder confiar em alguém.

— Eu adoraria.

Ela deslizou a coxa entre as dele e se moveu mais profundamente em seu abraço. Então procurou seus lábios e mergulhou em seu gosto. A rígida excitação de Carter pressionou sua barriga. Ele dormia nu. Ela registrou a informação e ficou molhada com o toque lento e excitante.

Os beijos lânguidos se revelaram enlouquecedores quando sua pele aqueceu e o corpo começou a ficar sensível. Carter não parecia sentir a mesma urgência que ela e, ainda assim, ele devorava sua boca, seu pescoço.

Eliza encontrou um ponto sensível no quadril dele e enfiou as unhas nos músculos firmes, se maravilhando com aquela perfeição. Ela gostava de todos os pontos que tocava, queria mais. Logo, a fricção da perna dele pulsando entre as dela não era mais suficiente. Ela seguiu pelo quadril e passou a ponta do dedo sobre a ereção dele.

Carter gemeu e moveu os lábios para a pele abaixo da clavícula dela. Seus seios estavam sensíveis, desejando o toque dele. Com um empurrão suave, ela o guiou até onde o queria. Lentamente, ele afastou a renda do espartilho e girou a língua ao redor do mamilo eriçado. E a lambeu como se ela fosse um doce apetitoso, sem a menor intenção de largá-lo.

De repente, a lingerie se tornou um incômodo, e a urgência de senti-lo pele com pele dominou Eliza. Ela parou de provocar o membro dele e puxou a alça do espartilho. Ele entendeu a dica e a despiu.

Carter se afogueou enquanto seu olhar percorria o corpo de Eliza, quase nu.

— Eu malho — ela brincou.

— Estou vendo. Eu sempre soube que você seria espetacular.

Ela se contorceu debaixo dele, o tempo todo ciente de seu pau duro e de como estavam próximos de ter muito prazer.

— Você pensava em mim?

— O tempo todo. — Ele beijou seu mamilo novamente, e a única peça de roupa que restava ficou úmida.

— Mesmo quando discutíamos?

Ele se moveu para baixo, saboreando sua barriga.

— Especialmente quando discutíamos. Você é muito fogosa. Eu sempre quis uma amostra disso. — E passou um dedo por baixo da calcinha.

Ela ofegou quando ele encontrou seu ponto mais úmido e excitado.

— Você está me matando — ele disse.

Ela riu e ergueu os quadris para ajudá-lo a tirar a peça. Ele observou enquanto ela rebolava.

— Morte por sexo. Não sei se isso acontece na vida real. Na ficção, talvez.

Ele encontrou o centro dela novamente, como tinha feito semanas antes, em sua cozinha.

— Eu quero te provar. Você inteira. Mas acho que não consigo aguentar muito mais tempo — ele falou.

A espera também estava matando Eliza.

— Então não demore, Hollywood. — Ela abriu mais as coxas, atraindo-o.

Carter alcançou a mesinha ao lado da cama. Pegou o preservativo, que devia ter colocado lá na noite anterior.

— Estou tomando anticoncepcional — ela falou.

Ele hesitou com o pacote.

— Está sugerindo que a gente não use isso?

Estou? Ela era uma mulher do século vinte e um; nunca tinha transado sem preservativo. O risco não valia o prazer.

— Eu... eu não... eu nunca fiz sem — ela disse. — Mas se a gente quiser... — *O que estou dizendo?* — Se a gente não usar, vamos estar seguros do mesmo jeito. Nunca conversamos sobre essas coisas.

Ele segurou o preservativo, se inclinou e a beijou novamente.

— Não tenho nenhuma doença — sussurrou entre beijos. O momento desconfortável desapareceu como pó.

Ele parou de beijá-la por tempo suficiente para que ela abrisse os olhos.

— Faça amor comigo sem barreiras, Lisa.

Ouvir seu nome nos lábios dele pela primeira vez a fez sentir vontade de chorar.

— Eu adoraria.

Um enorme sorriso se estendeu nos lábios dele. Ele jogou a camisinha no chão e se moveu entre suas pernas.

Então a olhou nos olhos enquanto a penetrava lentamente. Fazia um tempo considerável que Eliza não ia para a cama com ninguém, mas Carter pediu que ela relaxasse e o deixasse assumir o controle. Ele revirou os olhos de prazer e encostou a testa na dela.

— Que delícia — sussurrou.

E foi mesmo. O calor, a ternura do toque dele. A confiança que ela sentia no homem que estava fazendo amor com ela. Eliza entregara seu corpo a outros homens antes dele, mas nunca sem proteção, nem com seu nome verdadeiro. Ele era o marido dela e, de alguma forma, isso parecia mais um ato de amor do que apenas sexo.

A palavra atingiu sua mente, mas ela a afastou. O amor deixava as pessoas vulneráveis, e Lisa odiava se sentir assim.

Com uma inclinação do quadril, Carter a penetrou mais fundo, soltando pequenos suspiros. O encaixe foi perfeito. Ela já estava se contraindo, querendo mais.

Eliza nunca tinha imaginado que Carter fosse tão intenso ao fazer amor. Ela havia fantasiado sobre ele na cama mais de uma vez, mas nunca pensou que desejaria assumir o controle e, ao mesmo tempo, esperar para ver o que ele faria em seguida.

— Carter?

Ele pressionou os quadris contra os dela e se afastou lentamente.

— Estou me sentindo um adolescente de novo. Em um instante quero te devorar lentamente, e no outro quero te deixar louca.

Ela envolveu as pernas ao redor dele e sorriu.

— Você já me devorou. Agora é hora de me deixar louca.

— Que bom. Se segura.

Por um minuto, Eliza pensou que ele estava brincando, mas então ele começou a se mover. Ficou cada vez mais difícil se segurar enquanto ele a empurrava com mais força contra a cama, a cada pressão do seu sexo sobre o dela. A intensidade do ritmo e a velocidade com que ele a levou ao ápice a surpreenderam. Ele encontrou o movimento e a fricção perfeitos.

Ela agarrou suas costas e gemeu.

— Isso... — Eliza elevou os quadris, se movendo mais rápido. Ele a manteve ali, à beira da libertação. — Mais — ela gritou. — Por favor.

Ele riu com suavidade e a penetrou tão intensamente que Eliza não conseguia respirar. Seu orgasmo foi instantâneo e cheio de fogos de artifício. Respirar era um esforço, e Carter não estava nem perto de terminar. Ele sussurrava coisas sensuais em seu ouvido, e aquilo a mantinha cativa.

O puro poder masculino que a estava consumindo a fez ter vontade de chorar.

— Eu quero te fazer gritar — ele disse, apertando seu seio enquanto falava, e ela quase gritou. Os dentes dela encontraram seu ombro, e ela lhe deu uma mordida de amor que o fez gemer.

Talvez suas provocações fora do quarto se transferissem para o jogo de amor entre eles. *Bem que seria divertido!*

Carter a levou de novo ao precipício, fazendo sua respiração falhar.

— Isso — ela ofegou.

E então ele atingiu o clímax dentro dela. Sentir Carter a preencher com seu calor a levou ao céu. Na ânsia de sugar o corpo dele inteiro, ela estremeceu, esvaziando-o por completo.

⁓✖⁓

Carter se deixou cair sobre ela, o coração batendo violentamente no peito. Eliza — não, Lisa, ele se lembrou — tinha dificuldade para respirar e, caramba, isso o fez sentir como um deus. O corpo dela aceitou até a última gota do seu gozo. E isso foi muito bom. Ele já tinha feito sexo sem camisinha quando era jovem. Com Lisa, foi um presente. Um que ele iria apreciar e valorizar.

— Caramba, Hollywood.

— Gostou? — Ele se ergueu o suficiente para olhar o rosto satisfeito dela.

Os músculos internos de Eliza se apertavam ao redor dele, que gemeu.

— Se eu te disser como foi incrível, vai inflar ainda mais o seu ego.

Ele beijou seu nariz.

— E nós não queremos isso.

Ela moveu os quadris e deslizou o pé na perna dele.

— Não, não queremos.

Com um movimento rápido, ele inverteu a posição deles, mas se manteve encaixado a ela.

Eliza se sentou, empinando os seios. Ele os envolveu com as mãos na mesma hora. Carter não tinha prestado atenção suficiente nessa parte adorável do corpo dela.

— Essa posição tem possibilidades...

— Sim. Tem mesmo. — Carter a puxou para um beijo e explorou cada uma dessas possibilidades.

21

ELES COMERAM, BEBERAM, RIRAM E fizeram amor como dois bobos alegres em lua de mel. Carter queria bancar o bobo alegre pelo tempo que pudesse. Infelizmente, a viagem estava chegando ao fim.

Eles se sentaram sob a luz das estrelas, com tochas e dançarinas de hula. Uma banda havaiana tocava os tambores para as mulheres dançarem na batida da música. Carter e Eliza beberam drinques exóticos e aplaudiram as dançarinas quando elas terminaram a apresentação.

— Não posso acreditar que vamos embora amanhã. — Eliza se inclinou para ele, sentindo-se confortável em seu abraço.

— Estava pensando a mesma coisa.

— Não seria maravilhoso se pudéssemos ficar aqui? Sem homens maus, telefones e cachorros comedores de sapato?

A última coisa que ele queria pensar era no homem responsável pela angústia de Eliza. A realidade começou a atingi-lo. Ele se casara com ela para protegê-la, mas e se não conseguisse?

Meu Deus, ele odiava esse pensamento. Seus olhos percorreram os seguranças que os vigiavam constantemente.

E se aquilo não bastasse?

Ele beijou o topo da cabeça de Eliza e olhou para a fogueira, no meio do luau.

— Eu vou te proteger.

Ela girou o dedo na coxa dele, desenhando formas invisíveis.

— Eu sei. Mas se algo...

Ele estremeceu com as palavras que ela tentou dizer.

— Não vai! Não vai acontecer nada com você.

Ela inclinou a cabeça e o beijou suavemente. Quando se afastou, colocou um dedo nos lábios dele, mantendo-o em silêncio.

— Se acontecer... a culpa não é sua.

Em um instante, ele a imaginou pálida e sem vida. A visão o deixou enjoado. Apertou os dentes e tentou tirar a imagem da cabeça.

— Eu nunca vou deixar isso acontecer. Não pense assim. Não fale assim.

— Suas palavras duras a deixaram emburrada. — Por favor — ele acrescentou. Dizer para Eliza fazer qualquer coisa era como desafiá-la. — Por favor — repetiu.

Ela tentou sorrir.

— Está bem.

Quando fizeram amor naquela noite, Carter acariciou cada centímetro do seu corpo. Quando ela adormeceu em seus braços, ele ficou acordado, pensando em suas palavras e em sua preocupação. Ele tinha que fazer alguma coisa para acabar com a ameaça. Para isso, precisava de cada informação, cada prova contra Ricardo Sánchez. O dia seguinte começaria com um voo para casa, e uma reunião urgente com seu pai e seu melhor amigo estava nos planos.

***

— Você parece um gatinho satisfeito — Gwen falou, pouco depois que Eliza passou pela porta da casa em Tarzana.

— O Havaí é lindo.

— É mais que isso.

Zod cheirou a mão dela em saudação.

— Como você está? Comendo algum salto agulha?

— Pare de brincar com o cachorro e fale comigo. Eu não transo há séculos, então preciso viver indiretamente através das minhas amigas. Me conte tudo, não esconda nenhum detalhe. — Gwen puxou seu braço até que as duas estivessem sentadas no sofá.

A bela loira era uma contradição. Em um instante a srta. Perfeitinha, toda educada e careta, e no outro a srta. Safadinha, querendo saber detalhes de uma lua de mel. Eliza gostava daquela inglesa.

Cansada da viagem, ela jogou a bolsa no sofá e tirou os sapatos. Antes que a longa sessão de conversa feminina começasse, Zod latiu.

— Sou eu — a voz baixa de Samantha soou na porta da frente.

— Pode entrar — Gwen e Eliza gritaram ao mesmo tempo.

Zod a cheirou, como sempre fazia, depois circulou a sala algumas vezes antes de se sentar perto de Eliza.

— Você ainda não começou, não é?

— Começou o quê? — Eliza perguntou. — E como você sabia que eu estava aqui?

— O Carter ligou para dizer ao Blake que estava a caminho e que você estava vindo para cá fazer as malas. Avisei ao Blake que ia te ajudar e... Ah, meu Deus, você está radiante. Como foi?

Samantha e Gwen se inclinaram para a frente, com os olhos arregalados de expectativa.

— Eu já ouvi a desculpa da srta. Não-Transo-Há-Séculos, mas qual é a sua?

Samantha bateu palmas.

— Ah, então você transou.

Eliza se lembrou das câmeras e da escuta na sala.

— Você sabe que tem gente ouvindo, né?

Sam balançou as mãos no ar.

— Quem se importa? Detalhes! Eu quero detalhes. O Carter tem tesão em você desde sempre.

— Não tem, não.

— Podemos discutir isso mais tarde. Desembucha. — Sam ajeitou uma mecha ruiva e cacheada atrás da orelha e sorriu como uma criança.

Não havia como fugir daquelas duas. Eliza mordiscou o lábio inferior e deixou o corpo se aquecer com as lembranças.

— Melhor do que tudo que eu já experimentei. Ele foi incrível. Gostoso, sexy, sem pressa. Eu adorei isso... e odiei também. — Ela suspirou. — A espera valeu a pena.

Gwen começou a fazer perguntas detalhadas, começando com "quando" e "onde". Eles tinham feito amor no avião, na praia?

Era impossível não ficar mexida com as lembranças. Com suas amigas, ela sabia que nada sairia daquelas paredes.

✦

— Do que você está rindo? — Carter perguntou a Neil quando entrou na sala. O homenzarrão parecia um menino de dezesseis anos que acaba de encontrar o estoque de uísque do pai.

Neil levantou o olhar e reprimiu uma gargalhada.

— A Sam chegou bem?

— Sim — o guarda-costas disse.

Carter olhou de um homem para outro.

— A Samantha está com a Eliza e a Gwen fazendo as malas, certo?

— Certo.

— Você estava ouvindo a conversa delas? Vendo as três?

Neil tinha acesso ao equipamento de vigilância da casa em Tarzana, mas Carter nunca pensara nele como um espião.

— Por tempo suficiente para saber que a Sam chegou e que elas estão começando a fazer as malas. — O sorriso no rosto dele desapareceu. — Então... onde estávamos?

— Prestes a ligar para o meu pai e ver o que ele descobriu.

Carter fez a chamada de vídeo, e Blake colocou a imagem de Cash na tela grande.

— Oi, pai.

O homem se sentou a uma mesa e acenou para a tela.

— Você viu isso? Teria tornado a minha vida muito mais fácil quando eu estava na polícia. É assim que vocês conversam hoje em dia? Não usam mais telefone?

— Mandamos mensagens, trocamos e-mails e falamos por telefone. Como foi o voo para casa? — Carter perguntou.

— Bem, bem. Você parece descansado. Como está a Eliza?

— Está ótima. Fazendo as malas.

— Nós gostamos muito dela.

Carter olhou para Neil e depois para Blake.

— Fico feliz. Então, pai, o que você descobriu?

O sorriso tranquilo de Cash se desfez.

— Antes de contar o que eu descobri, você precisa me contar qual é a sua ligação com aquele verme do Sánchez.

Aquilo não soava bem. Já havia um tom de briga na voz do pai.

— Não sou eu, é a Eliza. Os pais dela...

Cash engoliu em seco e se recostou na cadeira.

— O sobrenome dela não era Havens, certo?

— Não.

— Era o que eu temia.

— Por quê, pai? — Carter se inclinou para a frente e esfregou as mãos. Pelo olhar que viu no rosto do pai, sabia que o que vinha não era bom. Mesmo para um veterano experiente da polícia.

Cash pegou alguns papéis que estavam sobre a mesa e colocou os óculos de leitura na ponta do nariz.

— Ricardo Sánchez está cumprindo duas sentenças de prisão perpétua em San Quentin. É briguento e passa muito tempo na solitária. Embora ultimamente tenha recuado. Os guardas dizem que é normal um homem se acalmar quando chega na casa dos quarenta.

— Por que ele está lá? — Carter sabia que os pais de Eliza haviam sido assassinados, mas fora Ricardo quem acabara pessoalmente com a vida deles? Ou havia mandado alguém fazer o serviço?

— O Sánchez comandava uma operação muito bem organizada de comércio sexual. E onde há sexo há drogas. Ele também estava metido com tráfico. Cobria uma dúzia de estados e três países. Alguns depoimentos que encontrei indicam que ele era uma espécie de chefe da máfia. Tinha família, filhos e até um cachorro, se é que se pode chamar um pit bull feroz, treinado para devorar crianças, de cachorro. Ele era respeitado e temido. Por anos conseguiu evitar ser preso, por causa de negócios legítimos que usava para encobrir suas atividades criminosas. É aí que entra Kenneth Ashe. O nome significa alguma coisa para você?

Deveria significar. Algo disse a Carter que ele deveria reconhecer esse nome. Balançou a cabeça.

— O sr. Ashe dirigia um caminhão à noite para as modelos do Sánchez. — Cash fez aspas no ar ao falar a palavra *modelos*. — Como pode ver, o Sánchez disfarçava suas escravas sexuais como modelos de passarela para desfiles de moda de segunda classe. Não mantinha os mesmos homens nos postos de trabalho por mais de algumas semanas. Fazia os motoristas dirigirem sem saber de nada, os dispensava e depois armava os desfiles. Então mandava seus rapazes aparecerem com as garotas, a maioria menor de idade, para entreter um grupo exclusivo de homens. Os motoristas não sabiam o que acontecia na outra ponta. De acordo com os depoimentos, Ashe estava na segunda semana como motorista e tinha esquecido alguma coisa no trabalho. Infelizmente, ele voltou mais tarde para buscar. Entrou na sala dos fundos do "desfile de moda" e encontrou Sánchez violentando e espancando uma menor. Ele era um homem de família. Tinha um filho, uma menina. Então se escondeu, mas ficou preso, incapaz de fugir até que Sánchez terminasse.

— Ele não tentou detê-lo? — Neil perguntou.

— A sala estava cheia de mulheres, meninas e vários homens de Sánchez. Todos armados. Se Ashe tivesse tentado, teria morrido.

Carter ficou enjoado. Ashe devia ser o pai de Eliza.

— Sánchez matou a menina para servir de exemplo do que aconteceria se as outras não cooperassem. Ele dizia para quem quisesse ouvir que, toda vez que um novo grupo chegava, ele sacrificava uma delas pessoalmente.

— Jesus.

— Não, não acho que Jesus foi convidado para essa festa. Quando Ashe conseguiu fugir, foi até as autoridades. Abriram um inquérito, e Sánchez foi detido. Em uma semana, todas as garotas foram assassinadas e encontradas nos lugares mais horríveis, todas violentadas, jogadas como se fossem lixo.

— O que aconteceu com Ashe?

Cash tirou os óculos e olhou para Carter pela câmera.

— Ele, a esposa e a filha foram levados sob custódia protetora. Após o julgamento, Sánchez foi condenado, e a família Ashe desapareceu no programa de proteção a testemunhas.

Carter baixou a cabeça. Blake deu um tapinha em suas costas.

— Quer ouvir o restante?

Carter assentiu, mas não olhou para o pai.

— Kenneth e a esposa, Mary, tentaram viver dentro do sistema. Mas, como eu disse, Sánchez era muito poderoso. Depois de um ano, mais ou menos, as autoridades encontraram Mary do mesmo jeito que as meninas da rede de prostituição: morta, violentada, e o marido foi obrigado a assistir. Depois cortaram a garganta dele. Prenderam um bilhete em sua testa avisando que a filha seria a próxima. Felizmente, a menina estava na escola naquele dia.

Carter sentiu o almoço subir à garganta. Graças a Deus Lisa não estava lá. Ela sabia de todos esses detalhes? Não devia saber, ele pensou, ou teria fugido diante da primeira ameaça. Não era de admirar que Dean e Jim fossem tão obstinados em protegê-la.

— Onde está sua esposa, filho?

— Fazendo as malas.

Neil se levantou e começou a andar de um lado para o outro.

— Há duas patrulhas rodoviárias de plantão vinte e quatro horas por dia, e tenho um segurança particular na casa.

— Sabemos se o Sánchez ainda dirige o seu negócio de dentro da prisão?

— Estou trabalhando nisso agora. Ele ainda tem contato com a esposa e os filhos.

— Que merda é essa? — Carter explodiu. — Ele destrói a vida da Eliza e continua com a própria?

Blake apertou seu ombro.

— Não vamos deixar esse crápula chegar até ela.

— Eu sabia que seria ruim, mas isso? Que merda, Blake.

— Calma. A Eliza está segura.

Carter sentiu o sangue ferver, ameaçando explodir como um vulcão. Eliza estava segura, mas por quanto tempo?

∽∾∾

Eliza não tinha mais palavras para explicar a Sam e Gwen sua lua de mel e tudo o que Carter era. A srta. Perfeitinha se abanou com uma revista, e Sam se inclinou para a frente, de joelhos, com o queixo na palma da mão.

— Você parece feliz — Samantha falou.

As bochechas de Elisa doíam de tanto sorrir.

— E estou.

Gwen deu um tapinha no joelho dela e se levantou.

— Acho que precisamos começar a fazer as malas. Tenho certeza que o Carter vai ficar preocupado se nos atrasarmos.

Eliza olhou ao redor da sala, sua casa nos últimos dois anos, e suspirou. No fundo de seu coração, ela sabia que não voltaria para aquele lugar. Mesmo que chegasse o dia em que ela e Carter se separassem, as chances de que ela morasse lá novamente seriam mínimas.

As três entraram em seu quarto e foram em direções diferentes para pegar suas coisas.

— Isso não deve demorar muito — ela disse às amigas. — A casa do Carter está cheia de móveis. Além do mais, quase tudo aqui é seu, Sam.

Sam empurrou os cachos vermelhos para trás até prendê-los em uma bandana, longe do rosto.

181

— Parece que foi ontem que eu e o Blake estávamos aqui empacotando as minhas roupas. Talvez a cama seja abençoada, e aqueles que dormem nela se casam.

Gwen inclinou a cabeça e considerou o colchão com renovado interesse.

— Se for esse o caso, talvez eu deva me mudar para este quarto. — Ela acariciou as cobertas rapidamente.

— Você quer se casar?

— Durante anos eu quis, mas os homens que namorei simplesmente não me serviam em longo prazo.

Eliza riu.

— Talvez você precise dar a eles mais de uma semana. — Durante várias de suas conversas, tarde da noite, Eliza descobrira muito sobre a vida amorosa de Gwen. Como filha de um duque abastado, sua família esperava que ela tivesse uma vida muito discreta. Isso se traduziu em encontros chatos e sexo ruim. Muitos membros da realeza que perderam o dinheiro, mas não o título, não chamavam a atenção do público. Os Harrison eram diferentes. O rosto deles estampava os tabloides britânicos com tanta frequência quanto qualquer estrela de Hollywood nos Estados Unidos.

— Não é culpa minha se os homens que conheci me entediaram tanto que eu tinha vontade de chorar. Deve existir interesse dentro e fora do quarto, vocês não acham?

— Você está falando com duas mulheres que se casaram antes de transar com o marido. Não acho que somos as pessoas certas para opinar.

Os olhos de Gwen se arregalaram e sua boca se abriu.

— Não consigo imaginar. E se o Carter fizesse amor como um cubo de gelo?

— Acho que você está se dando pouco crédito, Gwen. Se um homem faz seu sangue ferver antes do primeiro beijo, as chances de que ele seja frio são mínimas. O Carter pode me fazer corar do outro lado da sala. Mas não conte isso para ele. — Eliza não queria que todos os seus segredos fossem revelados ao marido. Ainda não, pelo menos.

— Eu soube que o Blake seria um amante incrível desde a primeira vez que ele pegou na minha mão. — Samantha umedeceu os lábios enquanto falava.

— Sério?

— Chame isso de química, energia, desejo, mas eu sabia. Se você tivesse me dito, um ano antes de nos casarmos, que eu não iria transar com o meu marido antes do dia do casamento, eu teria reagido como você.

Gwen se apoiou em um braço enquanto ouvia.

— Você conheceu o meu irmão alguns dias antes de se casar.

Sam revirou os olhos.

— Detalhes, detalhes.

— Você não pode dizer isso sobre mim e o Carter.

— Não, acho que não. Certamente houve algum contato antes do casamento, não houve?

A lembrança do encontro na cozinha surgiu na cabeça de Eliza. Seu rosto esquentou, e Gwen e Samantha começaram a rir.

— Pega no flagra.

— Não chegamos a transar. Só trocamos umas carícias mais ousadas e beijos quentes.

Gwen jogou um travesseiro na direção de Eliza. Todas riram até a barriga doer.

— Vou sentir uma falta terrível disso. Nunca tive amigas tão próximas quanto vocês — Gwen falou.

— Estou me mudando, mas não é para longe — Eliza lembrou.

— Precisamos fazer uma noite só de garotas uma vez por mês. Talvez duas — Sam sugeriu.

— Eu adoraria. — Gwen saiu da cama e pegou uma caixa do chão.

— Nada de falar de trabalho. Só sobre coisas de mulher.

— Só sobre sexo.

— Você vai ter que arrumar um namorado, se quiser nos divertir — Eliza provocou.

— Talvez eu arrume.

Sam se virou para a cunhada.

— Tem alguém em mente?

Gwen hesitou e balançou a cabeça.

— Não.

— Mentirosa.

O queixo de Gwen caiu.

— Não estou mentindo.

Eliza cruzou os braços.

— Você está me dizendo que não tem ninguém que te faz ferver por dentro... que provoca arrepios em você só de pensar nele?

Novamente, ela hesitou.

— Não.

Sam balançou a cabeça.

— Mentirosa!

Gwen deixou um sorrisinho surgir no rosto enquanto se afastava.

— Acreditem no que quiserem.

Sam olhou para Eliza com ar questionador. As duas observaram enquanto Gwen olhava para a lente da câmera montada na entrada. Ela estava guardando segredos daqueles que monitoravam a casa.

Provavelmente de Neil.

Eliza precisou se controlar para não incitar Gwen a continuar a conversa lá fora. A campainha tocou e as distraiu. Eliza saiu do quarto, balançando um dedo na direção de Gwen.

— Não pense que essa conversa acabou, srta. Perfeitinha.

Zod estava na porta da frente enquanto Eliza a abria. Russell, um dos guarda-costas, esperava do outro lado.

— Desculpe incomodá-la, sra. Billings, mas seu marido pediu que ficássemos de olho em você ou a ouvíssemos em todos os momentos.

A realidade a atingiu. Todo o papo de garotas e a leveza do dia dispararam para longe, mais rápido que uma bala deixando o tambor de um revólver.

— Por quê? Aconteceu alguma coisa?

— Não que eu saiba, senhora. Ele me mandou entrar na casa.

Um calafrio percorreu sua coluna. Ela abriu mais a porta e o deixou entrar. Samantha se aproximou e pôs a mão sobre o ombro dela.

— Está tudo bem, Eliza. Você nem vai notá-lo depois de um tempo.

Eu não apostaria dinheiro nisso.

Elas arrumaram as malas rapidamente, e Eliza estava fazendo mais uma viagem até o carro quando a sra. Sweeny, a vizinha da casa ao lado, caminhou pela varanda com uma panela nos braços.

— Eliza? Eliza, querida?

Zod rosnou para a mulher, que usava um avental cheirando a peixe.

Eliza o mandou deitar. Seu guarda-costas vigiava de dentro da casa.

— Aí está você. Não sabia que estava namorando o nosso futuro governador, até ver uma foto sua de vestido de noiva ao lado do seu belo marido. — A sra. Sweeny gostava de falar, não parava nem para respirar.

— Nós só anunciamos oficialmente depois da cerimônia. A senhora não é a única que está surpresa com o nosso casamento.

A sra. Sweeny balançou a cabeça até os cabelos grisalhos começarem a cair nos olhos.

— Eu devia lhe agradecer por você não ter atraído aqueles homens com câmeras, como a Samantha fez.

— Eu tentei.

A mulher lutou com a panela nos braços e remexeu os pés.

— Eles estiveram aqui, mas poucos se esconderam entre os arbustos. Dessa vez, só quebraram uma roseira.

O casamento de Samantha e Blake trouxera um circo de paparazzi tentando fotografar a nova duquesa fazendo algo indiscreto. A pobre sra. Sweeny perdera muitos botões de rosa naquele ano.

— Eu pago por qualquer estrago, sra. Sweeny.

— Eu sei, eu sei. Estou muito feliz por você. Aqui. — Ela levantou a panela, e Eliza pegou o preparado fedido. — É o meu famoso linguine com molho de mariscos. Sei que você gosta. Sendo recém-casada e tudo o mais, você provavelmente não vai ficar muito na cozinha. — A mulher piscou, deixando Eliza um pouco confusa. Quem poderia imaginar que a sra. Sweeny tinha pensamentos tão safadinhos?

— Obrigada. — Eliza pegou a panela e ignorou o cheiro nauseante da comida. Pobre sr. Sweeny, não devia mais ter papilas gustativas. Nenhum vizinho escapava de uma volta ao lar, boas-vindas a um novo bebê ou desejos de felicidade para a noiva sem uma panela de mariscos arenosos em um molho que podia ser branco, mas não era cremoso, cobrindo o linguine barato. Mas a gentileza era sempre bem-vinda, e ninguém dizia à sra. Sweeny que o conteúdo ia direto para o lixo.

— De nada, e parabéns, querida. Avise ao seu marido que ele tem o meu voto. — E acenou enquanto se afastava.

Dentro da casa, Samantha e Gwen já estavam com a torneira da cozinha aberta. Gwen tampou o nariz com a mão, e Sam se virou enquanto a comida descia pelo ralo com triturador.

— Nós vimos vocês conversando e sentimos o cheiro daqui.

— Como ela consegue comer essa coisa?

— Você já viu a sra. Sweeny comer? Parece que ela está sempre dando a gororoba para alguém.

O barulho do triturador preencheu a cozinha até que toda a comida fedorenta fosse embora.

— Você vai ter que acender uma vela perfumada para tirar esse cheiro daqui — Eliza disse a Gwen.

— Fui proativa. Já tem uma acesa na sala de estar.

— Garota esperta.

Eliza lavou as mãos e torceu para que não ficassem com cheiro de peixe.

— Bem, acho que é isso. — Deu um abraço em Gwen e se virou para Samantha. — Obrigada por me ajudar a arrumar tudo. Eu e o Carter vamos elaborar um cronograma para a campanha e a Alliance. Volto a trabalhar na segunda-feira.

— Tire um tempo de folga, até arrumar suas coisas.

— Eu ficaria louca se não tivesse nada para fazer. Vou voltar na segunda.

Samantha sabia que era melhor não discutir e deixou de lado suas preocupações. Enquanto saíam pela porta, a conversa da sra. Sweeny sobre roseiras quebradas ressoou nos ouvidos de Eliza.

— Gwen, você viu os paparazzi aí fora?

— Não, por quê?

— A sra. Sweeny disse algo sobre as roseiras dela. Talvez tenha sido o Zod.

— Eu sei como lidar com a imprensa. Não se preocupe.

— Tome cuidado. E ligue se precisar de alguma coisa.

Gwen a abraçou novamente.

— Não sou criança.

— Eu sei.

— Vou te acompanhar até lá fora. Preciso ir para casa — Sam falou.

Eliza deu uma última olhada no antigo lar enquanto se despediam.

— Lá se vai mais um capítulo da minha vida — sussurrou para si mesma.

— O que disse, sra. Billings?

Eliza se virou para o guarda-costas e chamou Zod para ficar a seu lado.

— Nada.

22

— EI, HARRY! VOCÊ TEM visita.

Harry olhou para o guarda e considerou suas palavras. *Visita? Quem?*, quis perguntar, mas manteve a boca fechada. As visitas tinham sido limitadas desde seu encarceramento. Engraçado como, quando você frauda seus amigos e destrói sua família, passa a não ter mais serventia para as pessoas. Ele havia feito a fama e deitado na cama, num colchão bem duro, todas as noites da sua vida patética.

Harry se levantou do banco onde estava lendo o jornal e seguiu o guarda até a sala de visitas.

O lugar estava vazio. Somente ele e o guarda estavam de pé do lado de dentro do vidro protetor. Em uma das cadeiras do outro lado do vidro havia um homem sentado, usando um terno feito sob medida como os que Harry usava lá fora. Ele reconheceu o cara, embora nunca tivessem se encontrado. Seu coração acelerou e, pela primeira vez em anos, suas mãos ficaram úmidas. Ele afastou o pingo de esperança que ameaçou se apossar dele. Querer o que nunca poderia ter só traria dor e discórdia. Embora merecesse, ele evitava ao máximo o sofrimento que as emoções causavam.

Harry se sentou na cadeira do presídio e considerou o homem à sua frente. Pegou o fone e esperou pacientemente pelo movimento do outro.

— Sr. Elliot.

Harry inclinou a cabeça para o lado.

— Sr. Harrison.

— Você sabe quem eu sou?

— Você é casado com a minha filha. Claro que sei quem você é.

Blake Harrison, o duque de Albany, o olhou através do vidro.

— Você não se parece em nada com as fotos que eu vi — Blake disse.

— A prisão tem um jeito de sugar a vida das pessoas. A Samantha está bem? A Jordan? — Ouvir o nome das filhas sair de sua boca o chocou. O arrependimento o sufocou com força.

— Elas estão bem.

— E o bebê?

— Tudo bem.

Ler sobre as filhas nos jornais não era o mesmo que ouvir as palavras ditas em voz alta por alguém que tinha contato com elas. O peso da preocupação de Harry se suavizou.

— A Samantha sabe que você está aqui?

— Não. Ainda não.

— E qual o motivo da sua visita?

Blake o avaliou com um olhar profundo e penetrante que percorreu o corpo de Harry com uma onda de poder. Houve um tempo em sua vida em que ele podia fazer um homem se contorcer com um olhar, mas isso não era fácil usando o uniforme da prisão. No entanto, ele se sentou mais ereto e fez o possível para não desviar o olhar.

— Por que você fez isso? — Blake perguntou. — Você devia saber que seria pego, mais cedo ou mais tarde.

Harry piscou. Blake não estava lá para perguntar sobre seus crimes passados, mas algo lhe disse que, dependendo da sua resposta, ganharia ou não a confiança dele. Ter a confiança do genro poderia significar ter um vislumbre do seu neto ou da própria filha, que não fosse por um artigo de jornal.

— Você é empresário. Entende o poder do dinheiro.

— O poder induzido pelo dinheiro pode ser uma maldição.

Harry assentiu.

— Exatamente. — Dinheiro era o vício de Harry. Não importava que tivesse mais do que poderia gastar. Seus investimentos engordavam a cada semana. Ele tinha adquirido tudo o que um homem podia desejar, mas, em troca, perdera a família e a liberdade.

Ambos permaneceram sentados ali por um momento e não disseram nada. Blake o olhou fixamente de novo, e Harry sentiu o coração disparar ainda mais.

— Você pensa nas suas filhas?

Ele pensou nos únicos itens em sua cela que podiam fazê-lo suportar o tempo de isolamento para se manter seguro.

— Todos os dias.

— Por que você nunca tentou entrar em contato com a Samantha?

Harry desviou o olhar.

— Eu não mereço. Só trouxe dor a ela. — Sua garganta apertou, e ele engoliu em seco.

Blake balançou a cabeça, claramente lutando contra o que queria dizer.

— Preciso que faça algo por mim, sr. Elliot.

— O que eu poderia fazer por você?

Seus olhos se encontraram.

— Eu preciso que você destrua todas as fotos, todos os recortes de jornal, qualquer coisa que possua sobre nós.

Sua mão doía por causa da força com que segurava o fone.

— Por quê?

— Tem alguém aí dentro que não deve saber sobre nós ou nossos amigos.

Harry considerou seu genro com os olhos semicerrados.

— Vai me dizer quem é esse homem?

— Não posso. Mas, pelas suas filhas e pelas pessoas que elas amam, você precisa fazer isso.

— Mais um minuto, Harry — informou o guarda.

Ele considerou o pedido de Blake e confirmou com um aceno de cabeça.

— Cuide bem delas.

— Pode deixar.

Harry colocou o fone no gancho e deu uma última olhada em Blake antes de se afastar.

⚮

— A imprensa quer ver vocês dois no palco, ao vivo. — Jay bateu a caneta no bloco de notas apoiado em seu colo e olhou para o casal. — Se vocês não fizerem uma coletiva de imprensa para falar do casamento, vão ser perseguidos até esquecer como é entrar em um banheiro público sem ter uma câmera na cabine ao lado.

Carter fechou os olhos e balançou a cabeça. Quando a vida tinha se tornado tão complicada? Eliza passou um dedo pelo antebraço dele e tentou sorrir.

Agora que ele sabia a verdade sobre a situação dela, compreendia a necessidade de mantê-la longe dos holofotes. Dean estava certo. Eliza devia ter fugido. Carter se sentiu egoísta sabendo que ela ficou porque ele a pediu em casamento. Imagens de mulheres inocentes sendo assassinadas pelas mãos de Sánchez ameaçaram vir à tona, mas ele as afastou.

— Carter?

Ele piscou algumas vezes até os olhos cor de chocolate de Eliza encontrarem os dele.

— Sim?

— Acho que o Jay precisa saber o que está acontecendo.

— Saber o quê? — o gerente de campanha perguntou, continuando a bater a caneta e olhando de um para o outro.

Carter passou a mão pelo cabelo, já despenteado. Contar qualquer coisa a Jay era arriscado. Mas se casar com Eliza e exibi-la ao mundo foi ridículo. Agora ele sabia disso.

Os dedos de Eliza faziam pequenos círculos sobre os dele, como se estivesse tentando persuadi-lo. Se alguma coisa acontecesse com ela, a culpa seria dele. Se ele tivesse escutado Dean e pressionado Eliza, talvez ela estivesse em segurança agora. Isolada dos amigos, mas em segurança.

— Saber o quê? — Jay questionou novamente.

Já havia especulações nos jornais sobre o passado de Eliza. Parecia que o oponente de Carter na corrida governamental queria uma verificação de antecedentes completa e os papéis de imigração de Eliza Havens Billings. Com a imigração ilegal no centro das discussões na Califórnia, ter uma possível imigrante ilegal como primeira-dama do estado bastaria para colocar Carter no segundo lugar.

Mas ele não se importava.

No entanto, ser o governador — ou concorrer ao cargo — dava-lhe a proteção que Carter Billings, o juiz ou advogado, não tinha.

Ele precisava resolver isso. E precisava pedir alguns favores. Virou a palma da mão e entrelaçou os dedos nos dela.

— A Eliza faz parte do programa de proteção a testemunhas. O nome dela foi trocado para protegê-la.

A caneta de Jay parou de bater e seu olhar se voltou para Eliza.

— Sério?

Ela ergueu as sobrancelhas e assentiu.

— Sim.

Jay se levantou e começou a andar de um lado para o outro, parecendo alguém que havia bebido seis xícaras de café antes da primeira pausa no trabalho.

— Então esse é o motivo de tanta segurança? Alguém está atrás de você?

— É possível.

— Quem mais sabe disso?

— Amigos íntimos, familiares... Por quê?

Jay esfregou o queixo enquanto pensava.

— Agora que vocês estão casados, isso vai vazar. Você sabe disso, certo?

A lenta inclinação de cabeça de Eliza disse a ele que ela não estava totalmente preparada para o que viria a seguir.

— E o seu tio?

— O Max?

— Sim, ele.

— Não somos próximos.

— Mas ele é da família. Seus eleitores estão cientes disso. Eu já tinha comentado que você precisava explorar os contatos dele, e agora parece que você não tem escolha.

— Eu não posso contar com o Max.

— Ele vai estar apto a se reeleger em dois anos. Vai tentar conseguir votos do jeito que puder.

— O que você está sugerindo, Jay? — Carter se inclinou para a frente e ouviu o que ele tinha a dizer.

— Que a gente revele essa informação antes de qualquer outra pessoa. E vamos fazer isso com o seu tio ao seu lado. Caramba, ele nem precisa saber por que está lá. Podemos dizer que a imprensa quer fotos de vocês juntos.

— O Max é vaidoso, mas não a ponto de pegar um voo para tirar uma foto.

— E o jantar de arrecadação de fundos programado para sábado? — Eliza sugeriu.

Carter não estava convencido. Fazer um acordo com o diabo poderia ser um risco menor do que com o seu tio.

— O que exatamente você acha que o meu tio pode fazer por nós?

— Goste ou não, Carter, o Max é respeitado e provavelmente temido pelos colegas. Como você sabe, os políticos podem ficar em lados opostos quando se trata de aprovar leis ou governar o país, mas todos vocês têm um vínculo comum: proteger a família. As suas atitudes vão refletir sobre o Max, e as dele, sobre você. Seria do interesse dele se manter unido a você e à Eliza enquanto vocês revelam essa informação. O Max não ganhou um lugar no Senado sendo burro.

O tio de Carter era tudo, menos burro. Ele era perigoso. A ideia de ficar lhe devendo um favor era como ácido no estômago de Carter.

— O que você está pensando? — Eliza perguntou calmamente.

Ele levou a mão dela aos lábios e beijou os nós dos dedos.

— Não sei se podemos confiar nele. Na verdade, eu sei que não posso.

— Ele poderia tornar as coisas mais difíceis para nós?

— Em curto prazo, provavelmente não. — Mas, mesmo que demore a chegar, um dia o diabo vem para reclamar sua recompensa.

Jay recuou e se ocupou da caneta que segurava entre os dedos.

— Por que não perguntamos para a sua mãe? Ela conhece o Max melhor que todos nós.

Carter forçou um sorriso.

— Tudo bem.

Eliza apertou a mão dele e se virou para Jay.

— Verifique se temos espaço extra na nossa mesa no jantar. Vamos te avisar quais nomes precisam ser incluídos na lista de convidados.

— Ótimo. — Jay se dirigiu à porta para executar o pedido. — Lembre--se do que dizem, Carter. Mantenha os inimigos por perto e tudo o mais...

⤜∽◆∽⤛

Mais uma vez, Eliza usou o talento de Gwen para se vestir de acordo com a ocasião. Carter e Eliza agora dividiam a conta bancária. Como uma mulher independente, o pensamento de gastar o dinheiro de outra pessoa parecia errado. Mas, errado ou não, sua conta não resistiria por muito tempo às escolhas de Gwen.

Quando Carter pediu a opinião da esposa sobre o jatinho particular que compraria foi que Eliza se deu conta do tamanho da riqueza do marido.

— Você está falando sério? — ela perguntou.

— Como eu disse, não posso continuar usando o jatinho do Blake. Ele tem o próprio negócio para dirigir. — Carter apontou para o quarto dentro do avião, na foto da internet. — Cabem duas pessoas. E as poltronas são totalmente reclináveis.

— É um avião. Um jato.

— Sim, e daí?

— Você sabe pilotar?

— É para isso que servem os pilotos.

— Você está pensando seriamente em comprar um avião?

Ele se inclinou para a frente para olhar mais atentamente a tela do computador, que cobria um terço de sua mesa.

— Não tenho certeza sobre o interior — refletiu em voz alta. — Acho que cores mais escuras são mais modernas.

Eliza fechou os olhos e balançou a cabeça.

— Você viu a quantidade de zeros depois dos dois primeiros números? Qual o tamanho dessa lata de café enterrada no quintal?

— Andei economizando. — Ele clicou em outra página e sorriu. — Ah, eu gosto mais desse. O que acha? Tem doze assentos.

— Você é louco.

— Gostei da madeira escura.

— Você está falando em milhões, Carter. Não pode estar falando sério.

Ele clicou em outra página e seus olhos se iluminaram.

— Agora sim. Esse tem autonomia de mais de oito mil quilômetros e dezoito assentos.

Eliza segurou seus ombros e o forçou a olhar para ela.

— O que você está fazendo?

— Escolhendo um avião para comprar. O que parece que estou fazendo?

— Por quê?

— Porque precisamos de um. Eu voo quase toda semana, e de jeito nenhum vou te colocar em um voo doméstico. O Blake me incentivou a investir em um jatinho no ano passado, mas na época não vi necessidade. Hoje eu vejo.

— O Blake é um duque. Ele pode limpar o traseiro com notas de cem dólares, se quiser. Você não precisa acompanhar o seu melhor amigo.

Carter inclinou a cabeça e lhe ofereceu um sorriso tímido.

193

— Não estou acompanhando ninguém, Eliza. Já venho pensando nisso há algum tempo.

— Por que agora?

Ele a puxou para o seu colo. Seus braços envolveram a cintura dela, e seu perfume masculino a cercou em uma onda de calor familiar.

— Está na hora — ele disse. — Está na hora de parar de fingir que eu não tenho meios para pagar por isso... para cuidar de você.

Eliza colocou as mãos em seus ombros largos e massageou os músculos escondidos pela camisa.

— Eu não preciso de um avião.

Ele se inclinou para a frente e beijou a ponta do seu nariz.

— Eu discordo.

— Você está louco — ela disse novamente.

Ele riu e girou a cadeira com ela no colo, até que ambos ficaram de frente para o monitor, que exibia uma variedade de jatos luxuosos.

— De qual você gosta?

— Louco.

— Madeira escura ou clara?

O olhar de Eliza encontrou o monitor.

— A clara parece meio datada.

Os dedos de Carter apertaram a lateral do seu corpo.

— Então vai ser a escura. E, para poder atravessar o país sem ter que parar para reabastecer, vamos precisar de um desses modelos maiores.

Era difícil não se envolver na experiência de compra. Mas, bom Deus, eles estavam olhando jatinhos!

— Se vamos voar nisso, tem que ter um quarto. — Os pensamentos de Eliza se voltaram ao pouco tempo que tiveram na viagem de volta do Havaí, e suas bochechas ficaram coradas.

Carter a abraçou mais forte e clicou nos dois modelos mais caros na tela. O interior exuberante do jato cintilava, com a iluminação embutida e as poltronas reclináveis de couro. Uma área de bar com uma pequena cozinha ficava no canto. O banheiro completo tinha tudo o que um viajante poderia precisar.

— A cama não é tão grande.

Carter beijou seu ombro e acariciou seu pescoço.

— Não precisamos de muito espaço.

Eliza virou a cabeça e encontrou seus lábios. O pensamento sobre aviões e dormitórios desapareceu quando Carter a fez lembrar como o espaço de que eles precisavam numa cama era pequeno.

<hr/>

Abigail concordou com Jay. Embora não confiasse completamente no irmão, sabia que ele evitaria o escândalo para preservar o nome da família.

O gerente de campanha alterou a lista de convidados para o jantar de caridade, adicionando membros da família de Carter e da imprensa. A equipe de Neil lidaria com a segurança e com os guarda-costas do governo.

O jantar formal requeria um vestido longo, e o de Eliza abraçava sua cintura e acentuava o decote. A princípio ela zombou do vestido, mas então Gwen a lembrou que tudo o que ela usasse seria imitado. De repente, seu guarda-roupa precisava de uma repaginada. Assumir o papel de esposa de Carter exigia mais responsabilidades do que ela imaginara.

Mesmo em uma sala repleta de seguranças, Eliza se sentia nua sem a arma ao alcance da mão. O vestido que usava não permitia.

Os dois estavam sentados na parte de trás de uma limusine a caminho do hotel onde o evento para angariar fundos estava sendo realizado. A opulência do carro de luxo combinava com a do jatinho particular. Coisas com as quais ela jamais se acostumaria. Carter estava sentado a seu lado, enviando mensagens para Jay e confirmando que tudo estava pronto para a sua chegada. As luzes de Los Angeles passavam rapidamente enquanto o motorista cortava o trânsito. Do lado de fora do vidro escuro, outros motoristas esticavam o pescoço para espiar quem estava dentro de um carro tão grande. Quando criança, Eliza se imaginava vivendo a vida de alguém que andava de limusine. Esse sonho de infância sempre vinha acompanhado de um belo príncipe, que satisfazia todos os seus caprichos. Agora ali estava ela, sentada ao lado do homem mais lindo que ela já conhecera, usando a sua aliança — a que ele se recusava a revelar quanto havia custado —, como sua esposa.

Uma centelha de felicidade se agitou em seu coração e se espalhou dentro dela. Carter tinha conseguido entrar em sua alma, tão profundamente que o pensamento a assustou. Talvez o casamento deles pudesse durar. Discutir esse assunto estava fora de questão. À noite, quando faziam amor e murmuravam coisas sensuais um para o outro, não diziam uma palavra sobre amor. Eliza não podia deixar de se perguntar se havia alguma coisa além da eleição que alimentara a insistência de Carter em se casar com ela. Mas, de acordo com as pesquisas, ele precisava de uma esposa. Tirando os divorciados, não havia governadores solteiros.

Ele era tão nobre quanto um cavaleiro. Desde que se sentira responsável por seu passado voltar a perturbá-la e por seu disfarce estar sendo ameaçado, nem passara pela cabeça de Carter se afastar de Eliza. E, enquanto o passado ameaçasse alcançá-la, ele estaria lá. Por mais que quisesse se sentir culpada por fazê-lo refém nesse casamento, ela não podia. Não depois da paixão que compartilhavam desde que haviam se casado. Mas ela não conseguia deixar de se preocupar. *O que vai acontecer quando a lua de mel acabar?*, estremeceu ao pensar.

Talvez ela não acabe. A última vez que Eliza esteve tão otimista, seus pais ainda eram vivos. *Tudo o que é bom na vida um dia acaba.* Ela odiava como seus medos tentavam afastar os bons pensamentos.

Carter parou de digitar no celular e segurou sua mão.

— Tudo bem? — perguntou.

— Tudo — ela respondeu, um pouco rápido demais.

— Tem certeza? Você estava sorrindo, e agora parece chateada.

Ela apertou a mão dele enquanto a limusine virava a esquina para as luzes brilhantes do hotel.

— Estou me perguntando como tudo isso vai se desenrolar.

— Está nervosa?

— Um pouco.

O carro parou, e o motorista saiu para abrir a porta.

— Estou bem aqui.

Ela sorriu quando ele saiu do carro e a ajudou a se levantar.

Meia dúzia de câmeras os fotografou enquanto entravam na recepção do hotel. Neil estava de pé no saguão, e um segurança caminhou atrás deles. Todos que usavam terno e estavam sozinhos pareciam seguranças, que desapareceram rapidamente quando os anfitriões se aproximaram dela e de Carter.

O poderoso casal de Hollywood apertou a mão de Carter enquanto ele apresentava Eliza. A atriz a cumprimentou como se fossem velhas amigas, o que a ajudou a não se sentir chocada. Depois de beijar suas duas bochechas,

Marilyn lhe ofereceu aquele sorriso de um milhão de dólares, pelo qual Hollywood pagava caro.

— Tivemos que adicionar quatro mesas extras depois que o anúncio do seu casamento chegou aos jornais. Eu e o Tom estamos encantados por vocês fazerem a sua primeira aparição pública aqui.

— Agradecemos por nos receberem.

Marilyn era ainda menor pessoalmente. Mesmo com saltos de dez centímetros, mal chegava aos ombros de Eliza.

— É um prazer.

Carter apertou a mão de Tom e ecoou o sentimento de Eliza.

— Espero que a segurança extra não tenha sido um aborrecimento.

— De modo algum. Quando soubemos que o seu tio também vinha, entendemos que era preciso.

Eliza segurou a risada.

Tom e Marilyn os conduziram para o salão de jantar, onde a festa já havia começado. Eliza olhou em volta em busca de rostos familiares e não percebeu que estava apertando o braço de Carter até ele dar um tapinha em sua mão. Ela relaxou o aperto instantaneamente. Quando havia se tornado tão vulnerável? Mostrar que estava com medo ali poderia ser fatal, mas, quando passou por um espelho, seu olhar era de dúvida.

Cabeça pra cima, Lisa.

Carter parou um garçom com uma bandeja de champanhe e entregou uma taça à esposa. Depois se inclinou e sussurrou em seu ouvido:

— Você parece estar precisando disso.

E estava mesmo. Tomou alguns goles da bebida e seu corpo relaxou.

— Sra. Billings?

Ela hesitou e então percebeu que alguém se dirigia a ela.

— Sou Jade Lee, e este é o meu parceiro, Randal. — Jade Lee, a estilista mais requisitada de Hollywood e, provavelmente, um perfeito manequim trinta e quatro. *Cara, ninguém come por aqui?*

— Muito prazer.

Jade elogiou o vestido de Eliza e perguntou quem o assinara. Ela não fazia ideia. Gwen com certeza teria lembrado. Jade riu da sua falta de conhecimento e sugeriu que ela desse uma passada em seu ateliê para um desfile particular.

197

Elas conversaram um pouco sobre moda e até sobre o clima. Não demorou para Eliza estar novamente ao lado de seu marido. Todos sabiam o nome dela, e, como os anfitriões eram estrelas de cinema, Eliza conhecia algumas pessoas. Durante algum tempo, se esqueceu dos seguranças que os vigiavam e de ser a esposa perfeita de um político.

Às vezes, alguém perguntava a ela qual a posição do seu marido nas questões políticas que esquentavam as eleições. Jay já havia treinado Eliza sobre o que evitar. Em vez de oferecer os pontos de vista de Carter, ela dizia algo muito mais nobre:

— O Carter vai representar o que o eleitorado quer. A tarefa do governador é representar o povo, e não ditar regras para ele, não é?

A declaração simples foi aprovada pela maioria dos que perguntaram. Outros insistiram, mas não a ponto de aborrecê-la. Muitos convidados se faziam de legais. A popular estilista queria que ela usasse seus vestidos porque isso significaria alavancar as vendas. Os produtores queriam um rosto amigável na mesa do governador para eliminar a burocracia e para que as produções cinematográficas pudessem seguir o cronograma. Todos tinham seus interesses.

O salão estava repleto de pessoas muito influentes. Eliza procurou algum conhecido na multidão. Encontrou Carter do outro lado e esperou até que o peso do seu olhar o fizesse virar. Quando se voltou na direção dela, ele sorriu e a questionou com outro olhar.

Ela balançou a cabeça para mostrar que estava bem e continuou a conversar com a mulher a seu lado. Somente quando Samantha chegou e se aproximou foi que Eliza conseguiu relaxar de verdade.

23

CARTER BEBEU A ÁGUA E terminou o filé. Eliza permaneceu a seu lado e encantou os anfitriões. Max e Sally estavam sentados em uma mesa próxima, Blake e Samantha em outra. Os mais de trezentos convidados terminavam o jantar que lhes custara algo entre cinco mil e quinze mil cada prato. Só Hollywood podia cobrar tal preço. Cada pessoa ali usaria aquele jantar para obter isenção no imposto de renda, e muitas fariam contatos importantes com vistas a ganhar mais dinheiro. Participar de jantares como esse garantia votos e pagava as propagandas. Seus anfitriões esperavam por isso. O que eles não esperavam era que Carter e Eliza manipulassem os holofotes para reunir aliados para a segurança de Eliza.

Jay atravessou o salão e sussurrou no ouvido de Carter:

— Está pronto?

Ele lançou um olhar para Eliza, que assentiu e apoiou o guardanapo na mesa.

Tom e Marilyn levaram os dois para o púlpito no pequeno palco. Max e Sally os seguiram, e Blake e Samantha também.

Carter assentiu para Neil, que falou em um pequeno microfone ligado a um fone de ouvido. Ao fundo, Dean e James estavam em lados opostos do salão.

O silêncio recaiu sobre o ambiente enquanto Tom e Marilyn ficavam juntos, na frente do palco, para apresentar seus convidados de honra.

Havia vários repórteres convidados no jantar e duas equipes de filmagem. Não haveria transmissão ao vivo, mas isso não significava que cada palavra que Carter dissesse não seria ouvida. Havia momentos em que ele precisava que Jay o ajudasse com alguns discursos, mas este não era o caso.

199

— Obrigado por terem vindo esta noite — Tom começou. — A generosa contribuição de vocês para a campanha de Billings será importante para ajudá-lo a ganhar esta eleição.

A multidão aplaudiu, e Carter sentiu Eliza levantar a mão que segurava a dele para bater palmas com os convidados.

Ele manteve a mão entrelaçada na dela, levando-a aos lábios para beijá-la. Um flash brilhou e capturou o gesto. O polegar dela esfregando as costas da mão dele era a única indicação do nervosismo de Eliza. Ele percebeu que sua esposa se saía bem sob pressão, mas desejou que ela não precisasse ser tão forte.

Tom citou alguns nomes ali presentes e brincou com Marilyn a respeito de suas escolhas no menu. Após algumas risadas, ele entregou o microfone a Carter.

Os convidados permaneceram sentados, e ele deu um passo à frente para dar atenção a todos.

— Obrigado, Tom e Marilyn. Tudo hoje à noite está perfeito.

Mais uma vez, a multidão aplaudiu.

— Eu tive uma agenda muito apertada nos últimos meses, mas sempre prefiro dirigir para os eventos em vez de voar.

— É uma longa viagem de Sacramento até aqui — alguém gritou.

Carter riu e assentiu.

— Realmente. Mas, no intuito de fazer mudanças positivas no estado, estou disposto a dirigir por todo esse percurso. Muitos dos nossos empregos, dos *seus* empregos, estão sendo levados para outros lugares, e é hora de fazer com que eles voltem para cá.

Fez uma pausa para os aplausos.

— Mandar nossas famílias para fora do estado para colocar comida na mesa não deveria ser a saída para o segundo maior contribuinte econômico do sul da Califórnia. Se todos vocês, a elite de Hollywood, saíssem daqui, o nosso maior empregador, o turismo, sofreria uma queda vertiginosa. Nossos parques estaduais estão entre os melhores do mundo e, ainda assim, foram fechados por causa de cortes no orçamento. Tivemos cortes porque a receita do estado é gasta em outros lugares, para produzir filmes e programas de TV.

Os convidados murmuraram, concordando.

— Eu entendo os nossos problemas e, se for eleito, farei tudo o que estiver ao meu alcance para trazer nossos empregos de volta.

Mais uma vez, a multidão aplaudiu.

— Ao contrário de qualquer outro momento na minha vida pessoal, estou mais determinado do que nunca a fazer da Califórnia um lar para a minha família. — Ele olhou por cima do ombro e as bochechas de Eliza ficaram vermelhas. — Caso vocês ainda não saibam, eu assinei algo muito importante na semana passada. — Enquanto o público ria, Carter estendeu a mão para Eliza. — Gostaria de lhes apresentar a minha encantadora esposa, Eliza Billings.

Ela se virou para as luzes e acenou.

— Acho que ela seria uma ótima primeira-dama, concordam?

Ele parou por um momento e esperou que as perguntas plantadas por Jay viessem da imprensa. Era hora de o verdadeiro show começar.

— Seu oponente vem sugerindo que a sua esposa é uma imigrante ilegal.

Algumas pessoas ofegaram com o comentário, e outras tentaram silenciar o repórter.

— Está tudo bem — Carter disse ao público. — A Eliza e eu sabíamos que haveria perguntas sobre o passado dela.

— De acordo com as minhas pesquisas, Eliza Havens não nasceu aqui.

Carter ergueu as mãos para a plateia, para acalmá-la.

— Meu pai fez parte da força policial por mais de trinta anos. Seu lema no trabalho era simplesmente o seguinte: "Não acredite em nada do que você ouve nem em metade do que você vê". Suas pesquisas e as do meu adversário encontraram pontos de interrogação em relação ao nascimento e ao passado da Eliza. É até natural suporem que ela é imigrante. Com a imigração encabeçando as discussões na política, é fácil apontar o dedo e acusar. — Carter ergueu os olhos para o público. — Mas existem razões, além da imigração, pelas quais as pessoas precisam se esconder ou trocar de nome. E a história da Eliza daria um filme, se não fosse tão dolorosa.

O salão ficou em silêncio para que todos o ouvissem.

— Até um mês atrás, a Eliza se escondia dos olhos do público porque viveu a maior parte da vida como integrante do programa de proteção a testemunhas.

Os olhos na sala se voltaram para ela. Flashes dispararam rapidamente, e Carter segurou a mão de Eliza com força.

— É verdade, sra. Billings?

Eliza se inclinou para a frente e falou ao microfone:

— É sim.

— O que aconteceu?

— De quem você está se escondendo?

— Por que revelar sua identidade agora?

Perguntas vieram de todos os lados ao mesmo tempo.

A confusão foi geral. Eliza sentiu a respiração falhar e suas mãos ficaram úmidas. Ela sabia que era o foco das atenções e precisava pedir a ajuda do público.

Carter a puxou para o seu lado e deixou que ela se dirigisse aos convidados:

— O meu pai era um trabalhador, nascido aqui nos Estados Unidos. Ele e a minha mãe tinham os mesmos valores familiares que todos nós queremos para os nossos filhos. Ele testemunhou um crime bárbaro e fez o que muitas pessoas não fariam. Denunciou, porque não conseguiria viver em paz se escondesse a verdade.

Ela pensou em seu pai, em seu sorriso e sua risada sonora.

— Fomos levados embora e tivemos nossa identidade trocada. Mas não fomos longe o suficiente. — A emoção lhe apertou a garganta. — Meu pai e minha mãe pagaram pelo testemunho com a própria vida.

Ela encontrou Dean no fundo do salão e se dirigiu a ele:

— Eu fui levada para outro lugar, recebi uma nova identidade e fui obrigada a me esconder desde pequena.

— A ameaça já foi eliminada, sra. Billings?

Ela balançou a cabeça.

— Não. Mas eu não podia mais ficar escondida. O Carter entrou na minha vida, e eu sabia que as pessoas que aprendi a amar não me deixariam mais fugir.

— Então ainda existe alguém atrás de você?

Ela deu de ombros.

— Não tenho motivos para acreditar que o homem responsável pela morte dos meus pais não queira se vingar de mim.

— Quem é ele?

Eliza balançou a cabeça, e Carter se inclinou em direção ao microfone.

— Não podemos revelar no momento.

— Por que proteger esse assassino?

— Não o estamos protegendo. Mas ele tem família, tem filhos — Eliza falou. — É justo condená-los, como eu fui condenada? Acreditem em mim, não quero nada além de saber que o passado ficou para trás, para que eu possa viver o meu futuro sem uma sala cheia de guarda-costas.

Vários repórteres olharam ao redor, notando a presença dos seguranças.

Atrás de Eliza, Samantha apoiou o braço em seu ombro. Max e Sally se aproximaram de Carter.

— Eu apoio totalmente a minha esposa e farei o que estiver ao meu alcance para mantê-la em segurança — Carter prometeu. — Estou admirado com a coragem dela de estar aqui, diante de vocês, para contar a sua história. Espero que me apoiem para zelar pelo bem-estar da Eliza.

O salão ficou em completo silêncio, até que uma palma solitária soou ao fundo. Os olhos de Eliza brilharam quando viu Dean aplaudindo. Logo, o salão respondeu até que todos estivessem de pé.

⁓⊱⊰⁓

— Belo discurso.

Carter se virou ao ouvir a voz inexpressiva do tio.

— Ela se saiu bem.

Max se remexeu e observou Eliza pela borda da taça.

— Convincente. Até para mim.

— A verdade dá sustentação às palavras. — Carter assentiu para um casal que passou por eles sem interromper.

O tio levou a bebida aos lábios e murmurou:

— Mas não é o suficiente.

— O que não é o suficiente?

— Bancar o mártir. O passado sempre dá um jeito de te alcançar. Você deve saber disso, doutor.

— O que você está dizendo?

Max se inclinou para a frente, de modo que só o sobrinho pudesse ouvi-lo.

— Pessoas como nós não *esperam*. Nós fazemos as coisas acontecerem. — Max alisou o paletó de Carter. — Vou manter contato. — O senador colocou a taça vazia na bandeja de um garçom antes de se afastar.

Carter sentiu um pesado nó no estômago. Por que ele sentia que as palavras de Max eram mais ameaças do que um chamado legítimo à ação?

Provavelmente porque eram. Ele sabia que pedir favores ao tio seria terrível, e que seria impossível impedi-lo de fazer o que quer que estivesse planejando. Manter Eliza segura era primordial. Nada mais importava.

Eles voltaram rapidamente do jantar. Eliza falou dos atores e produtores que havia conhecido. Ela não mencionou a revelação do seu segredo mais sombrio para o mundo. Não demoraria para que a imprensa cavasse e encontrasse o nome do responsável. Carter sabia disso. E, enquanto ele a observava roer a unha, sabia que ela também havia pensado nisso.

Eliza estava preocupada.

Em vez de abordar o problema, Carter manteve a conversa leve.

Entretanto, quando seguiram até a porta da frente da casa, ele olhou para a escuridão, ouvindo os sons da noite e procurando qualquer coisa que lhe parecesse estranha. Só ouviram grilos e o farfalhar das folhas nas árvores.

Um dos guarda-costas chegara antes deles, para se certificar de que ninguém estivesse dentro da casa. Quando Carter dispensou os seguranças armados, pegou a mão de Eliza e a beijou.

Ela sorriu timidamente para ele. Um sorriso que ele não via com frequência.

— Vamos ficar bem — Carter prometeu.

Ela arregalou os olhos, e ele viu lágrimas se acumulando em seus cílios.

— Eu... estou com medo, Carter.

O desabafo de Eliza tocou a alma de Carter. Ele segurou o rosto dela e fez o que pôde para afastar seus medos. Ele a beijou, desejando que ela os esquecesse com o gesto. Em seguida abafou seu choro ao aprofundar o beijo. A ponta da língua a persuadiu a se abrir para lhe permitir entrar.

Ela abriu a boca e se derreteu no mesmo instante. Suas mãos tímidas se apoiaram no peito dele e queimaram o caminho direto para o seu coração. Ele gemeu, ou talvez fosse ela, e Carter passou os dedos ao longo do seu pescoço e os entrelaçou nos cabelos macios, que se soltaram do penteado. O corpo dela se encaixou ao dele, dos lábios aos pés. A ponta da língua dela provocou a dele, até que ele respondesse com beijos indecentes. Eliza respirou desesperada e soltou uma risada nervosa. Carter sorriu enquanto mantinha os lábios ocupados. Ele a faria esquecer.

Então a pegou no colo.

Ela riu baixinho e acariciou o pescoço dele enquanto era levada para o quarto.

— Você não precisa me carregar — ela disse.

— Não estou me sentindo obrigado a isso.

Ela usou a mão livre para afrouxar a gravata de Carter e desabotoar a camisa.

— Seu cheiro é tão bom. Apimentado, masculino... desejável.

Já excitado, ele se inflamou com a necessidade evidente naquelas palavras. Carter fechou a porta do quarto com um chute.

— Como é um cheiro *desejável*?

Eliza deslizou ao lado dele até seus pés tocarem o chão. Lentamente, tirou sua gravata e a jogou no chão.

— Humm. Sexy. Acho que agora entendo o que são feromônios.

— Feromônios? Aquilo que os animais exalam quando estão prontos para acasalar?

Os olhos escuros de Eliza estavam repletos de paixão enquanto seus dedos abriam os botões da camisa dele. O ar frio do quarto não aliviava em nada o fogo que o queimava por dentro.

— Exatamente. Ouvi dizer que as fêmeas têm um cheiro único, mas acho que são os homens que atraem as mulheres. — Ela passou a mão pelos braços dele e brincou com as abotoaduras até que elas também caíssem no chão.

— Todos os homens?

Lábios macios pressionaram o peito dele. Ela deslizou a camisa dele pelos ombros e o manteve cativo com suas palavras. Ele podia ter iniciado sua parte no jogo de sedução, mas se sentia completamente dominado agora.

— Nunca senti o cheiro da necessidade de um homem como sinto o seu.

A língua dela provou seu mamilo, e ele estremeceu.

— Cuidado, Lisa... meu ego está aumentando.

Ela riu e ergueu os olhos para ele enquanto deslizava a mão para baixo da cintura dele. Então envolveu seu membro, por cima do tecido da calça.

— Essa não é a única coisa que está aumentando.

Ele contra-atacou, beijando-a enquanto a encostava contra a porta. O gosto dela, a necessidade que tinha dela o invadiram como um arco de fogo disparado de um cometa. Se ela já tinha sentido o desejo dele antes, devia estar sufocando com ele agora. Carter pressionou sua ereção contra o corpo dela. Encostada na porta, ela se arqueou em direção a ele, aumentando o contato e a necessidade.

Carter a agarrou pela cintura. Tentou tocá-la em todos os lugares ao mesmo tempo. Eles se beijaram até precisarem de ar. Quando ela estava ofegante, ele moveu a boca para seu pescoço, seu ombro. Carter ergueu a barra do seu vestido até tocar a pele quente e tentadora do quadril. Quando os dedos entraram em contato com a cinta-liga, ele abriu os olhos. Tocou o elástico com a ponta dos dedos. Eliza observou sua reação com um olhar encoberto.

— Lingerie sexy?

Ela mordiscou o lábio inferior e apoiou a cabeça na porta.

Sua imagem envolta em cinta-liga e lingerie de seda o quebrou. Incapaz de se controlar, Carter virou Eliza de costas e encontrou o zíper do vestido. Ele o abaixou lentamente, beijando seu pescoço, seus ombros, suas costas. Quando o vestido deslizou para o chão, seu queixo caiu.

Pequenos pedaços de renda marfim cobriam apenas os lugares mais íntimos de seu corpo perfeito. As meias seguiam até o meio das coxas, presas com delicadas presilhas. Carter passou a mão pela coluna dela. Eliza lutou para respirar e o observou por cima do ombro.

Se ele a visse de lingerie todos os dias, nunca se acostumaria com a visão.

— Você está linda — ele sussurrou.

— Posso virar?

Ele a prendeu no lugar.

— Ainda não... Eu não terminei.

Arrepios tomaram sua pele exposta. Ele gostava de como suas palavras a faziam se contorcer. Carter acariciou sua coluna, enchendo-a de beijos. Ela tinha gosto de primavera, fresca e convidativa. Ele se alimentou dela como um homem faminto. Os quadris dela se ergueram enquanto a língua dele tocava a carne sensível debaixo da calcinha de renda. Ele sorriu. Então se ajoelhou atrás dela e segurou suas coxas bem torneadas. Até a seda das meias eram pecaminosas. Ele mordiscou seus quadris e baixou a calcinha, sem tirar a cinta-liga que segurava as meias. Então a ajudou a erguer um pé de cada vez e jogou a peça de lado.

— Você está me matando, Carter.

Ele tocou sua bunda nua e macia, depois seu sexo. Ela estava derretendo com o toque. Ele procurou os pontos mais sensíveis e, quando a respiração dela falhou, encostou a testa nas costas dela.

— Por favor — ela implorou.

Ele a virou, lambeu e beijou todo o caminho até seu centro de prazer. Os joelhos dela fraquejaram enquanto ele a chupava. Eliza se contorceu de encontro a ele e murmurou para ele parar e continuar ao mesmo tempo. Ela o puxou para mais perto, apertando sua carne e deixando marcas com as unhas. Ela ofegou, e então ele se afastou.

— Você vai pagar por isso — Eliza prometeu.

Ele mal podia esperar.

Carter a puxou e a deitou no centro da cama, ainda de meia e salto alto. Caramba, como ela era sexy. Os grampos em seus cabelos se espalharam. Seus cabelos caíram em cascata pelos ombros. Ele tirou os sapatos e a roupa apressadamente e se juntou a ela na cama. O salto dela tocou a parte de trás da coxa dele. Sua ereção latejava.

Quando a renda do sutiã se tornou um obstáculo, ele o tirou para ter acesso e provou o mamilo eriçado antes de se virar para o outro.

Mãos suaves agarraram suas costas e o puxaram para mais perto. O calor do sexo dela o envolveu, e Eliza o seduziu com seu cheiro. Os dedos finos envolveram o membro dele, acariciando-o e acabando com qualquer possibilidade de raciocinar.

Quando foi que ele desejou tanto assim uma mulher? Será que já houve alguma vez? Com Eliza, era mais que desejo, mais que atração sexual. Ela o encaixou entre suas coxas e se abriu para que ele a tomasse.

Quando ele a penetrou, o coração dele se abriu, totalmente exposto.

— Ah, Carter. — Ela inclinou os quadris em sua direção, e ele se moveu dentro dela. Cada estocada, cada estremecimento, o fazia penetrá-la mais fundo. Ao tomá-la, ele a reivindicou das formas mais primitivas, e soube que seu coração estava perdido. Ela era dona de cada centímetro dele.

Seus movimentos se intensificaram. Ele afundou nela, beijando-a com toda a ternura. Quando seus lábios se afastaram e ela o apertou com força por causa da intensidade do orgasmo, ele se permitiu se juntar a ela.

Eles respiraram o mesmo ar. O suor do corpo deles se misturou, perfumando os lençóis com um aroma único e agradável.

— Eu poderia ficar assim, com você, para sempre — ele confessou, encostando os lábios no pescoço dela.

Ela envolveu as pernas ao redor da cintura dele e apertou.

— São os sapatos, né? Eu nunca tinha feito amor assim antes.

— Não é isso.

— É a cinta-liga? Achei que você ia gostar, mas pensei que você fosse atirá-la no chão em algum momento.

— Não é a lingerie sexy. Mas eu gostei muito.

— Então deve ser o meu jeito alegre e bem-humorado — ela brincou.

Carter tirou parte do peso de cima do corpo dela e olhou em seus grandes olhos castanhos.

— É você. Sua coragem, sua força... sua capacidade de me fazer ferver por dentro. Eu estou deitado aqui, me perguntando por que demoramos tanto para ficar juntos.

Ela o observou atentamente, com os olhos inabaláveis.

— Porque você brigava comigo por causa de tudo, do futebol à temperatura do chá. É por isso.

Então ele riu, lembrando algumas discussões anteriores.

— Tensão sexual.

Os olhos dela se estreitaram.

— Sério?

— Sim. — Ele se moveu para o lado e a puxou para perto. — Lembro quando nos conhecemos. A Samantha e o Blake tinham acabado de se casar, e fomos convidados para a recepção em Londres. Acho que você flertou com todos os homens lá.

— Flertei?

— Menos comigo. Você me evitou como quem evita a peste negra. Então eu soube...

— O quê?

Ele beijou seu nariz, sentindo que ela lia algo impróprio em suas palavras.

— Soube que daríamos certo. É impossível alguém rejeitar tanto outra pessoa se não forem bons juntos.

O sorriso dela se desfez.

— Você está falando besteira. Você me odiava naquela época.

— Odiava? Eu nunca odiei nada em você. Você despertou a minha curiosidade, me fez querer coisas... mas ódio nunca fez parte dos meus sentimentos em relação a você.

— Então por que você rebatia tudo o que eu dizia?

Ele brincou com o quadril dela e puxou as cobertas sobre eles.

— Você devia ver o seu olhar quando alguém te irrita. O jeito como você se defende quando sabe que está certa e alguém te contesta. Você, minha pequena bola de fogo, é um sopro de ar fresco em um dia seco. Coitado de quem atravessar o seu caminho.

Eliza ergueu o joelho até o quadril dele.

— Você está dizendo que discutia comigo só para me deixar brava?

Ele inclinou a cabeça para o lado e ficou em silêncio. Ela deu um soquinho brincalhão no peito dele.

— Você é terrível.

— Fala sério. Não me diz que você não gostava.

— Não mesmo.

— Mentirosa.

Eliza tentou manter uma expressão séria, mas falhou. Seus lábios formaram uma careta contagiante enquanto ela ria.

— Quem é o mentiroso agora?

— Vou levar isso para o túmulo — ela disse.

E, tão rápido quanto Eliza disse aquelas palavras, a mente de Carter a imaginou imóvel e sem vida. Ele congelou e percebeu que o próprio sorriso havia desaparecido. Ela notou o mal-estar, mas não mencionou nada. Em vez disso, aconchegou a cabeça em seu peito.

— Fizemos a coisa certa hoje à noite, não é? — ela finalmente perguntou.

Ele acariciou seus cabelos. Deus, ele esperava que sim.

— Fizemos.

No entanto, quando ela caiu no sono e ele ficou acordado, não teve tanta certeza.

ELIZA FICOU EM CASA, MELANCÓLICA, por dois dias inteiros depois do jantar em Hollywood. A notícia do seu passado não se restringiu às transmissões locais e ganhou âmbito nacional. Seu celular tocou incessantemente com pedidos de entrevistas exclusivas, mas ela ignorou todos.

A magnitude do que tinha feito ao contar ao mundo bateu na porta de casa quando Jay chegou, na manhã de terça-feira, com uma quantidade enorme de correspondência.

— Para você — ele disse enquanto soltava dezenas de cartas no balcão da cozinha.

— Para mim? — Ela olhou para os envelopes com a testa franzida.

O sorriso magnético de Jay iluminou seu rosto.

— O público simpatizou com você e é solidário com a sua situação. As cartas começaram a chegar no comitê da campanha, e me disseram que há mais na sede em Sacramento e em San Francisco.

Eliza pegou um envelope aleatoriamente e abriu. Dentro, havia uma carta manuscrita de uma mulher que morava em Lancaster, uma comunidade próxima ao deserto de Mojave. Ela aplaudia a coragem de Eliza e perguntava se havia uma maneira de entrar em contato com o filho dela, que também entrara no programa de proteção a testemunhas havia anos. Não saber se ele estava vivo ou morto lhe arrancara um pedaço do coração. Qualquer ajuda que Eliza pudesse dar seria bem-vinda.

— O que está escrito? — Carter se aproximou e leu por cima do ombro de Eliza. — Ah, nossa.

— É...

Ela abriu outra carta, de um homem que havia perdido a esposa em um tiroteio. Ele disse que desejava que mais pessoas relatassem crimes hediondos como esse, para que os bandidos pudessem ser tirados das ruas. Aparentemente, as autoridades nunca pegaram o assassino da esposa dele.

— Tomei a liberdade de criar um endereço de e-mail no seu nome. A caixa do Carter ficou cheia da noite para o dia — Jay informou.

— O que eu faço com isso aqui?

Carter deu de ombros.

— Ignore. Responda. O que você quer fazer?

Ela não sabia.

— Enquanto você pensa a respeito, tenho outra notícia para compartilhar. — Jay tomou a liberdade de se servir de uma xícara de café. Obviamente, ele passava muito tempo na casa de Carter e sabia onde as coisas ficavam. — Sua posição nas pesquisas subiu durante o fim de semana. O seu casamento não só elevou a porcentagem de eleitores que declararam que vão votar em você, mas a compaixão pela situação da Eliza recapturou votos perdidos. Se tem um casal poderoso na política, são vocês dois.

— Casal poderoso na política? De onde saiu isso? — Eliza perguntou.

Carter lhe deu um tapinha nas costas.

— Se eu quiser ser qualquer coisa na política, preciso voltar ao trabalho.

Aparentemente, a lua de mel havia acabado.

— Você é muito preguiçoso — ela brincou.

— Você vai ficar bem aqui?

Ela revirou os olhos.

— Estou bem. Tenho o Zod e os guarda-costas. Estava pensando em ir para a Alliance, mas acho que vou esperar alguns dias e ver o que faço com essas cartas.

— Ir para a Alliance? A Gwen não está tomando conta da agência?

— A Gwen ainda tem muito que aprender.

Carter franziu o cenho.

— O quê? — Eliza perguntou.

Ele olhou para seu gerente de campanha.

— Jay, você pode nos dar licença um minuto?

O homem saiu da cozinha com o café.

— O que está se passando nessa cabeça, Hollywood?

— A Alliance... A Sam entenderia se você precisasse se afastar por um tempo.

— O que você quer dizer com isso?

— Afaste-se, tire uma folga.

— Já estou fora há quase duas semanas. — Aonde ele queria chegar? Queria que ela fosse dona de casa? Isso simplesmente não ia acontecer.

Ele passou a mão pelo cabelo loiro e se debateu com as palavras seguintes.

— É arriscado você sair de casa. Não sabemos o que o Sánchez vai fazer.

— Então eu devo fazer o quê, exatamente? Ficar aqui como uma prisioneira?

— Não seja ridícula.

— É você que está sendo ridículo. Se me isolar do mundo fosse a única opção, eu não teria me metido em toda essa encrenca, para começar. — Sua pele começou a esquentar e o temperamento explodiu. — Eu não vou ficar me escondendo, Carter.

— Não estou falando para você se esconder. Apenas para ter cuidado.

— Não é isso que você está sugerindo. Você me disse para tirar um tempo e ficar em casa.

Ela se levantou e começou a andar de um lado para o outro.

— Eu não disse para você ficar em casa.

— Mas deu essa impressão.

Carter parou atrás dela e segurou seus ombros, mas ela se afastou.

— Você é uma mulher inteligente. Sei que pode entender a minha lógica.

Ela se virou para olhar para ele com as mãos na cintura, em sinal de desafio.

— Eu entendo a sua lógica, mas não concordo com ela. Vou viver a minha vida. E, só para ficar registrado, ser condescendente não vai funcionar comigo.

— Que droga, Eliza! Eu não posso deixar que nada te aconteça — ele gritou, e a explosão a chocou.

Aquele pedido era fruto do medo. Ela nunca tinha visto pânico em seus olhos antes, e não tinha certeza se se sentia melhor por saber que ele se importava ou se isso a assustava, porque ele também parecia assustado.

Ele se aproximou e segurou seu rosto.

— Não vou deixar que nada te aconteça — disse, e sua voz se tornou um sussurro tenso.

— Uma semana. Vou pedir para a Gwen me encontrar aqui por enquanto, mas não posso ficar presa, Carter.

— Eu sei. Vamos dar um jeito. — Então ele a beijou, como se estivesse selando aquelas palavras com uma promessa.

No fim das contas, ficar na casa de Carter não era uma tarefa tão difícil. Gwen passava quase tanto tempo na nova casa de Eliza quanto em Tarzana. O fato de Eliza focar a atenção no fluxo ininterrupto de cartas que chegavam diariamente, de todos os cantos do país, também ajudou. Havia uma grande quantidade de pessoas à procura de parentes que testemunharam contra alguém e depois desapareceram. A falta de um encerramento para essas famílias era dolorosa. Alguns não sabiam se seus entes queridos estavam vivos e em segurança, ou se haviam encontrado um fim trágico.

Cada história fazia o coração de Eliza se apertar e exigia uma resposta.

— Tem uma falha séria no sistema — Eliza disse a Gwen certa tarde. — Meus pais eram sozinhos, meus avós morreram logo depois que eu nasci. Mas essas pessoas deixaram mães e pais, tias, tios. Não consigo imaginar como deve ser não saber.

— Deve existir algo para ajudar essas famílias.

— Se existe, eu não conheço.

Eliza empilhou as cartas em categorias: em uma pilha, pais que procuravam os filhos e sabiam que eles tinham sido incluídos no programa de proteção a testemunhas; em outra, pessoas que não sabiam por que ou onde seus amigos tinham desaparecido. Havia até uma pilha de cartas de familiares de criminosos sugerindo que a testemunha do caso deles já não precisava se esconder, porque o criminoso havia morrido ou não era mais uma ameaça.

— E aquele seu amigo, o policial? Ele não pode ajudar?

— O Dean?

— É.

— Não sei. Ele sempre me ajudou, mas não lembro de ele falar sobre a família das testemunhas.

— Não custa perguntar o que ele sabe ou ver se ele pode ajudar de alguma forma.

Eliza se recostou na cadeira.

— Me ajudar como? Não sei o que fazer com tudo isso. Essas histórias poderiam virar um grande romance, mas não sei como eu posso ajudar.

— Ah, tenho certeza que você vai pensar em alguma coisa. É o que nós, ricos, fazemos quando não precisamos trabalhar para viver. — Gwen jogou uma mecha de cabelo para trás com um sorriso.

— Eu não sou esse tipo de pessoa. Ainda preciso ganhar a vida.

Gwen riu e cobriu os lábios com a mão.

— Desculpe.

— O que é tão engraçado?

— Eliza, amiga, você é esse tipo de pessoa. Você é casada com o homem mais influente desta província... hum, deste estado... e não precisa mais se preocupar em trabalhar para ganhar a vida.

Eliza não queria admitir que Gwen estava certa.

— Você sabe muito bem que eu e o Carter nos casamos por outros motivos, diferentes do amor eterno. Não tem nada que garanta que o nosso casamento vai durar.

— Você se preocupa demais.

— Preciso cuidar de mim. Ninguém melhor do que eu para saber que não existem garantias na vida.

— Que despautério. O Carter se importa com você profundamente, e você não tem nada com que se preocupar.

— Despautério? Você acabou de dizer *despautério*?

Gwen revirou os olhos.

— Não ria do meu jeito de falar. Você sabe que é verdade.

Não, ela não sabia. Eliza não fazia ideia de onde estava a cabeça de Carter quando se tratava do amanhã. Claro, seu futuro imediato era estável, mas quem poderia saber o que o longo prazo lhe reservava?

⤙∽⤚

— Por que o mistério? — Carter se sentou diante de Blake no escritório do amigo e cruzou o tornozelo sobre o joelho.

Blake ergueu um dedo e pegou o telefone.

— Preciso que você segure as minhas ligações — disse à secretária, devolvendo o fone ao aparelho e concentrando a atenção em Carter. — Acho que este escritório é o único lugar onde não tem ninguém observando você.

— Certo... — Obviamente, o que Blake ia dizer era particular.

— Eu conheci o pai da Sam na semana passada... antes do jantar.

Carter prendeu a respiração. Embora Blake e ele nunca tivessem discutido o assunto Harris Elliot, Carter sabia sobre o homem e seus crimes. E também sabia que Harris e Sánchez estavam na mesma prisão. Carter nunca teria pedido a Blake para entrar em contato com o sogro. E nem precisou.

— A Sam sabe?

Blake assentiu uma vez.

— Eu contei para ela quando voltei.

— E como foi?

— Ela aceitou bem. A Sam faria qualquer coisa pela Eliza.

— Mesmo se reaproximar do pai que acabou com a vida dela?

Blake se recostou na cadeira e entrelaçou os dedos.

— Já reparou que, quando as coisas vão bem na vida da gente, é difícil culpar os outros pela vida deles? O fato é que o Harris parece realmente arrependido pelo sofrimento que causou às filhas.

— Suponho que você tenha mais para me contar, além de um resumo da reunião familiar.

— Sim. Eu pedi para ele destruir todas as fotos da Sam e qualquer coisa que pudesse levar Sánchez à Eliza.

Carter queria acreditar que isso era tudo de que eles precisavam.

— Obrigado.

— Pode não fazer diferença — Blake disse o que Carter estava pensando.

— Mas também pode fazer.

Os dois ficaram em silêncio por um momento, sem expressar suas preocupações.

— O que mais eu posso fazer, Carter?

— O meu pai está de olho no Sánchez. Está tentando descobrir se ele ainda controla seus negócios sujos de dentro da prisão. De acordo com o Dean, ele controlava logo que foi preso, mas já faz alguns anos que eles não detectam nenhuma atividade criminosa relacionada a ele. Meu palpite é que não há nada de novo para relatar, ou o Dean teria dito algo. Não ter notícias nem sempre é bom sinal.

— Eu tenho um filho de dois anos. Sei bem como é isso.

Carter riu e a tensão em seus ombros diminuiu.

— Você não disse que o Sánchez tinha contatos no México? — Blake perguntou.

— Sim.

— Posso mandar alguém investigar as antigas atividades dele por lá. Ver se tem alguma novidade que valha a pena mencionar.

Blake tinha terminais de carga no mundo todo, o que equivalia a muitos contatos. É claro que Carter também tinha contatos, mas acioná-los enquanto concorria ao governo poderia significar suicídio político.

— Levantar informações não pode ser ruim — Carter disse.

— Considere feito. Como vão as outras coisas? A Samantha me disse que a Eliza recebe cartas com pedidos de ajuda todos os dias.

— Todos os dias? Está mais para todas as horas. Ela está em uma missão para reunir famílias e corrigir falhas no programa de proteção a testemunhas.

— Se existe alguém que pode fazer isso, é quem vivenciou a situação.

Carter concordou.

— As cartas a distraíram um pouco do fato de estar isolada.

— Como assim?

— Eu pedi para ela evitar sair, para ficar em casa, onde está segura.

Blake esfregou o queixo e franziu a testa.

— Isso não é a cara da Eliza.

— Não mesmo. Tomara que em breve a gente descubra mais sobre o Sánchez e com isso consiga neutralizar a ameaça dele.

— Se fosse possível, você não acha que a polícia teria feito isso desde o início e evitado incluir a Eliza no programa?

Carter sentiu o maxilar e os ombros tensionarem.

— Tenho que acreditar que existe algo mais que eu possa fazer, Blake. Caso contrário, eu coloquei minha esposa em risco, em vez de salvá-la.

Os músculos do rosto de Blake se suavizaram e ele tentou sorrir. No entanto, a tentativa falhou.

Carter se levantou de repente e disse:

— Tenho um compromisso do outro lado da cidade.

Blake o acompanhou até a porta.

— Te ligo depois.

Ao entrar no carro, Carter socou o volante. Que diabos ele iria fazer?

❧

Dean tragou a nicotina e sentiu os nervos se acalmarem no mesmo instante. Ele tinha sido relegado a se apoiar em uma das viaturas estacionadas no pátio para poder fumar seu cigarro. Até mesmo a delegacia, que costumava exibir um tom enfumaçado cinzento como um distintivo de honra, tinha sido envenenada pelos não fumantes. "Não fume perto da porta! Não fume dentro da viatura! Fumar faz mal à saúde!" Como se o rótulo de advertência estampado na porcaria do maço não fosse ameaça suficiente, parecia que todo mundo torcia o nariz para os fumantes. Ele respirou fundo e soprou a fumaça através dos lábios franzidos.

O mundo que se danasse. Suas tentativas de parar nunca funcionaram, e a goma de nicotina tinha gosto de merda.

— Sabia que te encontraria aqui.

Jim caminhou em sua direção com passos decididos. Ele carregava papéis que batia na coxa. Olhou para o cigarro, mas não comentou nada.

— Estou fazendo uma pausa.

Jim se encostou no carro, ao lado dele.

— Melhor conversar aqui, de qualquer maneira.

Aquilo não soava bem.

— O que foi?

Ele bateu os papéis na palma da mão antes de entregá-los a Dean.

O policial deu uma última tragada e jogou a bituca no chão, ao lado de muitas outras deixadas por outros policiais. Pegou os papéis e olhou para uma foto impressa, de má qualidade.

— Blake, o amigo do Carter, visitou o sogro.

— Sabemos sobre o que eles conversaram?

— Podemos adivinhar.

Ele folheou as páginas de fotos tiradas pelas câmeras da prisão. Parecia que Blake tinha ido sozinho.

— Alguma palavra de dentro?

Jim balançou a cabeça.

— Está tudo quieto. Quieto demais.

Dean odiava essa palavra. Nada de bom vinha disso nem durava muito.

— Notícias da Eliza?

— Só um monte de contas de sapatos.

Jim riu e cruzou os braços.

— Será que o Sánchez não está mais interessado? Será que ele deixou pra lá?

Criminosos nunca deixavam pra lá. E nunca se esqueciam de nada.

— Lembra da foto da mãe da Eliza? — Dean não precisou lembrar a Jim a qual foto ele se referia. O sorriso do amigo desapareceu.

O sol, que sempre conseguia brilhar no sul da Califórnia, deslizou atrás de uma nuvem e Dean sentiu um arrepio.

— Vamos continuar atentos. O Sánchez tem o tempo a favor dele e não vai se apressar. Ele sabe que a Eliza não vai sair da mira dele num futuro próximo.

O estresse que o caso de Eliza lhe causava era a garantia do vício de Dean pelos próximos anos. Ele pensou na própria filha e em como ela era parecida com Eliza.

❧ ∞ ☙

— Obrigada por fazerem isso aqui. — Samantha se sentou em cima das pernas, no sofá. Eliza, Gwen e Karen se acomodaram na sala de estar formal. — O Eddie quase não dorme mais durante o dia, e à noite eu estou exausta.

Eliza tinha entrado no quarto de Eddie antes de se juntar às outras mulheres. Parecia que ele estava cochilando bem hoje. Ela não pôde deixar de se perguntar se Samantha não o usava como desculpa para impedir que ela fosse a Tarzana.

Gwen adoçou o chá e fez pequenos barulhos com a xícara.

— O Eddie é tão fofo.

— Obrigada.

— Como estão as coisas em casa? — Eliza perguntou a Gwen.

— No início foi bastante agitado. O telefone tocava sem parar. Nada muito sério. Mas agora as coisas parecem estar se acalmando.

Samantha e Eliza tinham preparado algumas declarações para Gwen recitar a quem ligasse. Eliza se lembrava bem do que acontecera quando Sam e Blake se casaram. A imprensa se esforçara muito para encontrar alguma sujeira em relação à Alliance.

Mas falhou.

— Perdemos clientes?

— A Candice pediu para colocarmos o portfólio dela em espera. Ela conheceu alguém nas férias, e as coisas estão dando certo.

— Bom para ela — Samantha disse.

— Só isso? — Eliza tirou um cookie da travessa na mesa de centro e o quebrou em dois.

— Sim.

Karen limpou a garganta.

— Acho que você pode tirar o Sedgwick da lista.

— Ah, é?

— Ele e a minha tia estão se encontrando toda semana, embora nenhum deles assuma.

Um sorriso enorme se apossou dos lábios de Eliza.

— Fantástico.

— É mesmo. Eu achava que a minha tia nem sabia o que era maquiagem, mas notei que ela estava usando da última vez que ele veio. É tão fofo.

— Você ainda está o acompanhando?

Karen assentiu.

— Ele me pega, e às vezes eu o pego. É hilário ver os netos dele curiosos para me ver, fazendo cara feia toda vez que eu vou lá. Os filhos são mais sutis, mas tão irritados quanto.

— Então eles ainda acham que vocês dois estão saindo? — Eliza mordiscou o biscoito e desejou poder ver um vídeo dos netos gananciosos de Sedgwick.

— Sim. O Stanly está se divertindo muito enganando os herdeiros. E a minha tia dando um treinamento para ele com relação ao que dizer para irritá-los. — O humor encheu os olhos de Karen enquanto ela falava. Obviamente, ela estava se divertindo tanto quanto o casal mais velho com esse arranjo maluco.

— Por quanto tempo você acha que pode continuar com isso?

Karen encolheu os ombros.

— Mais um pouco. Eu faço questão de deixar os dois sozinhos. Meu palpite é que o Stanly vai acabar aliviando os filhos e netos da preocupação. Embora o fato de ele ter uma namorada jovem possa parecer o maior mal, eles ainda não conheceram a tia Edie.

— Quero um convite para o casamento — disse Eliza.

— É um pouco cedo para isso, mas pode deixar.

Após alguns minutos conversando sobre casamentos e como fazer uma festa de despedida de solteira para tia Edie, Karen mudou de assunto:

— Além de saber as novidades sobre o casal feliz, por que vocês me convidaram para o que eu suponho que seja um almoço de negócios?

Eliza olhou para Samantha e Gwen.

— A Sam e eu andamos conversando. Estou em uma encruzilhada no momento, e acho que preciso me afastar do dia a dia da Alliance.

Gwen suspirou.

— Tem certeza?

— É diferente de quando eu e o Blake nos casamos — Sam falou. — Um empresário bem-sucedido aqui nos Estados Unidos pode passar pelo que for preciso para encontrar a noiva certa. Mas a vida do Carter e da Eliza está sendo examinada de perto, e qualquer coisa pode ser usada contra eles. Se por acaso o Carter não for eleito, talvez isso pare.

Eliza interrompeu Samantha:

— Mas, se isso não acontecer e um tabloide descobrir que eu ainda estou à frente de uma agência de encontros que arranja casamentos de conveniência, isso não seria bom. Especialmente com a instituição do casamento em debate em quase todas as eleições.

— Concordo plenamente — Karen afirmou. — Mas isso não responde por que vocês me chamaram.

— Precisamos de ajuda. — Eliza sorriu para Karen enquanto falava. — A Gwen está fazendo um ótimo trabalho e a Samantha ajuda no que pode. Mas, entre o Eddie e as responsabilidades dela aqui e na Europa, não sobra muito tempo. Queríamos saber se você estaria interessada no trabalho.

Karen mexeu no colar.

— Eu já tenho um emprego.

— Mas esse seria mais flexível. Você teria mais tempo para ajudar as crianças. — Karen passava seu tempo livre como voluntária em grupos juvenis locais que orientavam crianças carentes. — Você já entende o que fazemos, e o mais importante é que confiamos em você. Podemos lhe oferecer um salário mais alto.

Samantha fez uma pausa, e Eliza esperou uma reação de Karen.

— Estou ouvindo.

Eliza relaxou e deixou Samantha explicar o que elas precisavam e esperavam. Quando terminou, Karen estava assentindo e tentando esconder o sorriso.

— E então, o que você acha?

Karen suspirou e não hesitou.

— Só preciso dar o aviso-prévio na Moonlight.

Gwen bateu palmas.

— Ah, que máximo. Você vai adorar trabalhar na Alliance.

Parte de Eliza lamentou ter que se afastar do trabalho. Ela ainda estaria por perto para ajudar, mas o negócio não estaria mais no seu nome.

Elas passaram a próxima hora atualizando Karen sobre alguns clientes ativos, aqueles para quem ainda precisavam encontrar o companheiro ou a companheira ideal. Naturalmente Karen era uma delas, e ela deixou claro que fazia questão de ter prioridade quando aparecesse o noivo perfeito.

25

CARTER CHEGOU EM CASA ANTES de Eliza, com comida do Villa. Eliza tinha adorado o restaurante toscano escondido que ele lhe apresentara pouco depois de se casarem. Se não fossem as comidas para viagem, Carter teria morrido de fome anos atrás.

Ele passou por Zod, que cheirou o pacote e latiu, dando-lhe boas-vindas.

— Por que você está latindo? Não vai comer mesmo. — *Cachorro bobo.* Por mais que tentasse enganá-lo, o cão não aceitava restos de comida.

Carter acendeu a luz da cozinha e colocou os embrulhos no balcão. Ele queria tornar a noite especial para a esposa. Ela havia se demitido da Alliance naquele dia, e ele sabia que ela não estaria feliz.

Ele entrou na sala e ligou o rádio. No caminho de volta para a cozinha, encontrou um salto agulha meio comido ao lado do sofá.

— Zod! — gritou para o cão.

Zod correu para o seu lado e latiu, sem saber o motivo de ser repreendido. Carter acenou com o sapato no ar.

— Estou tentado a te bater com isso. Cachorro malvado!

Zod latiu mais duas vezes.

— Como vou convencê-la a deixar você ficar conosco se continuar comendo os sapatos dela?

O animal se sentou e colocou a língua para fora. Carter podia jurar que ele estava sorrindo por trás dos dentes afiados.

— Cachorro malvado — disse mais uma vez, antes de sair.

Então levou o sapato até o corredor lateral e o enfiou na lata de lixo. Não queria que Eliza visse. Talvez ela se esquecesse do sapato e achasse que Zod tinha abandonado esse hábito. Por causa disso, a esposa teve a excelente ideia de usar a prateleira alta do armário para guardá-los, mas devia ter se esquecido desse. Ou talvez estivesse com pressa quando saiu. De qualquer maneira, Carter não denunciaria o comportamento do cão.

Ele pôs a mesa e acendeu uma vela antes de ouvir o alarme indicando que um carro estava subindo. O monitor de segurança da cozinha ligou e Carter reconheceu o carro deles. Logo atrás surgiu o segundo segurança. Ele ouviu vozes e a porta da frente se abriu.

Russell, o segurança que acompanhava Eliza com mais frequência, lhe desejou boa-noite no corredor. Quando ela entrou na cozinha, o homem se afastou. Carter nunca esquecia que eles estavam lá, mas faziam um ótimo trabalho em se manter distantes.

— O que está cheirando tão bem? — Eliza perguntou enquanto entrava.

— Penne de frango picante com molho light.

Carter terminou de servir o espumante nas taças enquanto Eliza colocava a bolsa no balcão.

— Qual é a ocasião? — ela perguntou enquanto ele lhe entregava a taça alta para fazerem um brinde.

— Precisamos de uma ocasião? — Carter a beijou antes que ela pudesse responder. Ele gostava disso, da felicidade doméstica entre eles. Carter sempre a beijava quando voltava para casa e antes de sair. Trocavam mensagens algumas vezes durante o dia, e essas pequenas coisas pareciam perfeitamente certas. Eliza não era grudenta nem fazia nada que o irritava. Ela tinha se adaptado a sua nova vida melhor do que ele imaginara.

E isso o fez sorrir.

— O vinho, a música... a comida. Se eu não te conhecesse, apostaria que você está tentando se dar bem.

Carter colocou a mão no peito.

— Estou arrasado.

Eliza tomou um gole do vinho.

— Sim, tá bom. E aí?

Ele puxou uma cadeira e a encorajou a se sentar.

— Você estava na casa da Sam, certo?

— Ãhá.

— A Karen aceitou o emprego?

— Sim. Ah, é isso. — A compreensão tomou suas feições. Ela apoiou a taça na mesa, estendeu a mão e segurou a dele. — Você está preocupado com o fato de eu ter saído do emprego.

— Eu sei que você não queria.

— É muito gentil da sua parte, Carter. Onde você estava escondendo todo esse encanto?

— No armário... — *Com seus sapatos mastigados.* Ele olhou para os pés dela e notou os saltos pontiagudos. — Me deixe usar um pouco desse charme para te ajudar a relaxar. — Ele estendeu a mão e tirou seus sapatos. Em seguida lançou um olhar para Zod, antes de levar o calçado para os fundos da casa e colocá-los em uma prateleira alta.

Eliza estava com um sorriso suave quando ele voltou.

— Você os guardou lá no alto, né?

— Sempre.

Conversaram um pouco sobre como tinham passado o dia enquanto Carter servia a refeição nos pratos. Eliza temperou a salada e, em poucos minutos, os dois estavam comendo.

— Preciso aprender a fazer esse prato — ela disse entre garfadas.

— Sabe o que o deixaria ainda melhor?

— Pode ficar ainda melhor?

— Cogumelos. — Carter encheu a boca e saboreou o molho branco de alho e um pedaço do frango grelhado.

— Nossa, ficaria perfeito. Nem precisaria de muito. Talvez eu peça ao chef para colocar.

— Chefs podem ser mais temperamentais que um jogador de basquete depois que o juiz marca a falta. Da próxima vez que pedirmos esse prato, podemos colocar nós mesmos.

Eliza apontou para ele com o garfo.

— Agora você está usando o cérebro.

— E aí, como você está... de verdade? — Ela não parecia triste, mas ele precisava perguntar.

— Estou bem. Pensei que seria mais difícil do que foi.

Ou ela era uma atriz digna do Oscar, ou realmente não estava chateada. Se não fosse pelo fluxo constante de cartas que chegava todos os dias, Carter achou que seria mais complicado para ela superar.

Ele queria dizer que ela não precisava se preocupar com dinheiro, que ele cuidaria dela. Mas, de alguma maneira, ela provavelmente não veria isso do mesmo jeito que ele.

— Com licença. — Russell interrompeu a conversa dos dois com uma visita inusitada à cozinha. — Desculpem incomodar. — O homem olhou para Zod. — Sabemos que vocês querem ser avisados de qualquer coisa fora do comum que pegarmos nos monitores.

Eliza parou de mastigar e pousou o garfo no prato devagar.

— O que houve?

— Provavelmente nada. Logo depois que saímos hoje à tarde, o Zod avançou latindo pela porta dele. As câmeras não pegaram nada. Pode ter sido um animal ou qualquer coisa. O pessoal da vigilância não detectou nenhum carro, mas achei melhor avisar.

O sorriso de Eliza se desfez. Lá se ia a tranquilidade do jantar.

— Eu e o Pete examinamos o quintal. Não há sinal de nada fora do lugar.

— Por quanto tempo o Zod latiu? — Eliza perguntou.

— Não muito. Os sensores o pegaram procurando nos arbustos do pátio lateral antes que ele seguisse em frente. Ele latiu mais algumas vezes e voltou.

Carter agradeceu e Russell se afastou.

— Cães policiais treinados não latem para os gatos da vizinhança — Eliza disse quando ficaram sozinhos.

Isso não parecia bom.

Ela remexeu a comida no prato algumas vezes e desistiu.

— Preciso ver o vídeo.

Carter empurrou a cadeira para trás e a seguiu pela escada. Eles entraram na pequena sala de segurança onde Russell estava. Pete seguiu atrás deles.

Russell moveu o controle no computador. Todos viram Zod perceber alguma coisa e correr para fora pela portinhola. A aba de couro da pequena abertura tinha um fecho magnético preso à coleira de Zod. Só ele podia abri-la, ou um criminoso teria que tirar a coleira do pescoço do cão para poder entrar. O que não era provável.

Mesmo que Carter já esperasse isso, o latido obsessivo de Zod na tela trouxe uma onda de pânico sobre ele.

— A câmera fixa pega o Zod aqui, aí a sensorial liga e o pega aqui. — Russell apontou para cada ângulo da câmera.

Zod correu em direção aos arbustos e os latidos pararam. Quando emergiu, segurava algo nos dentes.

— O que é aquilo?

Russell deu um sorriso irônico.

— Acredito que seja um dos sapatos da sra. Billings.

Carter olhou mais de perto. Lá estava o sapato que ele jogara no lixo, preso entre os dentes de Zod.

— A maioria dos cães enterra ossos — Eliza murmurou.

— Talvez ele tenha pensado que alguém encontrou o esconderijo dele.

Eliza balançou a cabeça e se virou para a porta.

— Eu sabia que ele não tinha corrido atrás de um gato. A menos que esse gato encontrasse um sapato escondido. Droga de cachorro.

Carter deu um tapinha nas costas de Russell e caminhou com Eliza de volta para a cozinha.

Zod os encontrou na porta e inclinou a cabeça antes de dar um latido feliz.

— Cachorro malvado.

As sobrancelhas de Zod se arquearam, e ele olhou para os dois, parecendo querer um petisco do Scooby Doo ou alguma outra porcaria.

⁓ ༄ ⁓

Harry não tinha ido para a cadeia por ser um homem burro. Na verdade, a inteligência havia pavimentado seu caminho até lá, por se servir do dinheiro de outras pessoas. Havia uma coisa que Harry não era. Violento. Ele tinha levado alguns socos quando chegara à penitenciária do estado, mas isso fora anos antes, e a dor já tinha sido esquecida.

A pedido de Blake, ele rasgara silenciosamente todos os recortes e fotos de jornal e os jogara na privada. Mantivera apenas uma, de quando a sua vida era completa. Sua esposa e filhas estavam sentadas ao seu lado em um iate de sua propriedade, sorrindo para a câmera, e ele estava lá, com um sorriso pomposo.

Todos na prisão se tornaram suspeitos. De quem Blake estava falando? Ele só soube o nome do homem quando informaram que ele tinha um telefonema. Quem ligou não se identificou, e a voz não era familiar. Sendo um homem de apostas, ele apostaria que a voz estava disfarçada. As palavras, entretanto, eram mais claras do que nunca.

— Ricardo Sánchez — disse o interlocutor, seguido rapidamente por:
— Solitária.

Harry não conseguiu identificar se o autor da chamada estava fazendo um pedido ou dando um aviso. Durante dois dias, ele observou e percebeu que mais de uma pessoa seguia seu corpulento companheiro de cela.

— Como está, Harry? — um dos guardas do bloco perguntou, de passagem.

— Tudo bem. — O olhar de Harry seguiu pela área comum onde Sánchez estava ao lado dos "amigos".

— Me avise se tiver algum problema.

Até parece. O código de conduta da prisão era que cada um cuidasse dos seus próprios problemas. Falar alguma coisa para os guardas poderia fazer com que o delator fosse parar na enfermaria, ou pior. E um dia os detentos que o mandaram para lá voltariam da solitária.

Harry engoliu em seco e percebeu que estava encarando Sánchez quando o homem se virou e franziu o cenho.

Os pensamentos de Harry giravam a mil. Infelizmente, em todos ele estava sangrando.

～◦⧈◦～

— Vem comigo.

Eles já tinham discutido isso antes.

— Você tem trabalho a fazer. E eu vou encontrar a agente Anderson amanhã. — A agente Anderson era o contato do FBI que trabalhava com oficiais e ocasionalmente com detetives como Dean e Jim no que dizia respeito ao programa de proteção a testemunhas do estado da Califórnia. Cada vez menos pessoas denunciavam criminosos pela influência que eles tinham, mesmo da prisão. Eliza encontrou sanidade em sua causa para tentar melhorar o sistema. Manter as testemunhas protegidas, dando-lhes a vida de volta, se tornou seu mantra.

Carter estava ao lado de Eliza todas as noites desde o susto de Zod no quintal. O fato de ele querer forçá-la a viajar com ele para o norte da Califórnia provou que não estava pronto para abrir mão do controle. A atenção foi bacana no início, mas a vigilância constante estava interferindo em sua campanha.

— Adie.

Eliza inclinou a cabeça e lhe lançou um olhar irônico.

— Não. Por favor, Carter, isso tem que parar.

— O que tem que parar? — Ele fingiu inocência com os olhos tristes e os cabelos desgrenhados, mas ela não se deixou enganar.

— Por favor. Você sabe do que eu estou falando. Você está negligenciando a campanha. As pessoas contam com você. Você não pode abandoná-las porque está preocupado comigo.

— Mas...

— Sem "mas". A gente se casou para me proteger. Você fez isso. Se eu pensasse por um minuto sequer que você ia negligenciar sua própria vida por minha causa, não teria aceitado.

Embora soubesse que suas palavras eram verdadeiras com relação ao passado, ela não mencionou para Carter como amava compartilhar a vida com ele. Como o amava. Mesmo vivendo sob forte tensão, Eliza não mudaria seu casamento por nada no mundo. Confessar seus sentimentos agora poderia fazê-lo querer controlá-la ainda mais. E, se tinha uma coisa que Eliza não queria, era ser responsável pelo declínio na carreira dele. Carter tinha nascido para ser governador, e ela queria muito que ele atingisse seus objetivos. Mesmo que isso significasse manter alguns dos seus sentimentos mais profundos guardados para si. Pelo menos naquele momento. Além disso, Carter não falava livremente sobre amor eterno. Talvez ela agisse de modo diferente se ele costumasse falar.

— Está dizendo que *só* se casou comigo por proteção?

Ah, droga. Ele parecia magoado.

— Suas habilidades na cama não são ruins — ela brincou, tentando trazer um sorriso aos lábios dele.

— Você não sabia sobre essas habilidades quando aceitou.

— Só seus beijos já faziam meus joelhos tremerem, Hollywood. Eu sabia.

Ele sorriu, estendeu a mão e a segurou pela cintura. Ela se acomodou entre suas coxas enquanto ele se encostava no balcão da cozinha.

— Tremer, hein?

Eliza revirou os olhos com o máximo de drama possível.

— Eu sabia que você ia tirar vantagem disso.

Ele a beijou até seu coração acelerar e seus joelhos fraquejarem. Então se afastaram, sem fôlego.

— Tem certeza? — ele perguntou mais uma vez.

— Tenho.

Mais tarde naquela noite, apesar de Eliza ter decidido que nunca admitiria isso, dormir na cama enorme sozinha foi uma tarefa impossível. Aparentemente, seu marido não era o único carente naquele relacionamento.

⁓◦⁓

A agente Anderson era uma mulher pequena, na faixa dos quarenta anos. Falava muito rápido, mas, quando ouvia, você sabia que tudo estava sendo absorvido e armazenado para uso posterior.

Eliza sentiu compaixão genuína na voz da mulher quando falaram ao telefone. Cara a cara, esse sentimento cresceu. Trinta minutos depois de se encontrarem, Eliza parou de falar sobre o seu caso e sobre as cartas que vinha recebendo e avançou com soluções.

— Estamos de acordo que as coisas precisam mudar — disse.

— Sim. Com o financiamento do governo, ou a falta de fundos conduzindo muitas das decisões que tomamos, não tenho certeza de como trabalhar para melhorar o sistema.

— Às vezes, as respostas estão bem na nossa frente. Se os criminosos cometeram um crime tão hediondo a ponto de representarem uma ameaça para aqueles que testemunham, por que não cortar de vez o contato deles com o mundo exterior? Por que segregar os bons e deixar os maus terem todos os direitos?

Anderson balançou a cabeça.

— Há mais grupos de defesa dos direitos dos presos do que dos direitos das testemunhas.

— Talvez esse seja o problema. Prover proteção em longo prazo custa um dinheirão ao país.

— Na verdade, o dinheiro é gasto no curto prazo. Se os seus pais tivessem sobrevivido, teriam sido retirados do sistema em alguns anos. Você permaneceu no sistema por causa deles. E também acho que o Dean tem um carinho especial por você. Mas você está certa, os criminosos têm muitos direitos nesses casos. A única maneira de mudar isso é reunir testemunhas e suas famílias. Mudar a lei leva tempo.

— Tempo bem gasto, diga-se de passagem.

— Pode contar comigo, sra. Billings. Você tem representatividade em Washington, e isso já é um começo. Só ajuda ser parente de um senador.

Eliza arqueou as sobrancelhas.

— Não sei ao certo como ele poderia ajudar.

A agente Anderson fez um gesto com a mão no ar.

— Acho que o poder por trás dos movimentos está nas esposas e nos maridos. A maioria das mulheres de políticos não trabalha, o que lhes dá tempo para fazer lobby para a mudança.

Onde Eliza tinha ouvido isso antes? Talvez fosse uma boa ideia ligar para Sally, a esposa de Max. Ela devia ter muitos contatos.

— Se fosse você, agente Anderson, por onde começaria?

— Você tem um monte de cartas. Essas pessoas vão ser o seu exército. Encontre líderes entre elas e os coloque para trabalhar. O objetivo final da aplicação da lei é encorajar as testemunhas a se manifestar. No entanto, os bons samaritanos não querem virar vítimas. Evitar um alvo vermelho nas próprias costas é a razão número um pela qual as pessoas se calam. Precisamos afastar essa ameaça.

— Isolar o prisioneiro. Não deixá-lo entrar em contato com o mundo exterior.

Anderson deu de ombros.

— Para cada regra, há uma exceção. Talvez você possa fazer pressão para mudar as coisas. Eu não tenho as respostas. A cada passo à frente que der, dará três para trás. Espero que esteja preparada para isso.

Eliza olhou para a pilha de correspondência que tinha trazido com ela. Seria necessário um exército de vítimas e famílias. Mas era a coisa certa a fazer. Pensou nas palavras do seu pai: "Faça o que é certo, fadinha, e você sempre vai dormir bem".

Ela se levantou e estendeu a mão para se despedir.

— Parece que tenho trabalho a fazer. — E esse trabalho exigiria ajuda do marido e da família dele.

Antes de Eliza se comprometer com uma causa que envolveria centenas, senão milhares de pessoas, ela precisava saber que sua própria vida estava segura. Girou o diamante ao redor do dedo anelar e sorriu.

Por favor, que eu não esteja errada sobre as intenções do Carter.

⚬◞◠◞⚬

— Que barulho é esse? — Carter perguntou a Eliza, ao telefone. Ele passaria mais uma noite longe de casa e, em seguida, pularia na cama com sua esposa. Mal podia esperar.

— Estou na porta dos fundos esperando o Zod fazer suas necessidades e o vento está soprando.

— Nosso piloto disse algo sobre os ventos de santa Ana. — O vento quente que soprava do deserto muitas vezes atingia a força de um tornado e era responsável por incêndios devastadores em todo o sul da Califórnia. Também atrasava voos de aeronaves menores.

— Pelo menos uma vez a previsão do tempo acertou. — O barulho do vento que encobria a voz de Eliza diminuiu de intensidade. — Espero que você já tenha acabado, besta peluda.

— Por favor, me diz que você está falando com o Zod.

— Estou. A que horas você chega em casa?

Carter deitou no sofá do quarto de hotel e apoiou os pés na mesa de centro.

— Tenho um compromisso na hora do almoço e em seguida dou o fora daqui.

— Te espero para o jantar, então?

Ele sorriu.

— Você parece animada para me ver.

— Precisando alimentar seu ego?

O sorriso dele se alargou.

— Também senti sua falta.

Houve uma pausa ao telefone e, por um minuto, ele achou que a ligação tivesse caído.

— Me liga do aeroporto — ela disse. — Vou encomendar a nossa massa e colocar o vinho para gelar.

A nossa massa, do nosso restaurante.

Deus, como ele amava aquela mulher.

— Ah, droga — Eliza falou.

— O que foi?

— Acabou a luz. — O telefone dela fez um barulho. — Meu celular está quase sem bateria.

Falhas de energia no sul da Califórnia eram raras. Tirando quedas de árvores e terremotos, a companhia de luz não tinha que resolver muitos problemas relacionados ao clima.

— Tenho certeza que logo vai voltar. O Russell tem um telefone de reserva, e o sistema de alarme vai funcionar por algumas horas com a bateria extra. Tem uma lanterna na despensa e outra na mesa de cabeceira, ao lado da cama.

Carter ouviu Zod latir algumas vezes.

— Ah, seu bebezão. Não sei como você conseguiu passar pelo treinamento da polícia — ele ouviu Eliza dizer. — Onde você guarda as velas?

— Só tenho as longas que usamos na mesa de jantar. Tem certeza de que está bem? — O pensamento dela tropeçando no escuro o deixou preocupado. — Posso ligar para o Blake e você vai para lá.

— É só uma queda de energia. Estou bem. Ei, Russell.

Carter ouviu Eliza e Russell conversarem sobre velas e se assegurou de que ela estava protegida em sua ausência. O telefone bipou no ouvido dele.

— É melhor eu desligar antes que caia a ligação. Te vejo amanhã — ela disse.

Ele estava ansioso para isso.

— Durma bem.

— Sonha comigo.

Ah, ele sonharia.

26

SEGUNDO O SCANNER À BATERIA na mesa de Russell, a falta de energia ocorreu em razão de um transformador queimado a poucos quarteirões dali. A bateria reserva estava baixa e parecia que eles ficariam no escuro por um tempo. Pete, o segundo segurança, falou:

— Não me sinto confortável sem ter outra alternativa. Se as baterias acabarem, vamos ficar no escuro e estaremos ferrados. Vou até o escritório pegar outra antes que isso aconteça.

A portinhola especial que Zod usava parava de funcionar em caso de falha de energia, o que pôs Eliza em alerta para as necessidades do cão. Ela não se importava. O vento estranho e o ar seco a deixavam incomodada. Pensou em remexer a pilha de cartas para tentar encontrar as pessoas mais articuladas que se prestariam melhor à liderança, mas se concentrar no trabalho com a casa silenciosa era difícil. Era estranho como ela tinha se acostumado com o zumbido da geladeira ou o som do rádio dos seguranças.

O suave brilho da vela que tremeluzia nas paredes do quarto o enchia de calor.

Ela sentia saudades de Carter. Falhas de energia e luz de velas seriam acontecimentos muito mais românticos ao lado dele do que de um cachorro. Ela se certificou de que a porta estava aberta, para que Zod pudesse entrar e sair do quarto depois que ela se deitasse na cama para devorar o segundo livro de uma série que queria ler fazia meses. Esperava que o autor não tivesse escrito uma cena de amor apaixonada nas primeiras páginas. Isso tornaria a noite ainda mais solitária e sombria.

Cinco minutos antes da última campainha, sinalizando para que todos os detentos retornassem às celas, Harry se sentou com as costas apoiadas na parede, fingindo ler um livro. Um dos prisioneiros, Michael — ou talvez Mitchell —, hesitou enquanto passava. Parou por tempo suficiente para fazer contato visual com Harry, deixou cair um pedaço de papel no chão e depois se afastou.

Harry se abaixou e pegou o papel, escondendo-o entre as páginas do livro para abri-lo. Olhou para cima várias vezes, para se certificar de que ninguém o observava.

No papel amassado havia uma nota: "Ele contratou alguém para fazer o serviço. Espero que a sua filha não seja atingida no fogo cruzado".

Harry congelou. Ele havia esperado demais.

◦◦◦

O som suave do aquecedor ligando e desligando no quarto finalmente acalmou a cabeça de Carter, que não parava de pensar. Ele devia ter dormido apenas alguns instantes, antes que o toque do telefone do hotel o fizesse pular da cama mais rápido que um raio. Ainda assim, demorou até o terceiro toque para que sua mente ligasse completamente.

— Alô?

— Carter? — Era o pai dele.

— Oi. — Ele se sentou na cama e acendeu o abajur da mesa de cabeceira. — Está tudo bem?

— Estava dormindo?

Carter olhou para o relógio do celular — 23h23. Sim, ele estava dormindo.

— Já acordei. Está tudo bem?

Cash hesitou. Sinais de advertência dispararam na cabeça de Carter.

— Pai?

— Acabei de falar com um velho amigo em San Quentin.

Eliza!

— O que aconteceu?

— Houve uma confusão esta noite. Uma informação vazou.

— Que informação, pai? — Carter estava completamente acordado agora, chutando as cobertas.

— Minhas fontes encontraram um bilhete afirmando que Sánchez contratou alguém para fazer o serviço. Não havia nomes no papel, mas suponho que ele estava falando da Eliza.

O ar escapou de dentro dos seus pulmões e ele ficou tonto. Carter sabia que a possibilidade de Sánchez ligar para alguém existia. Ouvir isso o envolveu em uma onda de pânico.

— Há quanto tempo foi isso?

— Uma hora, talvez mais.

Carter puxou o cabo do telefone até o limite, pegou a calça e a vestiu.

— Você ligou para a Eliza?

— A linha não estava funcionando. Metade da cidade está sem energia.

— Espera. — Carter pegou o celular e ligou para a esposa. A ligação caiu direto na caixa postal. — Tenho que ir.

— Vou pegar o primeiro voo — seu pai disse.

— Sim... tudo bem.

Palavras não eram mais necessárias, e Cash desligou.

Carter ligou para o número da casa de Blake e deu com o sinal ocupado.

A próxima ligação foi para seu piloto. Ainda bem que ele tinha comprado a porcaria do avião.

❧

A porta do quarto de Eliza bateu e a despertou.

Zod se levantou e rosnou.

O vento do lado de fora atingiu a estrutura da casa — algo que não era uma façanha pequena, considerando seu tamanho. *Deve ter alguma janela aberta*, pensou.

Eliza afastou as cobertas e entrou descalça no banheiro. Tentou acender a luz, mas nada aconteceu. Felizmente, o brilho da lua quase cheia iluminava a janela, lançando luz dentro do aposento.

A janela do banheiro estava um pouco aberta. Apenas o suficiente para fazer a porta do quarto bater.

Eliza se virou, quase tropeçando em Zod, que seguiu silenciosamente atrás dela. Foi até a janela lateral, se certificou de que estava fechada e então foi até a outra e fez o mesmo.

Seus olhos viram algo se movendo no quintal. Uma das mesas de vidro balançou na beira da piscina.

— Caramba — ela sussurrou. Vidro quebrado dentro da água seria um pesadelo para limpar.

Com uma lanterna na mão, Eliza vestiu o roupão e chamou Zod para ficar a seu lado. Pegou a bolsa que estava sobre a cômoda e rapidamente enfiou a arma no bolso do roupão.

— Você podia aproveitar para fazer xixi enquanto estamos lá fora — murmurou para o cachorro. Em seguida passou pela sala da segurança no corredor e acenou com a cabeça. — Estou levando o Zod lá fora.

— Quer que eu faça isso?

— Não, eu faço.

Russell levantou da cadeira para acompanhá-la.

— Eu faço — ela disse.

— Estamos sem energia, o vento está forte e a bateria reserva acabou faz vinte minutos. O Pete não está lá fora. Com todo o respeito, sra. Billings, vou com você.

— Bem, se você está dizendo — ela deu uma risadinha. — Se prepara para fazer força. Os móveis do jardim estão quase caindo na piscina.

Russell precisou empurrar a porta dos fundos para abri-la. As campainhas, que normalmente tocavam quando a porta se abria, não soaram. Ela esperava que a empresa de energia resolvesse isso logo. Tinha se acostumado com todas as medidas de segurança nos últimos tempos. Não poder contar com elas a deixava com uma estranha sensação de vulnerabilidade. O fato de seu marido estar a centenas de quilômetros de distância não ajudava. Era estranho como Carter tinha se tornado importante para ela em tão curto espaço de tempo.

Zod enfrentou o vento, e Eliza se certificou de que a porta dos fundos não batesse quando a fechou.

Os ventos quentes eram os típicos santa Ana. Seu cabelo voou em todas as direções enquanto ela lançava a lanterna sobre os móveis do jardim. Como imaginou, uma das mesas laterais de vidro estava caída perto da piscina. Ela colocou a lanterna no chão e gritou:

— Pegue do outro lado! Vamos levar para perto da casa. — Depois de transportar a mesa, ela pegou uma cadeira e Russell carregou as demais. *Não ia adiantar tirar as coisas da piscina amanhã de manhã.*

Zod latiu atrás deles, e o som se dissipou com o vento. Então o latido mudou, e os pelos na nuca de Eliza se eriçaram.

235

Meu Deus.

O latido do cão se tornou feroz.

— Abaixa! — Russell derrubou a cadeira enquanto gritava.

Antes que Eliza se virasse, um flash de luz e o som de um tiro encheram a noite.

◦◦◦

— Preciso que você vá buscar a Eliza e a leve para a sua casa. — As palavras de Carter eram tão frenéticas quanto seus pensamentos. Ele gritou a ordem para Blake como se tivesse esse direito.

— O que está acontecendo?

— Meu pai ligou. O Sánchez contratou alguém para matar a Eliza. — Carter já estava no avião, antes mesmo de conseguir falar com Blake pelo celular. — A energia de casa acabou e eu não consigo falar com ninguém lá. Liguei para o Dean, ele está a caminho.

— Filho da puta. Nós não estamos em casa, Carter. Eu e a Sam estamos indo para San Francisco.

— Vocês o quê?!

— É o Harris. Houve uma briga. Eles o levaram para o San Francisco General para fazer uma cirurgia.

Carter apertou os punhos enquanto a frustração o dominava.

— E o Neil?

— Está com o Eddie. A Gwen está indo para a minha casa. Vou pedir para o Neil buscar a Eliza.

— Por favor. — Carter imploraria se fosse preciso. — Meu Deus, Blake, isso vai acabar mal.

— Calma. A gente não sabe de nada ainda.

Mas ele sabia. No fundo, Carter sabia que alguma coisa não estava bem.

◦◦◦

Zod correu para as sombras quando Eliza agarrou o braço esquerdo e caiu no chão. A dor lancinante se seguiu ao sangue quente e pegajoso que escorria entre seus dedos.

Um grito feminino emergiu quando Zod parou de latir e começou a rosnar.

Russell correu até Eliza com a arma apontada. Olhou para ela e a protegeu com seu corpo, levando-a para a segurança da casa.

Do lado de fora, os gritos frenéticos de uma mulher exigiam que Zod parasse.

Tonta por causa do ferimento no braço, Eliza pegou a arma e a destravou.

— Vai — ela disse a Russell. — Não deixe eles fugirem.

O segurança resmungou, claramente dividido entre deixá-la ou não.

— Eu atiro em qualquer pessoa que passe por aquela porta além de você — ela garantiu a ele.

Russell assentiu e correu para a escuridão.

Eliza se encolheu atrás da ilha central da cozinha e esperou que o segurança voltasse. Seu coração bateu acelerado quando a realidade do que tinha acabado de acontecer a atingiu. Ela havia levado um tiro.

Começou a tremer e não pôde controlar o medo que se seguiu.

— Carter.

∽∾✿∾∽

O vento diminuiu o suficiente para que o avião pousasse.

Carter quebrou todas as leis de trânsito a caminho de casa, e, quando virou a esquina da sua rua, seu pior pesadelo tomou forma diante de seus olhos.

Luzes piscantes vermelhas e brancas iluminavam a noite. Viaturas e uma ambulância atravancavam a rua e a entrada da sua casa. A única coisa que faltava era o furgão do necrotério. *Eliza!*

Ele saiu do carro com o motor ainda ligado e passou pelos policiais uniformizados que estavam ali.

— Eliza!

— Você não pode entrar.

Carter empurrou o policial.

— É a minha casa. A minha mulher!

Alguém o segurou e começou a lutar com ele.

— Deixem o homem entrar.

Os braços que o seguravam se abriram, e Carter correu em direção a Dean.

— Cadê a Eliza?

O detetive olhou para a maca sendo empurrada para fora da casa.

— Ah, meu Deus.

Ele correu até os paramédicos e ouviu alguém chamá-lo:

— Carter?

Eliza? Ela está conseguindo falar?

— Carter, está tudo bem. Eu estou bem.

Mesmo sob a luz do luar, ele podia ver como ela estava pálida e frágil. Eliza levantou a mão com um tubo intravenoso conectado ao braço.

— Onde é o ferimento? É grave?

Outra maca saiu da casa, carregando uma mulher que Carter não conhecia. Que diabos?

— O que aconteceu?

— Senhor, precisamos levá-la para o hospital. — O paramédico de vinte e poucos anos avançou em direção à parte traseira da ambulância.

— Eu sou o marido dela. Vou junto.

O paramédico assentiu.

— Pode ficar na parte de trás, mas precisa me dar espaço para trabalhar.

Eles a colocaram na ambulância e, antes que o homem pudesse fechar a porta atrás deles, Russell apareceu.

— A polícia tem perguntas a fazer — ele disse a Carter. — Assim que terminar, vou para o hospital.

Carter olhou furioso para o homem que não conseguiu manter Eliza em segurança. Ele não confiava em si para falar, então assentiu rapidamente e focou a atenção na esposa.

As luzes brilhantes da ambulância adicionaram um pouco de cor ao rosto dela. Eliza esboçou um sorriso, mas estremeceu quando o veículo começou a se mover.

— Ei, cuidado! — Carter gritou para o motorista.

O paramédico franziu o cenho e se virou para Eliza.

— Aqui atrás balança mesmo. Mas em dez minutos chegaremos ao hospital.

— É um ferimento superficial, Carter. Estou bem.

— Ferimento superficial? — Ele a examinou e encontrou um curativo encharcado de sangue no braço esquerdo.

— A bala atravessou. Não há nada com que se preocupar, certo? — Eliza perguntou ao paramédico.

— *Bala?*

— Ela foi atingida no braço, sr. Billings. A emergência vai limpar o ferimento, tirar uma radiografia... Provavelmente ela vai ser liberada hoje mesmo. — O homem ajustou o soro enquanto falava.

Carter sentiu certo alívio, mas, até que um médico dissesse que estava tudo bem com Eliza, ele mal respiraria.

— O que aconteceu?

— O vento derrubou os móveis no quintal e saímos para pegar. O Zod começou a latir, e, quando me dei conta, estava no chão com isso aqui. — Eliza olhou para o braço. — O Russell tentou me proteger, mas a bala foi mais rápida que ele.

— Uma mulher atirou em você?

— Parece que sim. Espera, como você chegou aqui tão rápido?

— Me disseram que você estava em perigo. Eu tentei ligar...

— A energia acabou.

Carter beijou a ponta de seus dedos frios. Ele tinha tanta coisa a dizer, tantas outras perguntas a fazer. Tentou esconder o tremor da mão, mas sabia que ela o sentiria. Eliza tinha sido baleada. Sua esposa, a mulher que ele jurou proteger, estava deitada em uma maca sofrendo, e ele não podia fazer nada.

Uma enfermeira e um médico os esperavam na entrada do pronto-socorro. Carter foi levado para assinar alguns papéis. Menos de dez minutos depois, ele estava ao lado de Eliza enquanto o médico a examinava.

Ele não era uma daquelas pessoas que passam mal ao verem sangue, mas, quando o médico cutucou o braço da esposa, se sentiu tonto e enjoado.

— A radiografia vai nos dizer se a bala atingiu o osso. Como está a dor? — o dr. Solomon perguntou.

— Já estive melhor. — Eliza tentou brincar.

— Vou pedir para a enfermeira te dar um analgésico. Você é alérgica a algum medicamento?

— Não.

Carter se sentou ao lado da maca e apertou a mão boa da esposa.

— Ela vai ficar bem? — perguntou ao médico.

— Vai, sim. — O dr. Solomon saiu com o prontuário na mão. Do lado de fora, vários policiais uniformizados conversavam com a equipe. Ele se lembrou da atiradora na maca.

— Você está apertando muito forte — Eliza disse.

Carter soltou a mão dela no mesmo instante.

— Desculpe. — Ele abriu um sorriso triste. — Vou ver por que a enfermeira está demorando tanto para trazer a medicação para a dor.

239

— O médico acabou de sair — Eliza disse.

— Já volto.

Ele fechou a porta atrás de si e fez sinal para um dos policiais. O homem interrompeu a conversa e se dirigiu a Carter.

— Você sabe quem eu sou?

— Billings, certo?

Carter olhou ao redor do pronto-socorro, imaginando em que leito haviam colocado a mulher que tentara assassinar sua esposa. Apertou os punhos e respirou fundo.

— A pessoa que atirou na minha mulher... ela está aqui?

O oficial parou na frente de Carter e bloqueou sua visão.

— Vamos investigar. Não queremos problemas.

Carter respondeu de forma incisiva:

— Alguém armou uma emboscada contra a minha esposa esta noite. Cuide para que a sua investigação verifique isso. E eu quero alguém nesta porta.

O homem olhou para o parceiro por cima do ombro. O outro oficial pediu uma cadeira para uma das enfermeiras.

Quando o policial estava de guarda na porta, Carter perguntou:

— Onde está o detetive Brown?

— A caminho.

Carter assentiu e seguiu a enfermeira de volta para o quarto.

Eliza forçou um sorriso quando Carter voltou. Ela esperava que a enfermeira tivesse trazido algum tipo de suco da felicidade. A dor no braço estava piorando em vez de melhorar.

Toda vez que ele abria a boca para conversar, baixava a voz e falava serenamente. Seu tom a manteve calma, apesar das mãos estarem trêmulas.

— Estou te dando morfina e remédio para a náusea. Você vai se sentir melhor em poucos segundos. — A enfermeira usou o cateter para administrar o medicamento, e Eliza sentiu os efeitos rapidamente. Seus membros ficaram pesados e a dor começou a diminuir. — Melhor? — a enfermeira perguntou.

A dor se atenuou.

— Muito.

— A radiografia não deve demorar a chegar. — A enfermeira os deixou sozinhos no quarto.

Eliza precisava parar de pensar no que estava acontecendo.

— Me fala de novo por que você chegou em casa tão rápido.

— Agora não é o momento.

— Vamos, Carter. Nada de segredos.

Ele inclinou a cabeça e lhe deu seu sorriso de Hollywood.

— A medicação está fazendo efeito?

— Está. E você está mudando de assunto.

Carter passou a mão no rosto e ajeitou uma mecha do cabelo dela atrás da orelha. Ela tentou se sentar e afastar a névoa que a medicação trouxe a seus pensamentos.

— Agora não.

— Carter... alguém atirou em mim esta noite. Guardar segredos só vai me irritar.

A expressão no rosto dele revelou que ele detestava se sentir pressionado.

— O meu pai me ligou. Ele ficou sabendo sobre uma emboscada. Eu entrei em pânico quando não consegui falar com você.

A medicação anestesiou o efeito das palavras dele. Ainda assim, alguma coisa não parecia certa.

— A mulher que atirou em mim estava muito perto. Se era uma profissional, ela é péssima.

Carter soltou uma risada nervosa.

— Você está fazendo piada. Acabou de levar um tiro e está fazendo piada.

Eliza levantou o braço ferido, surpresa por não sentir dor.

— Foi um tiro de raspão. — Uma gota quente de sangue percorreu seu braço.

— Pare de se mexer. Você está fazendo sangrar de novo. — Carter caminhou para o outro lado da maca e colocou uma gaze limpa no braço dela.

— Meu herói. — Ele certamente era mais bonito do que qualquer um dos médicos que vieram ajudar.

— Um herói não teria deixado ninguém chegar perto o suficiente para te machucar.

Eliza abriu os olhos, sem perceber que haviam se fechado.

— Você não tinha como saber. Não se sinta culpado.

A porta da sala de exames se abriu e Dean entrou. Eliza se lembrou de tê-lo visto rapidamente antes de Carter chegar em casa.

— Oi.

Dean piscou.

— Como está a paciente?

— Eles têm boas drogas aqui. Não sei por que as pessoas vão para as ruas à procura disso.

— Ela está se sentindo melhor — Carter respondeu por ela.

— Estou mesmo.

— Seu segurança, o Russell, está lá fora. Eu falei para o policial que ele estava liberado para ir embora.

— Me diz que a atiradora está morta — Carter pediu.

Eliza ouviu raiva na voz do marido.

— Sente-se, doutor.

Carter aceitou o conselho de Dean e começou a fazer perguntas:

— Já sabemos quem ela é? Estava trabalhando para o Sánchez?

— Sabemos quem ela é, e não, ela não sabe nada sobre o Sánchez.

As drogas deviam estar realmente fazendo efeito, porque Eliza estava tendo dificuldade para acompanhar a conversa.

— O quê?

— Aqui está o que eu sei. A atiradora se chama Michelle Sedgwick. O nome significa alguma coisa para você, Eliza?

Ela balançou a cabeça.

— Espera, Sedgwick?

— Sim. Sedgwick é um velho rico que sai com uma das suas clientes. — Dean adicionou aspas no ar ao pronunciar a palavra *clientes*. — A srta. Sedgwick é uma garota rica e desmiolada, mas não é uma assassina. Ela disse que estava procurando o celular no seu quintal.

— E por que o celular dela estava no nosso quintal? — Carter perguntou.

— Ela deixou cair lá na semana passada. Parece que ela e os irmãos decidiram te espionar depois que o avô começou a sair com uma mulher mais nova. Eles acharam que, se pudessem encontrar algum jeito de te chantagear, você impediria o avô de se casar com a mulher a quem você o apresentou.

— Me chantagear? Com o quê?

— Eles não pensaram tão longe. E, obviamente, o tempo dela na universidade foi gasto bebendo em vez de ir às aulas. A moça não sabe nada a seu respeito, fora o seu trabalho na Alliance.

— Mentira. Não pode ser. Por que ela tinha uma arma?

— O Zod. Ela perdeu o telefone quando o Zod a encontrou nos arbustos. Ela jogou o sapato nele e correu.

Eliza se lembrou da semana anterior, quando Russell lhes mostrou a filmagem de Zod latindo no quintal. Eliza não questionara sobre o sapato mastigado. Carter dissera que o tinha jogado no lixo, e ela presumiu que ele tinha jogado os dois pés.

— Ela disse que estava com a arma para assustar o cão, pegar o telefone e correr. Eu a interroguei e acho que ela está dizendo a verdade.

— Por que ela se arriscaria a voltar, sabendo que tinha um cachorro lá, prestes a atacar? Não faz sentido.

— Ela disse algo sobre o avô anunciar o noivado e que, se algum deles fizesse algo remotamente escandaloso, ele os tiraria do testamento. Se o celular dela fosse encontrado no seu quintal...

Carter rosnou:

— Ainda assim, ela atirou na minha mulher. Poderia ter matado a Eliza.

— Isso não está sendo contestado. Ela admitiu ter apertado o gatilho. Mas disse que apontou para o cachorro. Não que isso importe.

— O sr. Sedgwick disse que os filhos eram meio sem noção e totalmente mimados. Presumi que os netos fossem mais novos.

— Pelo jeito, recém-saídos da faculdade.

— Ela está muito machucada?

— O Zod deu algumas mordidas na perna dela. Parece que ele não para o ataque por tênis.

Eliza sentiu um sorriso nos lábios.

— O Zod está bem? Ele não foi baleado, né?

— Não. Ele está bem.

— Se ela não é uma assassina, então ainda tem alguém por aí — Carter apontou.

Eliza não queria pensar no assunto.

— Por que você diz isso? — Dean perguntou a Carter, que contou sobre o telefonema do pai relatando a emboscada. — Que estranho.

243

— Por quê?

— No início da noite, a sra. Sánchez falou comigo de uma delegacia em San Francisco. Parece que o Sánchez deu ordens para ela encomendar uma emboscada. Mas, em vez disso, ela foi até a polícia, pediu proteção e entregou o marido.

— O quê? Por quê?

— Sua declaração à imprensa a comoveu, a forma como você protegeu os filhos dela mesmo que isso te prejudicasse. Entre o testemunho da própria esposa e a briga na prisão esta noite, o Sánchez vai ficar em uma cela escura por muito tempo. Ele não vai nem respirar sem eu saber. Ele está completamente isolado do mundo.

— Ela contou para alguém sobre o pedido do marido?

Dean balançou a cabeça.

— Não que eu saiba.

— Alguém ouviu alguma coisa na prisão, porque a notícia chegou até o meu pai — Carter disse.

— Pode ser que algum dos guardas tenha ouvido ou lido nas entrelinhas. — Dean olhou para os dois. — O Sánchez falou só com a esposa. Mas podem apostar que eu vou encontrar todas as pessoas com quem ele conversou nos últimos seis meses. O James está indo para o norte agora. Logo vamos saber se ainda existem ameaças contra você.

Talvez fossem os medicamentos, ou talvez aquilo que Eliza estava sentindo fosse mesmo esperança. Será que a fase de ter que se esconder e desconfiar de todo mundo havia passado?

— Então acabou?

— Vamos esperar e ver como todas as peças se encaixam, mas acho que sim, Lisa.

O fato de Dean a chamar pelo nome verdadeiro fez o corpo dela formigar.

Meu Deus, tomara que tenha acabado.

Duas horas mais tarde, Carter a levou de carro para casa mais devagar que o andar de um caramujo.

Estava amanhecendo quando ele a subiu para o quarto. Então a ajudou a vestir um pijama limpo e a colocou na cama.

— Tem tudo o que precisa?

— Sim, enfermeiro Carter — ela brincou.

Ele sorriu e mordeu o lábio inferior. Os olhos se encheram de lágrimas em uma inesperada onda de emoção.

— Ei. — Vê-lo triste fez seu coração se apertar, e seus olhos marejarem também.

— Eu pensei que ia te perder. Quando virei a esquina e vi a polícia... — Ele apoiou a cabeça no colo dela, e ela o ouviu fungar. Nunca tinha visto Carter chorar.

Eliza acariciou a cabeça dele e o acalmou.

— Eu não morri. Não cheguei nem perto disso.

— Eu te amo. Achei que você tivesse morrido, sem que eu dissesse como te amo.

As lágrimas começaram a cair pelas bochechas dela. Quando ele ergueu a cabeça para olhá-la, ela segurou o rosto dele.

— Eu também te amo.

Ele beijou a palma da mão da esposa, que capturou uma lágrima pronta para escorrer do queixo dele.

— Não me deixe, nunca — ele implorou.

O coração de Eliza disparou enquanto tudo o que sempre quis ouvir saía dos lábios dele.

— Marido e mulher para sempre?

— Para sempre pode não ser o suficiente. — Seus olhos azuis estavam repletos de esperança.

— Para sempre é tudo o que posso oferecer, Hollywood.

Carter a beijou com cuidado. Eliza suspirou com o seu toque, agora ciente de que tudo daria certo entre os dois.

— Então que seja para sempre.

⁓⤬⁓

Samantha se sentou ao lado da cama do pai e cochilou. O café frio e velho não funcionou, e o som constante das máquinas a embalou para dormir. Blake tinha saído do quarto para ligar para casa, e uma escolta policial estava do lado de fora, vigiando.

Fazia anos que ela não via o pai, desde que ele fora preso. Suas emoções estavam à flor da pele. Sentia amor e ódio em partes iguais dentro do coração quando pensava nele, por tudo o que tinha feito à família. Mas vê-lo tão perto da morte fez uma coisa que a vida nunca conseguira: lhe trouxe o perdão.

Se ele pudesse acordar ao menos para ouvi-la perdoá-lo, talvez encontrasse alguma paz. Segundo os guardas de plantão na prisão, seu pai e Sánchez haviam brigado. O pai não era um homem violento, e ela não podia imaginar o que o provocara.

Sánchez tinha uma faca improvisada, do tipo que os presos muitas vezes fazem na prisão.

Seu pai havia levado uma série de golpes no abdome, e um deles cortara uma artéria, bem abaixo do coração. Ele quase morrera em duas ocasiões durante a cirurgia, enquanto os médicos tentavam reparar o dano. Mas Harris sobreviveu. E, de acordo com os médicos, ele se manteria vivo se conseguisse enfrentar as próximas vinte e quatro horas. Bem, dezoito, pela última contagem.

Algo apertou a mão dela, e Sam acordou.

— Pai? — Ele apertou de novo, e ela mordeu o lábio enquanto novas lágrimas brotavam. — Pai?

Harris piscou algumas vezes, e os monitores mostraram que seus batimentos cardíacos estavam acelerados.

— Samantha? — ele conseguiu falar.

— Shhh. Você passou por uma cirurgia. Está no hospital. — Não importava que fizesse anos que ele não a via nem que não estivesse em uma cela naquele momento.

Seu olhar encontrou o dela, e ele balbuciou:

— Sammy.

Ela afastou as lágrimas com o dorso da mão e sorriu.

— Estou aqui, pai.

— Me desculpa, eu s-sinto muito.

— Eu sei.

Seus olhos se fecharam de novo.

— Eu te amo — ele sussurrou.

Ela soluçou e realmente rezou para que ele ficasse bem.

— Também te amo, papai.

⁓ꕥ⁓

Dean trocou o telefone de orelha e consolidou suas suposições.

— Não posso provar, e também não vou trabalhar muito nisso — Cash disse.

— Lealdade familiar? — Dean perguntou.

— Não sou leal ao meu cunhado. Se ele está por trás dos rumores, não vamos conseguir chegar até ele. O homem não é descuidado. Além disso, da última vez que verifiquei, dizer para um valentão que alguém está atrás dele não é contra a lei.

Dean havia descoberto a verdade por trás da "emboscada" de Eliza. Harris tinha recebido um bilhete dizendo que Sánchez estava atrás da amiga da filha, e que a vida de Samantha estava em perigo. Aparentemente, o pai de Samantha não conseguiu ignorar e optou por brigar com Sánchez. Claro, Harry acabou na UTI, e Sánchez, na solitária — mas esse tinha sido o objetivo. Engraçado como, quando pressionado, um pai é capaz de morrer para proteger ou vingar um filho.

— Quem mais poderia manipular as coisas em uma prisão sem ser detectado? — Dean tinha certeza de que Max estava por trás do bilhete. Sua única preocupação agora era o que o senador iria querer de Carter e Eliza em troca.

— O Sánchez está isolado, não vai ver a luz do dia por anos. E a Eliza está a salvo. Acabou, detetive.

Talvez Max quisesse proteger sua família. Algumas pessoas mudam. Harris Elliot tinha mudado.

Dean pensou na filha. Talvez estivesse na hora de consertar a própria família — já tinha passado da hora de consertar seus relacionamentos.

SEIS MESES DEPOIS

— A que vamos brindar?

Eliza estava ao lado de Carter na sala de estar, cercada por familiares e amigos. Todos se reuniram em apoio a Carter.

— Ao novo governador?

— Ainda não ganhei. — Ele beijou o nariz da esposa.

O resultado das eleições seria anunciado em vinte e quatro horas. As pesquisas indicavam que Carter venceria por uma diferença de quinze por cento.

— Formalidades, formalidades.

— Que tal a seis meses de felicidade conjugal?

— Ah, que lindo, Carter — Gwen disse do outro lado da sala.

Eliza piscou para Dean, que estava ao lado da filha. Eles haviam se distanciado por algum tempo, mas Eliza o incentivara a ir atrás dela, até que ele ligou para a moça e prometeu se dedicar ao relacionamento. A vida era muito curta, e os arrependimentos a tornavam mais curta ainda.

— Que tal à família?

Cash e Abigail levantaram as taças. Max estava ao lado da esposa. De jeito nenhum ele deixaria de participar do sucesso de Carter.

O pai de Samantha tinha sobrevivido e fora transferido para uma penitenciária mais próxima de Los Angeles. Ela e Jordan o visitaram algumas vezes e estavam tentando resolver os problemas com o pai.

Sánchez estava recluso na solitária por causa da tentativa de assassinato de Harris e da emboscada que planejara contra Eliza. Em virtude das circunstâncias especiais do caso dela, o contato dele com o mundo exterior era limitado aos guardas que lhe traziam comida através da porta de aço da cela.

A sra. Sánchez tinha sido realocada para o México. O testemunho dela selara o destino do marido.

O ataque de Michelle Sedgwick seria analisado por um júri. Ninguém acreditava que ela fosse capaz de cometer um assassinato, mas, mesmo assim, a garota passaria um tempo na prisão. Nem é preciso dizer que Stanly a excluiu do testamento e que, finalmente, tia Edie chacoalhou metade da família. Alguns haviam até arrumado emprego.

As únicas perguntas que ficaram sem resposta eram como Cash soubera a respeito do ataque e como Harris havia descoberto sobre a conversa que Sánchez tivera com a esposa.

Eliza suspeitava de Max. Ele não ficara surpreso com nada que havia acontecido após o tiroteio e nunca se mostrara preocupado. Parecia que ele sabia tudo o que Sánchez planejara, antes mesmo de o criminosos fazer qualquer coisa.

— À família. — Eliza ergueu a taça e brindou com Carter.

— À família.

Ela bebeu o espumante e beijou o marido.

— Eu te amo.

— Eu também te amo.

Palavras não faziam justiça aos sentimentos. Havia dias em que Eliza queria se beliscar para ver se não estava sonhando. O amor e o apoio de Carter eram uma bênção em sua vida.

— Ah, a propósito — Samantha anunciou, depois que todos tinham brindado —, eu e o Blake decidimos que este ano queremos fazer a renovação de votos fora do país. Vamos para Aruba.

Eliza quase gemeu em voz alta. Seu olhar se fixou em Gwen, que estava encarando Neil.

— Vou começar a escolher os vestidos de madrinha.

Carter explodiu em gargalhadas, quase derramando o vinho.

Neil apontou um dedo na direção de Gwen.

— Nada de botecos.

Ela franziu o cenho.

— Não seja bobo. Em Aruba não tem boteco.

Blake observou desconfiado a interação entre o guarda-costas e a irmã.

Eliza balançou a cabeça. Gwen e Neil brigavam tanto quanto ela e Carter antes de se casarem.

— Hummm...

— O quê? — Carter sussurrou no ouvido de Eliza.

— Já ouço sininhos de casamento.

— A Sam e o Blake estão sempre se casando. — Ele apoiou a taça na mesa e colocou um braço sobre os ombros dela.

Eliza olhou para Neil por cima da taça.

— Eu não estava falando sobre a Sam e o Blake.

Carter estreitou os olhos na direção do olhar dela.

— Sério?

Ah, sim. Ela sabia identificar o amor quando o via. Eliza se deparava com esse sentimento todos os dias, nos olhos do marido.

Agradecimentos

Como sempre, agradeço a minha parceira de crítica, Sandra; a minha editora, Maureen; e a minha incrível designer de capa, Crystal. Sem vocês, meu trabalho seria muito mais difícil.

Um obrigada especial a Elaine McDonald, pelas belas fotografias para a capa.

A Duane, por todos os conselhos sobre cães policiais e seu comportamento bizarro.

Aos meus fãs e amigos do Facebook, do Goodreads e do Twitter — vocês são demais! Sempre estiveram presentes ao longo da minha jornada, me apoiando e me elogiando, além de me darem forças quando eu estava cheia de dúvidas.

Impresso no Brasil pelo Sistema Cameron da Divisão Gráfica da
DISTRIBUIDORA RECORD DE SERVIÇOS DE IMPRENSA S.A.